三國奇變
戰略篇
卷
2
奇謀無雙

目錄

第一章

滅灶妙計

高飛道：「我想到了一個主意，想以此讓叛軍對我軍掉以輕心，這樣一來，就算被追上了，我軍也可以出其不意地展開攻擊，將其擊退！」

傅燮、蓋勳想了想，道：「侯爺讓我們做灶臺，莫非是想效仿孫臏滅灶的妙計？」

「如今隴西、金城盡皆陷入叛軍之手，漢陽郡岌岌可危，好在我已經事先公告各城，讓百姓提早撤離。既然陳倉能擋住叛軍的腳步，那就退守陳倉吧！」傅燮想了很久，這才緩緩地道：「侯爺，你是平定黃巾的大功臣，征戰沙場、指揮千軍萬馬必定是侯爺的強項，我和蓋大人願意暫時聽從侯爺調遣，等退了叛軍，我等也必定會聯名給陛下上書，述說侯爺的功勞！」

這種好事，高飛絕對不能客氣，這可是生死存亡的關頭，只要手裡有了兵馬，那底氣就不一樣，五千兵馬都是經過正規訓練的官軍，加上他的七百多騎兵，守住一個小小的陳倉簡直是綽綽有餘。

他點點頭道：「既然這是二位大人的意思，那我就卻之不恭了。不過嘛，二位大人既然知道刺史大人帶著那一萬五千人有去無回，難道就願意眼睜睜地看著他們去送死嗎？」

傅燮、蓋勳也拿不出什麼好的主意來，便拱手問道：「不知道侯爺有何妙計？」

高飛陰笑了一下，輕聲地對傅燮、蓋勳說了一番話，傅燮、蓋勳聽後，頓時大驚失色，臉上冷汗直冒，隨後一起問道：「侯爺，這可是死罪啊，難道侯爺真的要這樣做？」

高飛點了點頭，道：「二位大人，這也是形勢所迫，不得已而為之。事成之後出了什麼事，我一個人獨自承擔，絕對不會牽扯到二位大人，不過這件事還需要二位大人從中協助。」

傅燮、蓋勳都是對朝廷忠心耿耿的人，蓋勳更是名門官宦之後，自從祖上開始就一直是兩千石的高官了，二人內心做了一番交戰，最後還是答應了高飛，表示願意從中協助。

高飛也清楚，這件事確實是殺頭的死罪，可仔細想了想，如果這件事做成，他不僅可以掌控冀城內這支兩萬人馬的軍隊，更可以有足夠的本錢來進行光復涼州的計畫；如果不做，他就只能眼睜睜的看著這一萬五千人去白白送死。

他和傅燮、蓋勳趁著左昌還在校場集結軍隊，便悄悄地開始了行動。

冀城內的校場上，一萬五千人的馬步軍陸續集結在一起，在夕陽的暮色中，刀槍林立，旗幟鮮明。

所有的士兵心中都憋著一口氣，和羌胡作戰已經不是頭一次了，這次突如其來的羌胡反叛讓他們都氣憤不已，冀城內的士兵都是涼州人，他們有一部分人的家如今正飽受著羌胡鐵蹄的踐踏，一聽說要跟刺史大人出征了，每一個人都顯得精神抖擻。

點將臺上，涼州刺史左昌看著面前這支雄壯的漢軍，他的心裡更加的急切，眼裡冒出了對勸阻他出兵的傅燮、蓋勳等人的怒火，心中暗道：「等我從榆中救回了人，再跟你們慢慢算帳！」

「咚！咚！咚！」隨著左昌的手勢一抬，校場上的戰鼓便全部擂響了，發出了振奮人心的聲音。

一通鼓過，校場上再次安靜片刻，隨後一萬五千人的馬步軍同時大聲喊著「漢軍威武」的話語。

左昌抬起雙臂，輕輕地向下壓了壓，並且向前跨了一步，披著大紅披風的他正準備張嘴，卻見從校場外面疾速駛來了一隊人馬。

為首一人有著冷峻的面孔，頭戴鋼盔，身披重鎧，胯下騎著一匹烏黑發亮的雄健黑馬，腰中懸著一把長劍，同樣披著大紅披風，顯得極有威嚴，披風隨風擺動，更讓他顯得威風凜凜，正是都鄉侯高飛。

高飛身後是二十四全副武裝的親衛，趙雲、李文侯、卞喜和其他人正緊緊地跟隨著他，起落有致的馬蹄聲，如同鼓點一樣，在空曠的校場上發出了同樣振奮人心的聲音，所有的人都一起大聲喊道：

「聖旨到！涼州刺史左昌接旨！」

聽到這聲巨大的發喊，校場上的所有士兵都同一時間跪在了地上，齊刷刷的動作顯示了他們是訓練有素的精兵，士兵也異口同聲地喊著「萬歲萬歲萬萬歲」的話語。

聲音如雷，傳入點將臺上左昌的耳朵裡，他瞪著驚恐的眼睛，見自己身後的幾員部將無一例外的跪在地上，**他將信將疑，無法相信剛剛還是個血人的高飛，此時居然搖身一變，成了一個手拿聖旨的將軍模樣的人。**

二十一匹快馬從萬軍面前駛過，馬蹄聲幾乎在同一時間停了下來，戰馬發出興奮的長嘶，似乎是在給高飛等人壯聲勢。

高飛從馬背上跳了下來，手伸到背後，拿出一個繡著金龍的黃色榜文，徑直走向點將臺，趙雲、卞喜緊隨其後，李文侯則帶著餘下的人規整地站在點將臺的階梯上，手中按著自己腰中的佩劍，凌厲的目光環視著面前跪在地上的漢軍將士。

上了點將臺，高飛見左昌還愣在那裡，當即怒斥道：「大膽左昌，見聖旨如同親見陛下，居然敢不下跪？」

左昌見高飛煞有介事的，而且遍覽全場，除了高飛帶來了人之外，便只有他一個人沒有跪下了。抗旨不遵的罪名他還承擔不起，他只好跪在地上，做出接旨的模樣，叫過幾聲萬歲後，沒等高飛宣旨，便搶話道：「都……都鄉侯……你哪裡來的聖旨？」

高飛沒有回答，而是打開了手中的聖旨，宣讀道：

「奉天承運皇帝詔曰，今查涼州刺史左昌，勾結羌胡欲犯上作亂罪不容誅，即刻處死以儆效尤，涼州刺史一職由都鄉侯高飛暫時代理，欽此！」

話音一落，左昌頓時大驚失色，他猛然抬起頭，怒視著高飛，大聲喊道：「這不可能！我是冤枉的，我怎麼會勾結羌胡叛亂呢？侯爺請明察……」

「還敢狡辯？本侯親赴湟中，會晤北宮伯玉等眾位羌胡首領，為的就是收集你的罪證，如今證據確鑿，我急忙命人稟告陛下，陛下便發來聖旨，你個死賊，還有什麼話好說？」高飛怒喝道。

左昌面如土色，這種事情他從未經歷過，別說反叛，就算他想都不敢想，他情急之下，一把扯過高飛手中的聖旨，只匆匆看了一眼，便發現了端倪，突然大聲笑了出來，從地上站了起來，指著高飛的鼻子對眾人大聲喊道：

「大家都不要聽他的，這聖旨是……」

手起刀落，鮮血噴湧，一顆人頭就此落地，只留下點將臺上的左昌沒有頭的身體倒在血泊當中，鮮血濺得他身後的幾員部將滿身都是，更讓他們對高飛產生了很大的敬畏，紛紛拜道：「侯爺饒命，此事都是刺史大人一人操辦，與我等無關，我等均是一概不知啊，請侯爺明察！」

高飛手中提著血淋淋的長劍，劍尖上還滴著血，他見那幾員部將已是深信不疑，便從地上收起那道已經沾滿鮮血的聖旨，高高地舉在手裡，然後將長劍在左昌身上擦拭了一下血跡，隨即插進劍鞘。

轉過身子，高飛面對著校場上的萬餘名將士，面不改色，大聲喊道：「刺史叛亂，罪只在其一人，與旁人無關。我從湟中一路而來，護羌校尉早已經全軍覆沒，榆中此時也已經被叛軍占領，左昌之所以急著帶你們去榆中，是想將你們一網打盡。你們都起來吧，從現在起，我暫時代理涼州刺史一職。」

眾人紛紛叫道：「參見大人！大人威武！」

高飛又朗聲道：「如今叛軍十幾萬兵馬正朝漢陽殺來，冀城雖大，卻無險可守，你們現在火速去整頓行李，一個時辰後，大軍開始撤離。」

一聽到撤離兩個字，一些士兵的臉上便露出了不喜，對高飛的命令有所不滿。

高飛看了出來，當即道：「我知道你們現在的心情，我也是涼州人，我的家在隴西，現在也被叛軍占領了，但是形勢所迫，不得已而為之，叛軍鋒芒正盛，又人多勢眾，硬拼的話，只會全軍覆沒。為今之計，只能暫時退守三輔，緊守陳倉要道，等待朝廷援軍，一旦朝廷援軍到達，我必然會率領你們殺回涼州，光復我們的家園！這是軍令，違抗者殺無赦！」

「諾！」所有的士兵聽了，異口同聲的答道。

高飛隨即解散大軍，並且安排他們將城中能帶走的物資全都帶走。以他的估算，北宮伯玉的兵馬現在應該在襄武，眼看天就要黑了，他知道本不該在這個時候撤離，可是為了保存實力，不與叛軍發生衝突，還是決定連夜撤離。

太守府那邊，傅燮、蓋勳已經在高飛之前帶領著的七百多騎兵的幫助下，將府庫搬運一空，運著糧秣、兵器、錢財先行離開了冀城。

眾人散去，高飛抬頭看了看天空中的太陽，已經沉入了雲層，天就要黑了。他回過頭，看了一眼地上左昌的屍首，緩緩地道：「殺你一人，卻救下了一萬五千人，你也算死得值得了。」

趙雲陪護在高飛的左右，對高飛道：「侯爺，假傳聖旨、擅殺朝廷命官都是死罪，今天在眾目睽睽之下，侯爺的這件事想保密都難，只怕日後傳了出去，朝廷會追究侯爺的罪行……」

高飛打斷了趙雲的話，緩緩地道：「難道你願意眼睜睜的看著這一萬五千人去白白送死嗎？走一步算一步吧，已經到了這個節骨眼上了，也沒什麼好說的了，但願朝廷中還有明白事理的人……子龍，**如果有一天我不再是侯爺了，而是一名被朝廷通緝的欽犯，你……你還願意跟隨在我的左右嗎？**」

趙雲抱拳道：「侯爺的心思屬下明白，侯爺如此做是為國為民，縱使侯爺成了朝廷欽犯，子龍也願意誓死追隨侯爺左右，永不背離！」

高飛聽後很是感動，一把將趙雲抱在懷裡，重重地拍了幾下趙雲的背，說道：「子龍不負我，此後我也絕對不會負子龍！」

趙雲也是血性男兒，從下曲陽到冀城，一路跟隨高飛走來，他看到的是一個對百姓愛戴，為國事操勞的人，雖然只有短短兩個月相處時間，但是高飛卻一直拿他當兄弟一樣對待，他很慶幸自己選擇了這樣的一個主子，即使刀山火海，他也願意替高飛去闖。

高飛鬆開趙雲，眼角裡流出一滴熱淚，心中熱血澎湃，**他終於徹底征服了趙雲的心**。

可是趙雲卻不知道，他這樣做的目的，其實也是**在為自己謀取一定的利益**，雖然有點鋌而走險，但是如果不放手一搏，他和那些碌碌無為的百姓又有什麼區別呢？

「**人生本來就是一場賭局，任何的決定，都會決定你以後的命運。**」高飛在心裡暗道。

左昌勾結叛亂，高飛暫代涼州刺史的消息迅速傳遍了全城，兩萬漢軍將士都對此事深信不疑，何況高飛也是涼州人，他們相信高飛不會置涼州故地於不顧，他們堅信，高飛必定會帶領著他們重新來收服涼州失地。

一個時辰後，夜幕降臨下來，兩萬漢軍將士收拾了一切，在高飛的一聲令下之後，便開始連夜撤離，向三輔而去。

乾冷而又空寂的夜裡，一輪明月高高的掛在夜空中，整個大地都是一片銀灰色，官道上穿著橙紅色軍服的漢軍將士正在連夜急行。

高飛帶著冀城裡的兩萬將士很快便追上了傅燮和蓋勳，兩撥人隨即合軍一處，運載輜重的車輛隊伍被高飛帶領的七百多親衛騎兵給看護著，漢軍將士則在各個軍司馬的帶領下井然有序的行走著。

高飛走在隊伍的最前面，身邊是傅燮和蓋勳兩個人，二人雖然沒有親眼目睹傍晚殺左昌的場面，但是不難想像，做這樣的事情是需要魄力的，他們二人也不禁對高飛心生佩服。

「今日高某還要多多謝過二位大人，如果不是二位大人將以前的聖旨借給我的話，只怕我空口無憑，很難讓大家信服，還有我這身裝備，也要謝過二位大人的相贈。」高飛一邊策馬前行，一邊對傅燮、蓋勳二人謝道。

傅燮、蓋勳客氣地回道：「舉手之勞，侯爺何足掛齒。」

高飛道：「此言差矣，如果不是二位大人從中協助，只怕我也無法成功。不過二位大人放心，一旦朝廷方面追查起來，這件事我絕對不會連累到二位大人……」

「侯爺說這話就是拿我們當外人看待了，我們之所以不遺餘力的幫助侯爺，自然是懂得侯爺這樣做的目的。如果朝廷追查的話，我等二人願意和侯爺一起承擔，並且上書陛下，說明事情真相。」蓋勳急忙打斷了高飛的話。

高飛道：「可是連累了二位大人，我心裡還是感到很愧疚。」

傅燮道：「侯爺不必愧疚，如今我們是綁在一條繩上的螞蚱，既然我們決定幫助侯爺做這件事了，就不怕受到牽連，我等都是對大漢忠心耿耿的人，我相信陛下一定會體諒我們這樣做的苦心。最壞也不過是殺頭而已，二十年後又是一條好漢。」

高飛聽到傅爕、蓋勳如此說話，想了想道：「既然如此，乾脆一不做二不休，**索性將左昌勾結羌胡叛亂的罪名弄成真的，反正死無對證**，就算朝廷讓廷尉追究起來，只要二位大人和我的供詞一致，相信也不會有什麼事情。這樣一來，就可以免去了擅殺朝廷命官的罪名，而假傳聖旨的事，也就更可以有說詞了，二位大人以為如何？」

傅爕和蓋勳都是仁人君子，這樣平白無故誣陷別人的事，只怕他們骨子裡是做不出來的，可是現在命懸一線，何況左昌為人貪得無厭，他們也覺得為了這樣的一個人而送了性命實在不值。

互相對視一眼之後，二人很有默契地點點頭，道：「侯爺說得在理，那我們就這樣定了。」

之後三人又隨便聊了聊，這一聊不要緊，高飛從傅爕和蓋勳的話裡聽出他們對十常侍的諸多不滿，雖然不滿，可也無可奈何，畢竟他們每天都在皇帝身邊轉悠，又深受皇帝喜愛，就算有錯，也最多是罰點錢而已，而那些上本參十常侍禍國殃民的大臣，也就無一例外的被這些宦官給整死了。

高飛不喜歡東漢的官場，他也不想在京都裡混，縱使你是個三公九卿，可是也如同流水線一樣，走馬換任的事經常出現，今天還是太尉，明天就可能是庶民了，所以他認為還是在地方上為官才是安穩的，而且像遼東那樣的偏遠地區，更是最好的選擇了。

太陽初升的時候，兩萬多的軍隊停在路邊，奔走了一夜的他們都感到十分疲憊，而且行軍的速度也比純騎兵要慢了許多。

步卒是用雙腳走路，辛苦的程度自然比騎兵要多，可是高飛也不能丟下這些步卒，那可是一萬八千人啊。兩萬人的軍隊裡只有兩千騎兵，其餘都是弓弩手、刀盾兵、長槍兵、長戟兵組成了步兵方陣，是正規的漢軍建制。

一夜撤離，高飛也不忘派出斥候在後面進行偵查，他必須曉得背後的北宮伯玉的情況，他知道，北宮伯玉已經放出了狠話，不生擒他是不會甘休的，加上他從李文侯那裡瞭解到的北宮伯玉的性格，便不得不在行軍的同時，還要提防著後面的追擊。不過，好在他現在有兩萬人馬，就算北宮伯玉追來，他也不用怕。

當陽光照射到路邊的樹林裡，透過枯黃的樹枝映在高飛的臉上時，趙雲從一旁趕了過來，道：「侯爺，斥候回報，北宮伯玉已經從襄武出發，正朝冀城而去，所帶騎兵差不多約有一萬人！」

一萬人的騎兵對於高飛來說有點壓力，他曾經率領三百騎兵和叛軍前部的一千多騎兵廝殺過一次，多少對那些羌胡叛軍的戰鬥力有了一定的瞭解。

他急忙站起身子，對趙雲說了聲「再探」，便徑直朝傅燮、蓋勳二人所在的地方走了過去。

傅燮、蓋勳二人一路上負責押運輜重的後勤任務，兩萬大軍的吃喝全部從他們這裡解決，高飛想到了一個妙計，不找傅燮、蓋勳幫忙，這計策很難施展的開。

傅燮、蓋勳二人雖然擔任文官，但是兩個人都是良家子弟，學習的是儒家文化，而儒學者自幼學習六藝，六藝裡面就有御和射兩項，御就是指騎術，射就是指射箭，對他們來說，打仗的次數雖然少，可是武備上卻不見得落後於別人，性格上也自然會有剛毅的一面。

傅燮、蓋勳二人正端坐在樹下，二人頭一次夜間趕路，疲憊不說，還犯睏，雖然強打起精神，但是一休息下來，不知不覺便進入了夢想。

「二位大人睡得可香否？」

高飛見傅燮、蓋勳二人還在呼呼大睡，雖然有點不忍叫醒他們，可是事情緊急，也管不了那麼多了。

高飛一連叫了三聲，這才將傅燮、蓋勳叫醒，但見他們兩人眼裡佈滿了血絲，便道：「辛苦二位大人了，情況特殊，不得已而為之，還請兩位大人勿怪！」

傅燮揉了揉眼睛，站起來道：「是不是要啟程了？」

高飛搖搖頭：「啟程前，還想請兩位大人做一件事。」

蓋勳聽到動靜，也趕忙起身問道：「侯爺有事儘管吩咐，如今侯爺是涼州刺史，我們都是侯爺的下屬，侯爺就用不著客氣了。」

高飛開門見山地道：「我想請兩位大人在大軍開拔的時候，做兩千個灶臺。」

「灶臺？」傅燮、蓋勳二人不解地望著高飛，齊聲問道。

高飛點點頭道：「我得到消息，北宮伯玉正率領一萬騎兵在背後追來，以他們全部騎兵的速度，只怕很快就能追上我軍。那些騎兵都是清一色羌胡組成的，作戰十分悍勇，一萬騎兵對我們這支連夜行軍，疲憊不堪的兩萬馬步來說，是個不小的壓力，所以我想到了一個主意，想以此讓叛軍對我軍掉以輕心，這樣一來，就算被追上了，我軍也可以出其不意地展開攻擊，將其擊退！」

傅燮、蓋勳二人畢竟是飽讀過詩書和兵法的人，想了想，便同聲道：「侯爺讓我們做灶臺，莫非是**想效仿孫臏減灶的妙計？**」

高飛笑了笑，道：「正是。」

蓋勳道：「羌胡多恃強凌弱，侯爺此時施展減灶妙計，確實是最合適不過。不過，既然要如此做法，就必須不能引起叛軍的懷疑，我以為，侯爺可令大軍每日只行三十里，每到一處便紮下一營寨，一來可以依靠營寨抵擋叛軍騎兵的騷擾，二來，士兵可以在營寨中養精蓄銳，等三天後差不多就可以讓叛軍信以為真，到時候叛軍必然會擔心我軍逃入三輔而對營寨展開攻擊，那我們就可以出其不意，給叛軍一個下馬威！」

高飛聽後，覺得蓋勳所說的和他所想的基本上差不多，笑道：「蓋長史果然是深諳兵法，在下佩服。」

傅燮道：「這都是侯爺的功勞，若非侯爺想到此妙計，我們又怎麼能夠依葫蘆畫瓢呢？」

三人相視而笑，說幹就幹，傅燮、蓋勳隨即帶著兩千人在一處空曠的地方做下了兩千個灶臺，然後又從四處弄來乾柴，在每個灶臺那裡都放上一把火，將灶臺熏黑，整個過程只用了片刻功夫。

之後高飛傳令全軍，大軍緩慢前進，讓傅燮、卞喜帶著一千步卒護衛糧草輜重，讓趙雲帶著五百騎兵守在隊伍的最後。大軍緩慢前進了三十里之後，高飛便下令全軍停止前進，然後開始在一片空地上安營紮寨，並且不斷地派出斥候打探北宮伯玉的情況。

半個時辰後，士兵們便將大營紮好，又從四處光禿禿的樹林裡砍下了許多棵樹，製作成鹿角、拒馬等阻礙騎兵的障礙物，環繞在大營一周，並且大營裡多置弓弩手，戒備森嚴地守衛著大營。

正午剛過，大營裡便開始埋鍋造飯，這一次的灶臺數量只做了一千五百個，比早晨的時候遠遠少了五百個，按照當時一個灶臺上的鍋供給十名士兵吃飯的標準，光從灶臺數就可以讓人看出大軍的數量。

吃飽飯後，士兵們輪流站崗放哨，換班休息，斥候卻一個接一個回來，然後一個又接一個出去。高飛每隔十里便安插一個斥候。

他們一夜走了將近八十里，加上從襄武到冀城的距離，差不多有一百五六十里，每一次斥候回來稟報，他就知道北宮伯玉的騎兵隊伍和他近了十里。

北宮伯玉帶著一萬騎兵昨天到達了襄武，看到的卻是空蕩蕩的襄武城，以及城裡街道上的幾百具屍首。他看到這一幕便知道了發生了什麼事，簡單的休息一夜之後，於拂曉時分從襄武出發，向冀城趕去。

疾速奔行了七八十里路，一行人終於在正午時分到達冀城，見冀城城門緊閉，城樓上，漢軍大旗迎風飄舞，城牆上還矗立著穿著漢軍軍裝的士兵，遠遠看去，當真是戒備森嚴。

北宮伯玉知道冀城是涼州刺史的治所，更加知道城裡有兵，他沒有輕舉妄動，先派出一千騎兵帶著弓箭，突兀到護城河邊亂箭掃射城牆上的漢軍士兵。派出去的騎兵哇呀呀的叫喊著，疾速地衝了過去，本來做好了隨時防備城牆上射下的箭矢，卻見那些漢軍士兵一動不動，他們很是生氣，以為這些漢軍士兵根本不將他們放在眼裡，便舉起手中的弓箭一陣亂射。

箭矢射上城牆，射穿了那些漢軍士兵的身體，可是叛軍們卻見到奇怪的一幕，他們沒有聽見喊叫，沒見到那些漢軍士兵倒下去，而是看見他們的箭矢牢牢地掛在那些士兵的身上。

奇怪的現象讓這些羌胡叛軍感到很是疑惑，大家紛紛靠近護城河邊，用手遮擋著陽光，定睛細看，才發現是一個個用枯草紮起來的人。

他們急忙將此事報告給北宮伯玉，北宮伯玉派人圍繞冀城其他兩個城門環視了一圈，見城牆上立著的都是這種稻草人，而三個城門只有東門是開著的。

北宮伯玉立刻讓部下調轉到了東門，他以為漢軍不會輕易放棄此城，肯定城裡有埋伏，便遲遲不敢進城，讓人在城外叫罵了一陣之後，沒有任何反應，城中更是死一般的寂靜。他這才派人小心翼翼地馳入城中，進入城中的人四處找尋，居然連一個人影都沒有見到。

北宮伯玉率領大軍入城，在刺史府、太守府、府庫翻了個遍，什麼值錢的東西都沒有留下，整個冀城就是一座空城。

他很納悶，想不通為什麼這樣的城池會成為一座空城，而城裡的那麼多百姓又是什麼時候撤走的。他在城裡休息片刻之後，便繼續率領部隊，沿著官道向東追擊而去。

傍晚時，北宮伯玉來到一片空地上，看到成片的灶臺，他粗略地讓人數了數，足足有兩千個。他不敢再輕易冒進，他知道兩千個灶臺代表著什麼，這說明他是在追擊一支兩萬人的部隊。

他派出斥候向前偵查，自己卻率領大軍在此處休息。

過了一會兒之後，派出去的斥候回報，說前面三十里有一處漢軍立下的營寨，營寨的灶臺差不多有一千五百個，而漢軍又向東撤退了。

北宮伯玉一聽這消息，當下喜出望外，他堅信漢軍的軍心已經潰散了，不然也不會一下子逃跑了五千人。不管前面的漢軍裡有沒有高飛的蹤跡，他都要將這支漢軍踏平，然後率領騎兵直接殺入陳倉，將高飛那個小子抓來，將其斬殺，以告慰他部下的在天之靈。

「出發！」

隨著北宮伯玉的一聲令下，一萬騎兵再次出發，只是這一次北宮伯玉沒有跟得太急，既然漢軍害怕他，他就不必那麼急著追了，讓他們自行潰散，然後再以優勢兵力將其全殲。

斥候的回報讓高飛很是滿意，北宮伯玉果然上鉤了，雖然緊隨在其後，卻沒有採取任何行動，始終和漢軍保持著若即若離的距離，既不輕易放走，也不輕易進攻。

一連三天下來，漢軍在高飛的帶領下只退後了一百里，每天三十里一紮營，每天都按照五百個灶臺來進行減少。不僅如此，就連紮下的大營也一次比一小，旗幟的雖然沒有減少，但是營寨後面已經開始換上真人和稻草人相間的士兵了。

他這樣做的目的很簡單，**一來是為了迷惑敵人，二來是為了給那些退走的百姓有足夠的時間退到陳倉以東。**

北宮伯玉正在十里外的樹林裡等候，一聽到斥候的回報，便顯得很是開心，而且三天的時間裡，他們所攜帶的乾糧也幾乎快吃完了，是時候展開行動了。

羌人也好，湟中義從胡也罷，他們都屬於游牧民族，行軍的時候不需要像漢人軍隊一樣帶那麼多東西，而是每個人都簡單的帶上一點乳酪和水，就夠他們吃的了，其他的一切就完全靠漢人那麼供養，**以戰養戰是他們最具有特色的戰**

爭方式。

可是，這三天一路走來，所過之處不是空的城池就是空的村鎮，漢人的百姓們都不知道跑到哪裡去了，讓他們一點東西都沒有搶掠到，這一點，是整個叛軍最不能容忍的。

北宮伯玉做為這一萬人的首領，自然知道自己的手下在想些什麼，看到許多部下的不滿情緒，他終於下定了決心，今天開始襲擊漢軍營寨！

稍微休息了片刻之後，北宮伯玉便翻身上馬，按照他的估算以及斥候的回報，現在漢軍大營裡最多只有五六千人，其他的都已經潰逃了，他要徹底消滅這支與他為敵的部隊。

北宮伯玉朝自己的部下喊了幾聲讓他們振奮的話語，並且吹噓漢軍營寨裡有大批的黃金和糧食，誰搶到就是誰的。那群叛軍都是見錢眼開的人，一聽這話，眼睛裡直冒金光，隨著北宮伯玉的一聲令下，便呼嘯而去。

十里外的漢軍大營裡，三天的時間早已經讓漢軍做足了準備，也養好了精神，他們每個人的心裡都明白，今天必然會有一番大戰。

營寨外圍依然有鹿角、拒馬等障礙物環繞著大營，這樣可以減緩叛軍騎兵的速度，增加防守的力量。

營寨內的漢軍旗幟還在寒風中呼呼作響，天氣一天一天的變冷了，已然進入九月下旬了。高飛穿戴著盔甲，身後帶著二十個親衛，正在大營裡做最後一次巡視。

巡視完，高飛對跟在身後的幾個親衛道：「你們幾個分頭去傳達命令，讓弓弩手們每十個人射敵軍的一個人，刀盾兵、槍兵和戟兵隨時做好衝出去的準備，另外通知在營外的趙雲和李文侯，看到大營裡紅旗飄動的時候再殺出來。」

幾個親衛應聲而去。

今天天空中沒有太陽，天空上瀰漫著陰霾的愁雲，雲朵越聚越多，逐漸形成了厚厚的雲層，天是陰的。

大約過了半個小時，營寨內的所有人都能感受到大地為之顫動，雜亂的馬蹄聲震懾著人的心魄，從西邊大官道上捲起了一陣灰塵，灰塵中不斷有雄壯的羌胡騎兵駛出來，當真是萬馬奔騰。

高飛透過營寨木柵欄的縫隙，看著萬馬奔騰的場面，但見北宮伯玉一馬當先，身後都是穿著戎裘的胡人，每一個人的體格都很強壯，與自己營寨裡的漢軍將士比起來，有過之而無不及。

可是他也看出來了，每個羌胡騎兵的臉上都帶著一種不屑，就連他們的神情也是一副洋洋得意的樣子，似乎不久之後，這座營寨裡的東西就是他們的了。

漢軍營寨紮在東去的官道上，官道兩邊是不太高的丘陵，丘陵上有著一片不太茂密的樹林，樹林裡靜悄悄的，絲毫沒有引起那群羌胡騎兵的興趣。

北宮伯玉奔馳到營寨外三里的地方停了下來，先是看了看營寨裡稀鬆的漢軍士兵，又看了看林立的旌旗，兩種景象形成了極大的反差，冷笑了一聲，淡淡地道：「虛張聲勢而已！給我進攻！」

隨著北宮伯玉的一聲令下，幾百個騎兵率先衝了出去，他們從馬鞍下取下了一根套索，散成一線揮舞在頭上，準備去用套索將環繞寨門的鹿角全部拆除。

寨門中隱藏的弓箭手按照高飛的指示，放出了稀稀落落的箭矢百餘支，對於天生是馬背上健兒的叛軍來說，簡直沒有一點威脅。幾百個叛軍騎兵迅速用套索拉開了寨門前的鹿角，如此微乎其微的防守讓那些叛軍發出了歡喜的叫喊。

鹿角拆開之後，北宮伯玉隨手抬了起來，身邊的一個騎兵便吹響了嗚咽的號角，號角聲一經響起，身後的那些騎兵便抽出了自己手中的彎刀，一些騎兵更是將箭矢搭在了弓弦上，嗚嚕嚕的發著叫喊，策馬衝向了寨門。

所有人感到大地再次顫動起來，都屏住了呼吸，他們沒有行動，眼睜睜地看著那些叛軍騎兵帶著囂張的氣焰衝殺過來。

一千米，近了！八百米，又近了！五百米，更近了！二百米……

「拉！」高飛看準時機，猛然下達了命令，守在寨門前的士兵也猛然拉動了手中的繩索，前方二百米的土堆裡迅速有一排尖錐形的拒馬被拉得立了起來，衝在最前面的叛軍騎兵措手不及，連人帶馬硬生生地撞進了堅硬的拒馬裡，鮮血頓時順著拒馬上的一根根木樁流淌下來，將附近的黃土染成了血色。

叛軍的騎兵大吃一驚，萬萬沒有想到剛才撤掉了漢軍的鹿角，居然又碰上了拒馬，後面的騎兵，座下戰馬看到前面的一幕都有些受驚，加上騎手都急忙勒住了馬匹的韁繩，除了衝在最前面的百餘個騎兵喪命以外，其餘的都完好無損的在後面原地打轉。

「不要怕，漢軍就這些伎倆，跳過去，衝進營寨，砍殺寨門，讓他們見識一下我們鐵蹄的威力！」

這點小小的傷亡，北宮伯玉根本不在乎，他的眼中，漢軍已經是走投無路了。

叛軍眾多騎兵聽到了北宮伯玉的叫喊聲後，便策馬向後倒縱了幾步，然後再次調轉馬頭，「駕」的一聲大喝，用他們高超的騎術使得馬匹凌空躍起，以最快的速度衝過拒馬。

每個人的手中還在揮舞著套索，他們要用這套索套到漢軍營寨的寨門上，然後利用馬匹的力量將寨門和柵欄全部拉毀。

一百米，叛軍騎兵已經近得無法形容了。

「放箭！」高飛看準時機，立刻叫道。

一聲令下，預先埋伏在營寨柵欄後面的弓弩手交替著射出了箭矢，每十個射手瞄準一個叛軍騎兵，射出的箭矢沒有射不中的。

頓時出現的漢軍箭雨讓叛軍騎兵猝不及防，連人帶馬被射成了刺蝟，倒在寨門前的沙土地上。這一次叛軍騎兵傷亡慘重，一千多騎兵瞬間便成了孤魂野鬼。

北宮伯玉沒有氣餒，他不在乎這點小小的傷亡，揮舞著彎刀在後面大聲地喊著：「給我衝，漢軍就五千人，勝利是屬於我們的！衝啊！」

叛軍騎兵似乎不懼怕死亡，他們都是在刀口上舔血的人，所有的人自小便接受著嚴格的訓練，他們不懼怕漢人，相反，漢人應該怕他們才對。

第二波騎兵隊伍迅速衝了上去，第三波、第四波、第五波、第六波、第七波緊隨其後，以一千人為梯隊的叛軍騎兵，猶如層層波浪般向漢軍營寨衝去，只是這一次他們手中都握著弓箭，而不是套索和彎刀了，他們要用自己手中的箭矢射穿漢軍的營地。

六千叛軍騎兵一下子便湧了上來，弓弩手們初開始還能按部就班的十個人射一個人，但是當叛軍騎兵迅速衝了過來，用他們手中的箭矢射向營中的時候，漢軍的弓弩手們便開始有點慌亂了，幾千弓弩手頓時各自為戰，各自選擇著自己的目標。

箭矢如雨，成千上萬的箭矢在營寨的上空來來往往，一些漢軍士兵剛露頭便被叛軍的箭矢射穿了身體，兩軍展開了弓弩手之間的對射較量。

「打開寨門！」

高飛左手持盾牌，右手握著長刀，環視嚴陣以待的兩千刀盾兵，見叛軍騎兵已經衝到離營寨還有五十米遠的位置，便對守寨門的士兵喊道。

寨門打開了，高飛身先士卒，高舉盾牌，第一個衝出寨門，其餘的盾牌兵緊隨其後。

穿著橙紅色漢軍服裝的士兵在高飛的帶領下，像一道傾瀉的洪流，以最快的速度衝進叛軍的隊伍裡，舉刀便是一陣亂砍。

淒慘的叫聲不斷地發出，人的手臂、大腿、頭顱，不斷地從馬背上掉落下來，戰馬也受到了驚嚇，紛紛向四周亂竄。

此時，卞喜率領著兩千長槍兵從營寨裡衝了出來，緊接著，大營的望樓上一面鮮紅的大旗不斷地揮舞，再後來，從官道的兩邊突然殺出了兩撥漢軍騎兵，趙雲、李文侯二人各自率領著一千騎兵，出現在北宮伯玉的側後方。

叛軍大驚，只聽到處都是喊著「漢軍威武」的橙紅色部隊，到底有多少人，他們也搞不清楚，士氣頓時跌了下來。

叛軍開始四處逃竄，卻見官道左邊的樹林裡漢軍軍旗飄動，傅燮帶著三千漢軍殺了出來，而右邊的樹林裡，蓋勳率領著三千漢軍殺了出來，前後左右將叛軍圍在一片不大的空地上，人擠人，馬擠馬，立刻變得十分擁擠。

營寨裡，漢軍的弓弩手還在不停地射出箭矢，他們紛紛現出身影，朝著人多的地方便是一通亂射，愣是用箭雨將叛軍壓制住了。

人聲鼎沸，到處都是慘叫聲和馬匹的嘶鳴聲，血液也不斷從人體內噴湧而出，黃土地很快便變成了一片血色，一具具屍體橫七豎八地躺在地上。

北宮伯玉見到這種情況，立刻糾集後面的騎兵，企圖衝殺出去，奈何背後的騎兵早已亂作一團，**驕傲自滿的叛軍騎兵第一次感受到漢人的猛烈打擊**，突然冒出的人遠遠超過了他們的想像，讓他們的心理陷入了極度的恐慌。

後面衝殺不出，前面不斷後退，很快便將北宮伯玉擠在了隊伍的最中央，擁擠的道路讓他無法轉身，甚至下馬都無法。

只見漢軍不斷地圍上來，將他們包圍在一個狹窄的地域內，叛軍騎兵也不斷地減少，只這麼一刻鐘的時間，已經剩下不到五千人了。

羌胡騎兵不怕死，高飛深深知道這一點，所以也不敢相逼，萬一剩下的做出困獸之鬥，拼起命來，那就得不償失了。

高飛斬殺了最後一個叛軍騎兵，將這些人全部圍在一個十分擁擠的地帶上，便對身後大聲喊道：「換白旗！快換白旗！」

聲音被接龍式的傳到了營寨內，望樓上的士兵聽見，立刻將白旗用力的揮舞著。白旗一經亮起，堵在最後面的趙雲和李文侯見了，便稍稍讓出了一條口子，假裝被叛軍騎兵突破了包圍。

口子一開，本來見大勢已去，準備奮力死戰的叛軍騎兵頓時沒有了那種意思，而是一心想要突圍出去。

於是戰場上的形勢發生了變化，高飛帶著人再一次地向前猛砍猛殺，和傅燮、蓋勳等人三面掩殺，而後面讓出道路的趙雲和李文侯也在路邊用滾木擂石狠狠地砸著逃跑的人，有箭法好的，乾脆用弓箭代替。

雖然前途凶險，矢如雨下，但是這些叛軍還是義無反顧的順著道路向回奔走，他們不想既沒有搶到錢財，又丟了性命。

北宮伯玉也在親隨的護衛下，快速地順著那條道路逃了出去，他此刻什麼也不管了，只有逃出去才是最好的出路。

第二章

鍾馗抓鬼

周倉道：「侯爺，這兩天也不知道怎麼了，叛軍不進攻也不後退，到底是在搞什麼鬼？」

「不管叛軍搞什麼鬼，咱們漢軍就是鍾馗，總是能夠將小鬼抓住的。」

「鍾馗是誰？」周倉問道。

高飛笑道：「就是抓鬼的人。」

半個時辰以後，廝殺徹底停止了，趙雲帶著五百精騎尾隨著那些羌胡叛軍而去，希望能再殺幾個羌胡。

戰場上到處瀰漫著血腥味，所有參戰的人員開始收拾戰後的場地，將漢軍士兵的屍體和叛軍的屍體分開，統計戰場，並且收攏兵器、馬匹、錢財。

經過半個時辰的清掃，結果便出來了，叛軍戰死八千九百一十三人，漢軍只戰死了五百六十七人，多麼驚人的數字。

漢軍的士兵都對高飛的指揮很是佩服，激動之下，便忍不住喊出了「侯爺威武」的口號來，讓高飛在這群士兵的心裡奠定了一種威信。

「侯爺，今天可謂是一個大勝利啊，如果不是侯爺指揮有方，我們也不能取得如此勝利。這樣一來，北宮伯玉勢必對侯爺心生畏懼，只怕不會再追來了。我們現在應該趕緊回到陳倉佈防才是，萬一邊章、韓遂帶著十幾萬大軍而來，只怕我們很難抵擋得住。」傅燮一臉高興地道。

高飛點點頭，隨即吩咐士兵焚燒叛軍屍體，並且掩埋漢軍士兵的屍體。

一切後事準備妥當之後，趙雲帶著五百騎兵一個不少的回來了，每個人的馬頭上各自懸著一顆人頭，居然又追擊斬殺了五百個叛軍。隨後拔營起寨，漢軍開始疾速前進，朝八十里外的陳倉進發。

傍晚時，天空下起了雨，濕冷的雨水並未沖刷掉漢軍士兵身體流著的熱血，在他們的心裡，**帶領他們前進的都鄉侯，已經成了拯救整個涼州的不二人選。**

雨越下越大，山道中的漢軍卻沒有因為雨水的影響而停止前進，他們仍然以急行軍的速度向陳倉奔去，爭取在入夜的時候能夠到達陳倉。

夜幕悄悄的拉了下來，每個士兵的身上都濕漉漉的，衣服裹在身體上，饒是如此，每個人的心裡都是暖烘烘的。

到達陳倉已經差不多是晚上九點了，所有人都長吐了一口氣，冷清的陳倉頓時變得擁擠起來，好在廖化、盧橫等人早就做好了接應的準備，進過一番安排後，漢軍便住進了暫時的營寨。

陳倉縣衙內，疲憊不堪的高飛換掉身上的濕衣服，洗了個熱水澡。想想這大半個月來的涼州之行收穫頗豐，臉上露出了滿意的笑容。他喝了一碗熱湯後，便倒在舒適的床上睡著了，這是他這大半個月來第一次睡得那麼香，那麼安穩。

回到陳倉，高飛來不及休息，便一腔熱情的投身到修葺城牆、加固城防上去了。陳倉的城牆雖然破舊，但是根基未壞，只要加以修葺，定然能夠舊貌換新顏。

東西全長不過十里，南北寬不過七里的陳倉城內，幾千名士兵熱火朝天的幹起活來。他們推倒城內破舊坍塌又無人居住的房屋，然後將那些磚瓦運送出城，另一些士兵則從十里外一個坡度不是太陡的山上運來石頭，並且從百姓裡挑出泥瓦匠，加以打磨成方形石塊，然後送到西門外。

高飛見陳倉附近的山上有一些石灰石，覺得可以加以利用，便派人去採集這種石灰石，然後運來黏土，再將一些細小的石子混在裡面，用水加以攪和，便成了最原始的水泥了。

都說人多力量大，這話一點都不假，高飛指揮著這些士兵只幹了一個上午，一個在城牆裡面擴建的小型甕城便已經有了雛形。

高飛回到縣衙，縣衙裡，傅燮、蓋勳正在算著每天軍隊的糧食開銷，以及從涼州撤離了多少百姓。

「二位大人，已經正午時分了，你們還不吃飯嗎？」高飛朝兩人問道。

傅燮道：「侯爺，你先吃吧，我們不急，如果不能準確的知道從涼州撤離了多少百姓，以後就無法如數遣回那麼多的百姓。據侯爺手下的縣尉華雄講，這八天來，一共有六萬多百姓從陳倉入了三輔，漢陽郡一共有兩萬七千四百二十三戶百姓，合計人口是十三萬一千一百一十八口，如今有六萬多人入了三輔，我必須要搞清楚這六萬多人都是附近哪個縣的。」

聽到傅燮對所管轄的郡內人口如數家珍般的熟悉，高飛佩服地道：「沒想到傅大人對郡內人口如此熟悉，可是以現在這種境況來看，即使知道了百姓是哪個縣的，又有什麼用？」

蓋勳笑道：「侯爺，你有所不知，太守大人這是在估算以後的賦稅問題，必須搞清楚具體的數字，只有如此才好上奏陛下格外恩賞，以便減免漢陽郡的賦稅。不光如此，我現在正在幫侯爺統計整個涼州的戶數和人口，如今叛軍估計已經占領了大半個涼州，不統計出來這些損失，大司農和陛下那裡就無法決定減免賦稅的年數。」

聽完，高飛這才知道傅燮和蓋勳的用意所在。

他嘆了口氣，道：「就算陛下能減少涼州百姓的賦稅又有什麼用？經此動亂，涼州起碼要有幾年才可以恢復過來，只怕涼州的百姓不願意再回去了。」

傅燮道：「侯爺的擔心也不無道理，但是減免賦稅總比不減免要好，至於減免幾年，這就要交給大司農和陛下定奪了。」

高飛深刻地感受到，傅燮和蓋勳能文能武，是很不錯的地方官，便道：「二位大人，人是鐵，飯是鋼，一頓不吃餓得慌，這種事情不是一朝一夕能夠估算出來的，不如先去吃個飯，吃完，我派人協助二位大人一起整理如何？」

傅燮問：「侯爺是不是有什麼好的方法統計人口呢？」

高飛點點頭道：「如今湧入三輔的百姓，大多被京兆尹接納在長安一帶，那裡是關中之地，地方遼闊，區區六萬多百姓完全可以有能力暫時安置。如果兩位大人想要知道確切的人數，只要派人去百姓的安置區挨家挨戶的進行人口普查就可以了。二位大人在這些冊子上看到都是死數字，根本無從查起。」

傅燮聽後，臉上露出喜色，將正在看的戶籍冊給合上，朝對面在進行審核的蓋勳道：「蓋長史，走，吃飯去！侯爺的這番話很精闢。人口普查，我怎麼就沒有想到呢。」

吃過飯，高飛便派了五百名士兵給傅燮和蓋勳指揮，讓他們帶著那五百名士兵去長安一帶進行人口普查。臨行前，傅燮和蓋勳還表示要從京兆尹那裡弄來一些糧草，因為軍隊只剩下半個月的糧草了。

送走傅燮和蓋勳之後，高飛便去探訪受傷的龐德、裴元紹、夏侯蘭，以及那些在戰爭中受傷的士兵。之後，高飛叫來盧橫和廖化，他從昨天回來一直到現在，都沒有問起高氏宗族的情況，他想知道盧橫和廖化將高氏宗族安排在哪裡。

「參見侯爺！」盧橫和廖化一進縣衙大廳便拜道。

高飛道：「免禮，我問你們，高氏宗族被遷徙到哪裡去了？」

盧橫答道：「侯爺的宗族隨同那些涼州百姓，一起被京兆尹接納在長安一帶，而陳倉的一千戶百姓也一起跟了過去，涼州叛亂的消息已經傳到了三輔，三輔震驚，右扶風大人的一聲令下，將武功以西的百姓全部撤離到了關中，並且派人來請侯爺一起撤離，屬下便將侯爺在涼州的消息告訴他們，右扶風大人囑咐屬下告訴大人，緊守陳倉，勿要放過叛軍，他會寫奏摺上奏朝廷，祈求援軍。」

「嗯，這個右扶風大人處理得很是得當。我走的這些天，沒有什麼大事吧？」

廖化道：「沒什麼事，一切正常，不過華雄在侯爺走後便募集了二百鄉勇，本來昨天就想告訴侯爺的，看侯爺太累，就拖到了今天才說。」

「華雄還不錯嘛，如今也是用人之際，多一個人就多一份力量。」高飛開心地道。

盧橫問道：「侯爺，屬下有一件事不明白，侯爺去一趟涼州，怎麼一下子變成了涼州刺史了？」

高飛於是將在涼州的遭遇簡單地講給盧橫和廖化聽，二人這才明白過來。

廖化和盧橫又向高飛說了些陳倉裡發生的大小事，之後三個人便一起走出了縣衙，分別去指揮士兵修葺城牆和甕城。

三天後，陳倉城牆被修葺完畢，甕城也修建完畢，防禦工事暫時告一段落。

隨後的幾天裡，高飛便開始命人打造投石車，從山上運來大量石頭做為防守之用，更讓石匠打磨了十個巨型大滾石，高一丈，寬半丈，可以從城門下面順利的穿過。

有了兵，又加強了城牆的防禦，高飛心裡就更加有底氣了，他開始在城牆外面丈量弓箭的射程，以及投石車的射程，然後用石頭做標記，在城外的地上標了出來。

漢軍的弓箭射程遠，但是準頭差，步兵弓可以射出差不多三百步遠，是漢軍裡面裝備最強的一種弓，而弩射程近，但是很有準頭，他又讓人取來了騎兵用的短弓，以及軍隊裡其他兩種有著不同張力的弓箭，親自向城外射出箭矢，讓人做出標記。

三百步弓，二百步弓，一百五十步弓以及一百步弩，都各自準備了一千士兵來進行訓練，分別交給廖化、盧橫、周倉、管亥四人率領。

除此之外，他還用造好的投石車放在不同的位置上，使得射程逐一遞減，形成一個階梯式的射程，這樣一來，在遇到叛軍猛烈的攻擊時，他便可以進行很好的防守，從不同的範圍內用最具有殺傷力的武器。

為了做到萬無一失，他甚至讓人收集猛火油，一旦這些弓弩無法壓制住那些叛軍的進攻，他就用火進行焚燒。

完成了所有的城防，已經是五天後了，涼州叛軍那邊還沒有任何進攻的動向，據回來的斥候說，邊章、韓遂率領的叛軍已經占領了漢陽、安定、隴西、金城、武威等地，而且叛軍的數量也在逐漸增加。

聽到斥候帶回的消息，高飛開始擔心起一個人來，那個人就是賈詡。

自從在破羌縣分開後，也不知道賈詡怎麼樣了。他現在的手下都是武將，像賈詡這樣的謀士還沒有一個，而他遇到的第一個三國謀士便是賈詡，心中就更加看重這個「毒士」了。

九月二十六。

傅燮、蓋勳帶著五百士兵從長安京兆尹返回，並且帶回一個振奮人心的消息：中原黃巾盡數被平，漢靈帝簡單地做了一番封賞之後，便命令車騎將軍皇甫嵩帶著十萬精銳的漢軍前來涼州平叛。

一場大戰在所難免……

九月二十七日。

氣溫開始驟降，天空飄落著雪花，高飛和所有的漢軍一起換上傅燮、蓋勳從京兆尹那裡弄來的冬裝，在冬裝外面罩著鐵甲，顯得十分臃腫。

下雪在高飛看來是件好事，一旦降雪，或許涼州的叛軍就會暫時停止行動。

正午時分，城牆上只有少許的士兵，其餘人都窩在城後的軍營裡吃著暖和的飯。

縣衙裡，高飛正喝著熱騰騰的湯，筷子裡夾著鹹菜，剛放到嘴邊，還沒來得急吃，便見面前平靜如水的熱湯出現了層層波紋，他的腳下也感受到輕微的晃動。

「地震嗎？」高飛在心裡揣測道。

不多時，晃動越來越劇烈，高飛生出不祥的預感。

西門的甕城發出急促的一通鼓聲，所有的人立刻變得警覺起來，是敵襲，叛軍發動襲擊了。

高飛連忙放下手中的食物，從武器架上取下佩劍，拿上遊龍槍，快步朝西門跑了過去，邊跑邊大喊道：「子龍、龐德、夏侯蘭、李文侯跟我來，周倉、管亥、廖化、盧橫，快帶著弓弩手上城牆！裴元紹、卞喜隨時做好救援準備，傅燮、蓋勳火速傳令城東大軍集結，叛軍發動敵襲了。」

聲音落下時，高飛也不管後面到底有誰跟來，便用最快的速度跑向西門，登上了城樓。

城牆上的三百弓箭手已經滿弓待射了，他們的眼裡都是一陣驚恐，筆直的山道上，人潮如同滾滾浪花一樣，所過之處，那些積雪都被黑壓壓的叛軍騎兵給淹沒了。

「糟糕！標記被雪淹沒了。」高飛看了一下城外的地上，白茫茫的一片，根本找不到昨天弄好的各種武器的射程範圍。

雄健的騎兵隊伍沿著山道一路狂奔，一眼望不到頭，只見從幾里外的轉彎處不斷有叛軍的騎兵從那裡湧出來。

很快，叛軍的前部奔馳到陳倉城外五百米的位置，在那裡勒住了馬匹，在萬眾簇擁下，北宮伯玉和另外兩個戴盔穿甲的中年漢子走到隊伍的最前列。

「侯爺，是邊章和韓遂！」李文侯指著北宮伯玉身邊的兩個漢子對高飛說道。

高飛看了看北宮伯玉身邊的兩個人，中間的那個人，眼窩深陷，鼻梁高高隆起，一雙炯炯有神的眸子正盯著自己，下頷上掛著山羊鬍子，從面相上看，倒有幾分儒雅。

左邊的那個，則是一個濃眉大眼的虯髯大漢，身材極為魁梧，雖然騎在馬背上，但是修長的雙腿卻懸在半空，幾乎要挨著地面了，讓人看著極為不舒服，似乎是座下那匹馬無法托起他的身體一樣。

「哪個是韓遂？」高飛打量完那兩個人之後，問李文侯。

李文侯指著中間的那個人道：「他就是韓遂，左邊的是邊章。」

未等城樓上的人有所動作，便見北宮伯玉從背後的馬鞍上解下一個血淋淋的布袋，用力向前一扔，布袋摔在地上，從裡面滾出三顆人頭來，尚有一些人頭還在袋子裡。

北宮伯玉策馬向前走了幾步，指著城樓上的高飛大聲叫道：「高飛！你看清楚了，這就是你派出的十八名斥候，如今我給你送回來了，哈哈哈！」

高飛對於叛軍突然兵臨城下也很納悶，此刻見到這些人頭，便足以解釋這幾天為什麼一直沒有消息從涼州方面送回了，原來都死在叛軍的手裡。

他還未來得及答話，便聽見北宮伯玉繼續喊道：「李文侯，你個叛徒，枉我拿你當兄弟，沒想到你居然投靠了漢軍！你這個背信棄義的傢伙，快快下來與我決一死戰！」

李文侯皺起眉頭，按住腰中懸著的馬刀，向高飛抱拳道：「侯爺，我與北宮伯玉好歹相識一場，我們曾發下誓言同甘共苦，如今我背信在先，與北宮伯玉必須有個交代，還請侯爺准許我出城迎戰。」

高飛見李文侯已經打定主意，也不再阻攔，便道：「既然你心意已定，我也不攔你了，還請多加小心！」

李文侯「諾」了聲，便單騎出城，來到城牆下，向北宮伯玉拱手道：「北宮兄，我來了！」

北宮伯玉一見李文侯，便抽出彎刀，拍馬直取李文侯。

李文侯也抽出自己的馬刀，在馬背上喊道：「北宮兄，你我兄弟一場，還請聽我一言……」

便見北宮伯玉策馬狂奔而來，嘴裡大聲喊著「賊子受死」的話語。

「錚！」一個回合轉瞬即逝，北宮伯玉絲毫沒能奈何得了李文侯，而李文侯似乎是有意相讓。

緊接著，北宮伯玉索性從馬背上跳了下來，揮起手中的彎刀一刀一刀的砍向李文侯，李文侯也下了馬，與北宮伯玉進行步戰，邊打邊喊著：

「北宮兄，你我之所以想造反，圖的不就是個功名嗎，如今我已經歸順了漢軍，高侯爺更是年輕有為，日後在朝廷裡定然能夠有一番大作為，你何不……」

「呸！幾天前你們殺我九千多族人，這個仇說什麼都要報，不然的話，我又有何面目去見我的族人？如果沒有你，高飛又怎麼能夠逃得出去？既然你歸順了朝廷，那從此以後你就是官，我現在是匪，**官匪不兩立，今天不是你死就是我亡。**」

兩軍陣前，北宮伯玉和李文侯打的是難解難分，兩軍陣中，兩軍的統帥卻是各有著一番別樣的心思。

叛軍陣中，韓遂根本沒有正眼看北宮伯玉和李文侯的打鬥，他是在看陳倉的城防，見城樓上弓弩手林立，城牆也約有兩丈高，嘴角露出了一絲微笑，心中想道：「還好我早有準備！」

韓遂身邊的邊章卻是一個勁地看著北宮伯玉和李文侯的打鬥，看得他心血澎湃，摩拳擦掌，對韓遂道：「韓將軍，北宮伯玉打不過李文侯，我看也不用比了，不如就由我上吧。」

韓遂、邊章都是叛軍所推舉出來的首領，兩個人可謂是平起平坐，但是二人還是有點不同，韓遂偏好用計謀，邊章偏好武勇。

韓遂聽到邊章的話，便道：「邊將軍，你忘記了我們的約定了嗎？涼州的戰鬥由你指揮，我聽你的，可是進攻三輔的戰鬥中，你必須聽我的，三輔關隘阻隔，光靠武力是不能解決問題的。」

邊章道：「那什麼時候讓我上陣？都說都鄉侯高飛如何如何的勇猛，我要砍下他的腦袋，涼州可不光只有他一個人！」

韓遂陰笑了兩聲，道：「急什麼，到你登場的時候我會叫你的。」

邊章不再吭聲，繼續看著陣前的打鬥，斜眼看著韓遂，心想：「這老小子葫蘆裡賣的什麼藥？」

城樓上，高飛看得出來，就武功而言，北宮伯玉沒有任何路數，完全是仗著勇力而已，李文侯卻不同，雖然北宮伯玉攻勢很猛，但是李文侯卻防守得遊刃有餘，明顯有謙讓的意味。

「侯爺，李文侯故意相讓，照這樣下去，幾時才能斬殺北宮伯玉？屬下不才，願意替換下來李文侯，十招之內取下北宮伯玉的人頭！」

高飛身後的龐德看著場下的打鬥場面按捺不住，再者他也想立功，便抱拳道。

高飛見龐德和他的年紀相仿，但是龐德年輕氣盛，沉不住氣。而他雖然也是十八歲的年紀，可是靈魂卻是三十多歲，這也讓他行為做事上多了幾分沉著和冷靜，而不是光靠勇力去解決問題。

而且他一直覺得，一個人的武力再高，在千軍萬馬面前也是渺小的，這正如他所附身的高飛一樣，竟是在戰場上力竭而死，他不會再讓這樣的事情出現第二次，包括他的屬下。

他笑了笑，眼睛看著李文侯腳下移動的方位，所過之處，地上的積雪都被李文侯用力給驅散了，露出了地表。他拍拍龐德的肩膀，指著李文侯道：「令明，你看李文侯的腳下有什麼不同？」

龐德看了半天，沒有發現有什麼異樣，便問：「有什麼不同？」

高飛嘿嘿笑道：「**李文侯不是要和北宮伯玉進行決鬥，而是在拖延時間**，昨天我設置好所有防守武器的射程，今天突然降下的大雪將那些標記給淹沒了，你仔細看看，李文侯所過之處是不是都露了出來，正是我設置標記的地方。」

龐德恍然大悟，頓時便不再央求出戰了。

李文侯和北宮伯玉的打鬥還在繼續，地面上的積雪也被李文侯用腿掃除了一大片，雖然天空中還飄著雪，但是對於即將要發生的守城戰鬥來說，有著極大的作用。

又過了一刻鐘，李文侯突然大叫一聲，開始從守變成攻擊，馬刀被他舞得虎虎生風，雖然對北宮伯玉手下留情，但還是在不經意的一刻砍傷了北宮伯玉的手臂，隨即飛起一腳將北宮伯玉給踢開。

李文侯任務已經完成，不再戀戰，當即往城裡跑。

叛軍陣前，韓遂目光犀利，洞悉著戰場上的一切變化，見李文侯要跑，他的眸子射出兩道精光，對邊章喊道：「就是現在，衝過去！」

邊章早已等得不耐煩了，聽到韓遂一聲大喊，伸出長長的手臂向後面一招，便帶著一群騎兵迅速地向陳倉城衝了過去。

陳倉城樓上，高飛注意到這個變化，加上弓弩手也在李文侯和北宮伯玉的打鬥中準備就緒，見邊章帶著騎兵快要衝過標記的時候，便大聲向身邊的周倉喊道：

「周倉，三百步弓，開始射箭！」

一聲令下，城牆上的一千名弓箭手站成了三列，迅速射出了手中的箭矢，當叛軍騎兵剛駛入標記的時候，箭矢便從陰霾的天空中落下，依舊是十個弓手射一個目標，登時便有數十匹戰馬和騎兵中箭，身上插滿了箭矢。

倒地的騎兵並沒有阻止後面騎兵的繼續前衝，狹窄的山道上但見人頭、馬頭一起晃動，天空中的箭矢也隨之落下，而這一次射出箭矢的，則是廖化帶領的二百五十步弓，周倉率領的三百步弓手，迅速沿著城牆，轉向後面甕城的城牆上，並且繼續朝山道上射擊。

緊接著，周倉的隊伍下了甕城的城牆，退入城門邊，仰天射箭，廖化率領的弓箭手則沿著周倉的道路退向甕城。

管亥、盧橫各自率領的隊伍也紛紛按著這種方式行動，最後只有盧橫率領射程較短的強弩手站在第一線的城牆上進行射擊。

周倉、廖化、管亥三人各自率領的弓箭手則站在甕城前後仰天射箭，箭矢漫過前面的城牆，從天空中疾速落在不斷向前衝來的叛軍騎兵身上。

矢如雨下，漫天飛舞的箭矢猶如密集的雨點一般，將第一波陸續衝來的一千騎兵給射倒在韓遂和高飛面前不足二百米的山道裡，屍體堆積如山，擋住了整個要道，鮮血將那片地方染得血紅，積雪被熱血融化，混合成了血水。

叛軍騎兵停止了前進，漢軍的箭雨也停了下來，高飛透過屍山看著五百米開外的韓遂，嘴角露出一絲淡淡的笑容。

「侯爺的這個辦法真是好，只片刻功夫，便射死了那麼多叛軍，如此密集的箭雨，只怕叛軍不會再貿然進攻了。」

龐德看得是目瞪口呆，對於昨天丈量射程還有些意見的他來說，這個震撼的力度絕對超乎他的想像，更何況城內的大型防守武器還沒有用上呢。

趙雲笑了笑，拍拍龐德的肩膀道：「令明老弟，好好看著吧，後面的戰鬥會更加精彩，這就是咱們侯爺的實力。」

高飛沒有說話，他才射死了一千左右的叛軍，據他的推測，後面的叛軍至少有五萬左右，不然也不會使得整個陳倉的地面為之震動了。

李文侯此時來到城樓上，向高飛拜道：「侯爺，屬下未能將北宮伯玉斬殺，請侯爺恕罪！」

「你是有功之人，何罪之有？如果讓我對自己的兄弟下手，我也會有猶豫的，我不怪你，還得感謝你清理了地面上的積雪，讓標記給露了出來。」高飛道。

李文侯道：「屬下剛聽見侯爺說起標記被淹沒的事，恰好北宮伯玉搦戰，我便想到了這個主意。」

高飛笑道：「你的腦子倒是挺靈活的，你現在和龐德、夏侯蘭一起到投石車那裡，看我的令旗行事，由遠及近的發射。」

「諾！」李文侯、龐德、夏侯蘭三人齊聲答道。

趙雲獨自一人站在高飛身後，剛想開口說話，卻見城下的屍體堆裡蠕動起來，緊接著一個人從屍體堆裡爬了出來，整個人都是血色，前胸還插著幾支箭矢，縱身一跳便跳了出去，正是叛軍首領邊章。

高飛、趙雲面面相覷，沒有想到邊章還活著。

叛軍陣裡，韓遂看見這一幕，更是大吃一驚，瞪大了驚恐的眼睛看著邊章跑了回來，心想：「邊章這傢伙的命真大，這樣都死不了，看來只得另想他法了。」

邊章回來，迅速被北宮伯玉接住，二人一起來到韓遂的身邊，但聽邊章喊道：「漢軍的箭陣真他娘的厲害，我不幸中了五箭，要不是穿著鐵甲，只怕就要被箭矢射穿了。韓將軍，得想想辦法。」

韓遂急忙翻身下馬，假惺惺地道：「邊將軍受苦了，陳倉是個險要的地方，我早就預料到了，辦法是有的，只是邊將軍受了重傷就不要參戰了。北宮伯玉，你扶著邊將軍一起到後面去治傷，這裡就交給我了。」

北宮伯玉應聲扶著邊章朝隊伍後面走去。

韓遂的目光中閃過一絲殺機，看著北宮伯玉和邊章離開的背影，心道：「**一山不容二虎**，沒有想到你的命如此之大，看來要除掉你，還得另想辦法才行。」

韓遂翻身上馬，衝著城樓上喊道：「在下金城韓遂，是這支義軍的將軍，有請都鄉侯高飛說話！」

高飛聽見韓遂的聲音，道：「在下高飛，不知道韓將軍有何見教？」

韓遂道：「高侯爺，你和我都是涼州人，如今大漢朝廷宦官專權，十常侍更是禍國殃民，我在涼州大起義軍，只想將兵帶到洛陽，斬殺十常侍，以達到清君側的目的。如今路過陳倉，還請侯爺開城放我過去，否則的話，我手下的十萬大軍可不是吃素的，一旦攻破了陳倉，所過之處也必定盡皆屠戮，念在我和侯爺都是涼州人的份上，還請侯爺三思！」

「呸！反賊就是反賊，還說什麼義軍？你的軍隊裡都是經常反叛的羌胡，你好歹也是名聲在外的大漢子民，如今帶著這些番邦異族入侵三輔，無非是為了想占據關中，稱王於天下，還說什麼是清君側？你要打就打，麻雀雖小，五臟俱全，陳倉雖小，也能抵擋你的十萬大軍。我勸你早點退軍，遣散叛軍，否則的話，等大漢天軍一到，定要掃平你們這些胡虜！」高飛振振有辭地罵道。

韓遂聽到回音，氣得吹鬍子瞪眼的，當即道：「高子羽，你一定會後悔的，我就不信老子的十萬大軍還攻不下你一個小小的陳倉？等到城破之日，你別怪我沒有提醒你！」

高飛回道：「要打就打，哪那麼多廢話，老子就在陳倉城裡等著你，有本事給老子攻進來！」

韓遂惱羞成怒，但是看到面前的這堆屍山，他也有點發愁，別說進攻了，就算要越過這堵屍山也很有困難。此次為了進攻三輔，他帶著十萬大軍前來，本以為大軍兵臨城下定能將守備陳倉的漢軍嚇得魂飛魄散，想都沒有想到，會遭遇到如此頑強的抵抗。

他從金城被推舉為首領之後，便迅速作出了反應，借助羌胡騎兵的巨大機動力，短短的半個月間便攻克了大半個涼州，除了西域戊己校尉率領兵馬退守敦煌之外，其餘各郡全部攻下，所過之處無不聞風而降，沒想到今天在陳倉這個小地方碰上了釘子。但是他不怕，為了以防萬一，他此次帶來了攻城器械。

他調轉馬頭，嘴角露出詭異的笑容，傳令道：「全軍撤退！」

叛軍在韓遂的一聲令下，全軍緩緩後撤，漸漸遠離了陳倉城。

陳倉城樓上，趙雲見叛軍撤退了，便歡喜地對高飛道：「侯爺，叛軍暫時撤退了。」

高飛「嗯」了一聲，對趙雲道：「傳令下去，打開城門，將那些馬匹的屍體給找出來，這個時候吃馬肉是個不錯的選擇，另外清掃一下戰場，將兵器、箭矢收集起來，至於那些叛軍的屍體，拉到城東的山林埋了吧。」

趙雲當即傳令下去，士兵開始打掃戰場。

高飛心裡清楚，韓遂不可能就此退卻，不管他是不是帶了十萬大軍，他都堅信**這次防守戰絕對是一場持久戰**，可能會持續很長時間。回過頭，看見城東的漢軍在傅燮、蓋勳的帶領下陸續開來，將小小的陳倉東門堵得水泄不通。

「五千兵足矣，其他的兵就暫時在後面養精蓄銳吧。」下了城樓，高飛來到傅燮和蓋勳面前，緩緩地道。

傅燮、蓋勳二人有點吃驚，自已剛帶著隊伍來，戰鬥便已經結束了，這也太快了。二人不得不按照高飛的吩咐，又將大軍給派遣了回去，並且從軍中抽調了一隊軍醫和三百人的搶救隊伍留在城裡，另外還留下一千預備隊，隨時補充陳倉城中的兵源不足。

高飛看在眼裡，記在心裡，對傅燮、蓋勳二人在後勤上的作用愈發覺得大了起來。

他由此想到了賈詡，涼州幾乎全部淪陷，賈詡的情況又是如何？他不打算再派出斥候了，派出去的人也是白白送死，就乾脆這樣吧，守著陳倉，與韓遂的叛軍耗上了，靜靜地等待皇甫嵩大軍的到來。

之後的兩天時間裡，叛軍沒有發動一次進攻，但是從幾里外的山谷裡還是能夠聽到叛軍營地的人聲鼎沸以及馬匹的嘶鳴。

這兩天陳倉城守衛極為森嚴，每天輪換六次班，高飛時不時就會登上城樓，察看敵情。

「侯爺，今天你已經來了第十次了，叛軍還是沒有動靜，天冷，還請侯爺到縣衙歇息吧，一旦有敵情，我就立刻派人去通知侯爺。」

負責守城的周倉見高飛又一次冒著風雪走上城樓，心中不忍地道。

「不妨事，我在縣衙也無聊，不如來到城頭上和你們一起聊聊。」

高飛說的是實話，在這樣的年代裡，沒事情做真是受罪。

周倉道：「侯爺，這兩天也不知道怎麼了，叛軍不進攻也不後退，到底是在搞什麼鬼？」

「不管叛軍搞什麼鬼，咱們漢軍就是鍾馗，總是能夠將小鬼抓住的。」

「鍾馗是誰？」周倉問道。

高飛笑道：「就是抓鬼的人。」

隨後高飛見大家站崗也夠辛苦的，便給周倉等人講了一下鍾馗抓鬼的故事，沒想到這一講，周倉等人聽入迷了，高飛索性講個痛快。直到口乾舌燥，加上天色已晚才停止。

大雪整整下了三天三夜，到了第四天清晨，隨著一聲嗚咽的號角聲，短暫的和平便被打破了，一萬叛軍的步卒在韓遂的帶領下迅速充塞了陳倉城外的山道。

陳倉城裡五千士兵嚴陣以待，東城門外的山道上還綿延屯積著一萬五千的兵馬，時時刻刻準備著堅守陳倉。

高飛帶著趙雲、夏侯蘭登上了城樓，周倉帶領的弓箭手也紛紛拉滿了弓，有過三天前的一次守城經驗，周倉、管亥、廖化、盧橫各自率領一千不同射程的弓弩手，靜靜地等候在陳倉城裡。

韓遂帶著一萬步卒筆直地向陳倉城走了過來，經過三天的準備，今天終於可以讓高飛領教一下他的厲害了。

叛軍依舊停留在五百米開外，不同的是，這次來的不再是騎兵，而是步兵，拿著方形木盾的步兵，後面的士兵還扛著許多的雲梯。

看到城下的一切，高飛似乎有所明白了，這幾天他老是聽見山中有伐樹的聲音，看來是韓遂用砍下的樹木製成了這些木盾和雲梯。

他的眉頭稍稍皺起，對身邊的弓箭手們喊道：「還是老樣子，十個人瞄準一個，這次他們手中有木盾，儘量瞄準再射。」

「嗚嗚……」

隨著韓遂的一個手勢，進兵的號角聲吹響了，十個人一排手持木盾的步兵，一步一個腳印的衝了上來。

「轟！轟！轟！」

這一次的前進，叛軍極有規矩，不像上次騎兵一股腦全部衝上來一樣，而且叛軍的這些木盾兵只向前走了一百米，便停了下來，後面的士兵用木盾架在前排的士兵身上，只見二十五堵木牆以均勻的步伐向前行走，每走一步，便發出統一的腳步聲。

「侯爺，叛軍這是想做什麼？」趙雲看著這一幕，不解地道。

高飛也搞不清楚，他沒有回答，觀察著戰場上的動向。

「侯爺，三百步了！」周倉和他的部下拉開弓箭，見叛軍差不多跨進了弓箭的射程範圍，提醒道。

「沒有我的命令，不准射擊！」

看不見人，射出的箭矢只會釘在木盾上，對這撥人沒有一點作用，高飛喊道：「準備滾木擂石！」

夏侯蘭、趙雲急忙帶著三百士兵將滾木擂石搬運到城樓上，透過城垛，隨時準備砸向靠近城牆的叛軍步兵。

叛軍步兵走到一百步的時候完全停了下來，隨後從五百米開外又湧出大批扛著雲梯的步兵梯隊，這一次是所有的步兵一起湧上來，口中叫喊著振奮人心的口號。

「弓箭手準備，朝那些扛著雲梯的步兵射！放箭！」高飛急忙叫道。

一聲令下，箭矢破空般的射了出去，密密麻麻的箭矢落在那些扛著雲梯，手拿彎刀的叛軍陣裡，立刻便有一些叛軍士兵倒下。

前面的倒下，後面急忙補上去，做出一番勇者無畏的犧牲精神，為的就是要靠近城牆，然後架上雲梯，登上陳倉的城牆。

周倉、廖化、管亥、盧橫的四個弓弩隊火力全開，成千上萬的箭矢從天而降，將狹窄山道裡的叛軍射得死傷一片。

就在漢軍忙於對付遠處的那些叛軍時，最先奔跑到城門外一百步的叛軍木盾組成了牆壁，開始向前移動，木盾突然閃開了一個口子，露出一群舉著強弩的射手，朝著城樓上的守衛便是一陣猛射，等到一波箭矢射完，木盾再次合上露出來的口子，如此反覆進行著近距離射擊。

城樓上的守兵猝不及防，立刻有一百多人中了弩箭，有的從城樓上墜落了下去，有的被射穿了心窩，城樓上的防守隊形立刻出現了空缺。

高飛萬萬沒有想到叛軍還有這一手，大聲喊道：「受傷的都給我下去，後面的補上，城樓左半邊的弩手對付下面的木牆，右半邊的朝叛軍扛著雲梯的士兵猛射！」

受傷的士兵跑下城樓，從甕城裡進了內城，早有等候的軍醫對其採取救治，拔除掉弩箭，包紮傷口一切都做得有備無患。

木牆後面的那群強弩手發射的十分不規律，木牆每次一露出口子，便有弩箭射上城樓來，可是當城樓上的弩手射出弩箭的時候，那些木牆便合上了，弩箭只能釘在那些木盾上，總是比那群木牆後面的叛軍弩手晚上一步。

不僅如此，扛著雲梯的步兵也越來越近，很快便來到木牆的後面，只見木牆突然變化成了兩堵，從中間開了一個口子，四個持著木盾的叛軍士兵保護著一個扛著雲梯的步兵，迅速奔跑到城牆附近，後面的叛軍也紛紛效仿，一時間叛軍便真正的兵臨城下了。

盧橫指揮著另外一半的弩兵繼續射擊，但是所受到的效果卻大不如從前，只有後面的周倉、管亥、廖化所率領的弓箭手可以越過城樓射出箭矢，而且還不會受到攻擊。

「砸！用力的砸！砸死這群狗日的！」

高飛已經將城樓上遠端部隊交給了盧橫和夏侯蘭指揮，他和趙雲在城樓兩邊分別指揮著其他士兵向城牆下面丟下滾木擂石，每當雲梯架上來的時候，便將他們推倒。

只片刻功夫，如螞蟻一般的叛軍不斷地從後面湧了上來，而且後面上來的那群善射的弓箭手也開始朝城樓上射擊，與守城的漢軍不斷的對射，加上近處木牆後面的那群弩手，很快便壓制了城牆上的漢軍，高飛、趙雲、盧横、夏侯蘭等人不得不躲在城垛後面，只能寄希望於甕城附近的那三千弓箭手，而他們則就近負責著不讓叛軍雲梯架上來。

高飛透過城垛冒了一下頭，看到城門下面的叛軍已經是密密麻麻的一片了，而且幾里外的山道後面還有不少人正徒步前進，黑壓壓的都是人，死了的叛軍屍體早已經被踩得血肉模糊，真有點黑雲壓城城欲摧的味道。

「嗖！」一支箭矢從高飛的頭頂上飛過。

「侯爺，再這樣下去不是辦法啊，叛軍人數太多了，可是陳倉城牆窄小，容不下那麼多人，這無疑是用一千多人對叛軍的幾萬人啊。」趙雲一邊朝城樓下面丟著石頭，一邊對高飛喊道。

「你說得不錯，看來只好用投石車了。」

高飛抱起石頭朝城牆下面砸了下去，回首再看城牆上的滾木擂石也已經快用完了，他喚來了一個士兵，對他道：「你下去，讓龐德、裴元紹、卞喜用投石車發射！」

陳倉城就如同一個凸字形的城牆，前面這點是橫架在兩座山之間的城牆，後面是修好的甕城，再後面就是人工開鑿寬達八里的內城，漢軍雖然也有差不多兩萬人，但是都有勁使不上力氣，和進行攻城的叛軍完全是兩個概念。

叛軍在城牆下面的人則努力爬上城牆，並且用手中的利刃揮砍著城牆，稍遠的人都是用自己手中的弓箭朝城樓上不停的射箭，站在城牆上的士兵稍有不慎便會被箭矢射穿了身體。

離陳倉五百米開外的一處空地上，韓遂騎著一匹駿馬，看著不斷從身邊湧過去的這些士兵，又見陳倉城樓上的漢軍被壓制住，露出了滿意的笑容，自言自語地道：「我就不信，我的十萬大軍還攻不下一個小小的陳倉！看這樣子，今天陳倉就可以攻下！高飛，要是讓我抓到你，定要將你碎屍萬段，哈哈，哈哈哈！」

整個陳倉目前是人聲鼎沸，叛軍不斷地叫囂著，這些下了戰馬的羌胡人源源不斷地從後面衝了上來，直到將整個山道都給堵得水泄不通。

陳倉城樓上的壓力無疑是巨大的，城牆下面是不斷想向上爬的叛軍，稍遠一點是那些叛軍善射的控弦之士。

在馬上，他們是天生的射手，到了地上依然威力不減，所幸的是，持續了半個時辰的戰鬥還是以叛軍傷亡較多，而且在高飛等人的嚴密防守下，沒有一架雲梯被成功架上來的。

饒是如此，情況也不容樂觀，城牆下面的叛軍舉著手中的彎刀，愣是將城牆給砸得坑坑窪窪的，那些從山上採集的石頭似乎在叛軍的彎刀下略有遜色。

「怎麼反應那麼慢？還不發射？」

高飛見城樓上候補的士兵一個個的登上了城樓，可傳達下去的命令到現在還沒有見到實施。

高飛指著一個剛準備上城樓的士兵，喊道：「快去，讓傅燮、蓋勳將猛火油運上來，老子要放火燒了這群狗日的叛賊！」

話音剛落，高飛便見一塊巨大的石頭從城樓後面飛了過來，帶著呼嘯的風，向城外山道中的叛軍砸去。「轟」的一聲，石頭立刻將山道中的幾個叛軍砸得頭骨碎裂，腦漿、鮮血一地模糊。

「轟！轟！轟！」

從天而降的巨石擲地有聲，每落在地上便會發出一聲巨大的轟鳴，隨後便是一陣悲痛欲絕的叫喊聲。

盧橫、夏侯蘭指揮的弩手借機朝城下射去，雖然因為人數少而大不如以前，但仍能射翻不少沒有防備的叛軍步兵。

城樓上的滾木擂石早已用完了，高飛、趙雲等人都提著手中的刀或是推倒雲梯，或是砍翻將要爬上來的叛軍士兵，而且還要小心翼翼地躲開叛軍射出來的箭矢。

周倉、廖化、管亥率領的弓箭手仍然不停地發射著箭矢，加上裴元紹、卞喜、龐德指揮士兵用投石車發射的巨石，給那些叛軍製造了一段死亡地帶，許多人因此被壓成了肉餅、肉醬，讓那些叛軍有了一絲懼意。

韓遂看到這一幕，便抽出自己的彎刀，向身邊的叛軍士兵大聲喊道：「給我衝，衝上去，漢軍就這些伎倆，陳倉城裡有無數的金子，攻進了城門之後，誰搶到算誰的！擅自撤退者死！」

為了立下軍威，韓遂甚至親手斬殺一個臨近的羌人，而且一直不停的鼓吹著陳倉城裡的金銀財寶。就這樣，叛軍低落的士氣再次攀升起來，後面的人也義無反顧地衝進了死亡地帶，踩著腳下的屍體和那些亂石，又發動了一次猛烈的攻擊。

第三章

飛羽部隊

從此以後，你們就是名副其實的活死人了。但是，你們的兵餉照舊，你們當中有我在襄武的同宗子弟和同鄉之人，也有馬刀手和官軍士兵，不管你們以後來自哪裡，你們這支部隊只有一個名字，那就是『飛羽』！」

聽到叛軍再次吶喊聲傳來，高飛露出了頭，看到又來一撥叛軍，而且這次叛軍的臉上都顯得無比猙獰，看著要比幾乎就要打退的城牆下面的叛軍要兇狠得多。

「侯爺，猛火油來了！」李文侯趁著城樓上叛軍箭矢減弱，帶著幾十個士兵送上來用酒罈子裝著的三百多罈的猛火油。

高飛一見到猛火油被送來了，當下歡喜不已，迅速分給守城的士兵，然後對李文侯道：

「這些足夠了，你快去告訴周倉、管亥、廖化，讓他們暫時停止射擊，用箭綁著帶著火油的布，一會兒我派人去傳令他們射擊的時候，就點上火，射出火箭。再準備點猛火油讓裴元紹、龐德、卞喜用投石車發射出去。」

李文侯得令，迅速去傳達高飛的命令了。

高飛對城樓上的士兵道：「將猛火油全部扔到城牆下面，儘量拋遠點，能拋多遠就拋多遠。」

於是，守兵將手中猛火油用力的拋出了城牆，只聽得酒罈碎裂的清脆響聲，不一會兒，城牆下便聞到一股難聞的味道，血腥味夾雜著油的味道。

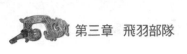

這時，投石車投出來的就不再是石頭了，而是一罈罈的猛火油。

高飛看準時機，對趙雲、盧橫、夏侯蘭道：「盧橫、夏侯蘭緊守城樓，子龍，你跟我到城門邊，一會兒好出城廝殺！」

趙雲、盧橫、夏侯蘭都一起答應道：「諾！」

說時遲、那時快，高飛迅速下了城樓，來到了甕城邊，見周倉、廖化、管亥的三千弓箭兵都點上了帶火的箭，便對他們大聲喊道：「放箭！」

一聲令下之後，三千支火箭便飛向到天空中，越過陳倉城門上的城樓，落在山道上。

山道中早已佈滿了火油，火箭一落地，便迅速地燃燒起來，火勢也開始向四周蔓延，沿著山道流淌的火油痕跡燃燒，將剛剛衝進死亡地帶的叛軍包圍在大火中。

火光沖天，城門外更是不絕於耳的慘叫聲。

高飛早已經讓趙雲喚來周倉、廖化、管亥、龐德、卞喜、裴元紹、李文侯等人，並且領著二百步兵便來到城門的門洞下面，讓守門的士兵打開城門，登時看見了沖天的火焰，許多陷在火光裡的叛軍做著垂死的掙扎，到處都是燒焦的糊味。

城門邊尚有二三百殘餘的叛軍士兵，他們用驚恐的目光看著身後的大火，絲毫沒有意識到高飛帶著人從城裡殺了出來。

「為了大漢，為了涼州，為了我們的家園，殺啊！」

高飛所挑選的全都是他從襄武募集而來的子弟兵，他喊著振奮人心的口號，第一個衝了出去，當先砍翻一個尚在驚慌失措的叛軍士兵。

趙雲、龐德等二百多人異口同聲地喊道：「為了侯爺，殺啊！」叛軍嚇得魂飛魄散，根本擋不住這一支突然衝出來的小股漢軍，不到一刻功夫便被斬殺了個乾乾淨淨。

大夥兒聚在一起，看著與自己相隔幾米遠的大火，心裡特別的興奮。這時，城樓上傳來了盧橫的吶喊聲：「侯爺，叛軍退了，叛軍再一次撤退了！」

聽到這聲吶喊的人都無比的興奮，心裡對高飛的凝聚力也就再次加強。

盧橫站在城樓上，眼睛骨碌一轉，突然大聲喊道：

「侯爺萬歲！侯爺萬歲！」

緊接著「侯爺萬歲」的聲音彷彿是得了傳染病一樣，迅速傳遍了整個陳倉，而整個陳倉城裡的士兵都歡呼地喊著「侯爺萬歲」的口號。

大火整整燃燒了半個時辰才逐漸熄滅，熄滅過後的大火露出了淒慘的一幕，許多被燒焦的屍體都是奇形怪狀的姿態，那些猙獰的面容上顯示著他們臨死前的掙扎，以及在大火中所受到的痛苦。

屍體遍地，從陳倉城牆邊一直綿延出來，足足四百米的距離內，可以見到的就接近五六千人，更別提那些原先戰死被後來者踩得血肉模糊的人了。

粗略估算一下，這一次戰鬥差不多消滅了叛軍一萬人。可高飛這邊也付出了一定的代價，三百多人陣亡，六百多人受傷，軍隊數量頓時減少了差不多一千人了，而且光這個數字，還只是被箭矢射倒的。

「殺敵一千，自傷八百，大概就是這個時代的日常吧。我之前太低估這夥羌人叛軍了，如果當時沒有涼州之行，只募集到兩千鄉勇的話，今天一戰下來，陳倉就守不住了。」高飛在後來打掃戰場時自語道。

這一戰，華雄、馬九沒有參加，而是做為後勤預備隊，幫助處理傷者，在城中新建的簡易營寨內，華雄、馬九等人忙得不可開交，他們幫助軍醫醫治了不少傷患，而華雄募集來的二百鄉勇也在這時發揮了作用。

總之，所有參加守城的人，今天都特別的疲憊，三千弓箭手光射出去的箭矢就高達九萬支箭，平均下來，每個人射擊了三十次，這得消耗弓箭手多少的體力啊。弩兵們相對射出的弩箭要少些，平均下來每個人十次吧。

統計完戰況後，高飛便將城中四處散落的箭矢收集起來，畢竟叛軍未退，後面或許還會進行更猛烈的攻擊，而箭矢是守城的重要武器。

高飛又命人修復加固破損的城牆，事情忙完，已經到深夜了。

回到縣衙，高飛簡單的吃了點晚飯便回房間，剛躺倒床上還來不及閉上眼睛，便聽到有人敲門，讓高飛十分不爽。

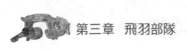

「誰啊，都這麼晚了，還讓不讓人睡了？」

門外的人聽到高飛不耐煩的聲音後，遲疑道：「侯……侯爺，是我，傅燮。我知道現在已經很晚了，但是有句話我不得不和侯爺當面說……」

吱呀一聲門開了，高飛和顏悅色地道：「原來是傅大人，有失遠迎，剛才我發的都是些牢騷，還請傅大人不要見怪，快請裡面坐！」

進了屋，高飛將門關上了，點上蠟燭，對傅燮道：「傅大人深夜造訪必有要事，還請傅大人明言便是。」

傅燮默不作聲半天，這才支支吾吾地道：「侯爺……**侯爺今天做錯了一件事**可知道嗎？」

高飛搖搖頭，拱手道：「還請傅大人指教！」

傅燮道：「我跟侯爺雖然相處時間不多，但也看得出來侯爺是個胸懷大志的人，而且對下屬十分體恤，可是有時候下屬做錯了事，侯爺可千萬不能包庇。」

高飛越聽越糊塗，心想自己今天和下屬一直在抵抗叛軍的進攻，哪裡有機會做其他的事，但是轉念一想，華雄和馬九在後方，會不會是他們兩個做了什麼不該做的事？便道：

「傅大人言之有理，只是今日天色已晚，何況大家都累了一天，明日我必然會將華雄、馬九教訓一番……」

「華雄？侯爺，我說的是盧橫！」

「盧橫……盧橫他怎麼了？」

高飛做夢都沒有想到盧橫會有什麼事，今天他帶著盧橫一直在戰鬥，戰鬥完又打掃戰場，能有什麼事？而且盧橫做事很有分寸，深得他的喜愛，更不會擅自越權，他想不出盧橫做了什麼錯事。

傅燮道：「侯爺難道忘記了，在擊退叛軍之後，全城都高喊『侯爺萬歲』嗎？我查問了一下，第一個喊的，便是盧橫。侯爺就算借用下屬來收買人心，也不該喊出如此大逆不道的話吧？萬歲，那是何意，想必侯爺比我還清楚吧？」

經傅燮這麼一說，高飛似乎意識到了點什麼，可是「萬歲」這個詞對於現代人的高飛來說，是很平常無奇的字眼，當時也沒有在意，誰知聽在傅燮耳裡便成了大逆不道了，他仔細想想，古代確實對這樣的詞彙有忌諱。

「傅大人說得在理，只是我相信這是盧橫的無心之失，並非是……」

「侯爺，今天這事就算了，我知道侯爺對大漢忠心耿耿，不然也不會拼死守衛陳倉了，只是侯爺手底下的人也不能太過分了。侯爺之所以是侯爺，那還不是當今萬歲的恩惠嗎？如果今天這事傳到了萬歲的耳朵裡，侯爺恐怕就要大難臨頭了。好在今天所有的人都因為擊退了叛軍感到高興，誰也沒有放在心上，否則就麻煩了。」

「傅大人教訓的是，我受教了，以後絕對不會有此類事情發生了。」

傅燮道：「我相信侯爺能夠管教好手底下的人，所以今天這事我和蓋長史不會跟侯爺計較。另外，我已經和蓋長史商量好了，準備聯名上書萬歲，奏請侯爺為討逆將軍，希望侯爺能夠再接再厲，誓保我大漢江山。」

高飛客氣地道：「一定，一定。多謝二位大人的保奏，只是我斬殺涼州刺史一事還沒有解決，不知道朝廷方面會如何處理？」

傅燮道：「我正是為此事而來的，十天前我就和蓋長史將奏章寫好了，並且將斬殺涼州刺史一事說得很清楚，這一切都是左昌咎由自取，勾結叛賊所致。這不，今天朝廷下達了聖旨，侯爺功過相抵，並且讓侯爺暫時代領涼州刺史一職，等車騎將軍皇甫嵩到了，便可將兵權移交給皇甫將軍。」

說完，傅燮便掏出聖旨，遞給高飛。

高飛接住之後，映著火光看了看，果然如傅燮所說的，而且傅燮、蓋勳也是功過相抵，繼續擔任漢陽太守和長史之職，並且讓傅燮、蓋勳共同協助高飛鎮守陳倉。

「侯爺，天色不早，早點休息吧。」傅燮站起身來，向高飛拜了拜，便轉身走了。

高飛將傅燮送出門，回到床上後，心理有點不平衡，罵道：

「媽的，這個狗皇帝，老子在這裡浴血奮戰，你好歹也給我點賞賜，居然是功過相抵，還讓我將兵權交給皇甫嵩！奶奶的，真氣人，看來老子手裡的這一萬多兵馬很快就是別人的了。

「不行，我得儘快弄點私兵，組建起只對我高飛效忠的高家軍，就從現在的漢軍裡挑選，不然老子沒法在這裡混。至於盧橫嘛，我看就算了，沒必要因為這點小事責罰他，再說他也是為了我好。

「傅燮、蓋勳這兩個老小子，辦事還挺牢靠的，以後自己打天下的時候，需要這樣擅於處理內政後勤方面的人才。但是這兩個老小子對漢朝是忠心耿耿，想要讓他們給我辦事，有點困難。我得現在就在自己的隊伍裡培養此類人才，廖化、盧橫應該可以勝任吧？」

夜深人靜，長夜綿綿，高飛想著想著，不知不覺的睡著了。

第二天醒來，高飛便用自己特製的牙刷、牙膏洗漱了一番。

他把短硬的豬鬃毛插在骨製手把上，便製作成一個簡單的牙刷，並且用骨粉和鹽混合在一起做成牙膏，雖然不如現代的牙刷用著舒服，但還算能保持牙齒的清潔。

洗漱過後，高飛穿著厚厚的棉衣打開房門，一股冷空氣從門外撲面而來，地上堆著一層厚厚的積雪，昨夜又下了一整夜的雪。

寒風怒號，吹起地上的雪屑亂飛，照在金色的陽光下顯得格外優美。

高飛抬頭看了下天空，晴空萬里，低下頭，高飛發現一個熟悉的身影從面前的雪地上走過，不禁暗道：「是他？」

高飛的眼裡佈滿了仇恨，緊握雙拳，朝那個人大聲叫道：「左大人！這世界真小啊，我們又見面了！」

那人正是左豐！

他顯得有些慌張，又不得不停下腳步，一臉笑意地朝高飛拱手道：「呵呵，原來是侯爺啊，真是太巧……巧了。」

高飛大步流星地走到縣衙門口，諷刺地道：「左大人何時到的，怎麼也不通知我一聲，讓我好設宴款待啊？」

左豐見到高飛有點心虛，連忙擺手道：「不用了，不用了，侯爺日理萬機，又兼任重要軍務，就用不著侯爺款待了。」

高飛向縣衙門外看了一眼，見一輛馬車和幾個隨從等候在那裡，似乎是要走，便道：「左大人這是要走嗎？」

左豐奉皇命來傳聖旨，本來是不想來的，可是推脫不掉，只好硬著頭皮來。昨日傳旨到此，陳倉正在打仗，他便將聖旨傳給傅燮和蓋勳，但是又怕遇見高飛，所以傳旨完畢後，便一直躲在房間裡沒敢露面，今天想趕早離開，不想被高飛撞個正著，真是一身晦氣。

他連忙道：「是啊是啊，皇命在身，不容停留啊。」

高飛冷笑一聲，一把抓住左豐的手臂，喝問道：「左大人，我有一事不明，想請左大人給個說法！」

左豐苦著臉道：「侯爺，我知道是我對你不起，可是我也是被逼的，我一個個小小的黃門侍郎能有多大的權力啊。侯爺用六千萬的錢買一個遼東太守的職位按理說是萬無一失的，可是人算不如天算，誰知道周慎那傢伙從中橫插一槓，在中常侍張讓面前說侯爺是盧植的心腹，張讓恨透了盧植，一怒之下，便給侯爺安排了一個縣令的職務。

「我自覺對不住侯爺，便極力向張讓說侯爺的好話，這才讓張讓又給侯爺封了一個都鄉侯。何況遼東地處偏遠，不去也罷，雖然只是個陳倉令，可好歹有個都鄉侯的爵位，也算是物有所值了，還請侯爺明鑒。」

高飛聽完，鬆開了左豐，萬萬沒有想到自己因為當時沒有和周慎等人簽下那個誣陷盧植的罪狀，會給自己帶來那麼大的麻煩，更沒想到周慎會如此對待自己。

他明白了這其中的真相，不禁便把怒氣撒到了周慎身上了，恨恨地道：「周慎，早晚有一天我要讓你為你做出的事情付出代價。」

左豐忙道：「這件事從頭到尾都是周慎的錯，小人拿人錢財替人消災，又怎麼敢和財神過不去呢？侯爺，這次車騎將軍皇甫嵩率領十萬精兵要來涼州平叛，已經是破虜將軍的周慎也在平叛的軍隊當中，侯爺可以當面和周慎對質，到時候侯爺就會知道，小人說的是句句實話了。」

高飛道：「媽的，沒想到這傢伙已經是個將軍了。左大人，我錯怪你了，剛才有所冒犯，還請左大人多多海涵。」

左豐笑道：「侯爺嚴重了，如今侯爺已經是朝廷炙手可熱的人物，雖然是暫代涼州刺史一職，但小人相信侯爺的前途一片光明，說不定等平定了叛亂之後，侯爺就可以再次以功勞進京做官呢，到時候小人還要多多仰仗侯爺呢。」

高飛也笑了，沒想到左豐還是挺會說話的，當即道：「聽說左昌是左大人的同宗兄弟，我……」

左豐道：「左昌勾結羌胡叛亂，罪有應得，左氏宗族中已經沒有這號人了，侯爺不必多慮，何況我和左昌只是泛泛之交，又怎麼及得上和侯爺的交情呢？」

「呵呵，說得好，左大人，不如暫且留下來，讓我設下酒宴款待一番如何？」

左豐道：「不了，我已經傳達完聖旨，也是時候回去了，何況侯爺軍務繁忙，我又怎麼能勞煩侯爺呢？小人在京中等候侯爺凱旋的好消息，到時候小人親自在白雲閣宴請侯爺。」

「那好吧，那我就不強留了，左大人一路慢走。」

「侯爺請留步，小人告辭了。」

左豐走後，高飛便去陳倉城內進行視察，安撫一下受傷的士兵，對士兵也是噓寒問暖，由衷地做到了關心下屬、體恤士兵，在軍營裡博得一致好評。

昨天的一場激戰使得叛軍損兵達到萬人，這無疑給了叛軍一記重擊，加上天氣寒冷，後勤的糧草短缺，使得叛軍陣營裡都萌生了退意。

叛軍一直駐紮在陳倉城五里外的山道中，那裡原來是陳倉百姓居住的地方，自從百姓撤向長安一帶之後便荒廢了。當叛軍來了以後，便占據了原來百姓的居住地，並且加以擴建，砍伐了周圍的大片山林，紮下簡易的帳篷，從山道中一直綿延出去。

叛軍大營裡，韓遂正坐在帳篷裡烤著火，天氣如此寒冷，這幾天差不多有幾千匹戰馬被凍死了，戰馬是羌胡這些游牧民族的命根子，喪失了戰馬，對這些以羌胡為主的叛軍來說，產生了巨大的轟動。加上短短五天內就在陳倉城下戰死了一萬一千多人，對在涼州一路攻無不克戰無不勝的叛軍打擊更大。

韓遂皺著眉頭，板著臉，目光始終盯著面前不遠的光火，彷彿從火光裡看到了昨天那些被大火燒死的士兵。

「哎！沒想到一個小小的陳倉居然能夠擋住我大軍的去路，謀事在人成事在天，今天先休息一天，等明天再去攻打，我就不信我攻不克這座陳倉城！」

韓遂獨自喝了口溫好的酒，恨恨地將手中的杯子摔在地上，杯子跌個粉碎，發出聲清脆的響聲。

就在這時，北宮伯玉從帳外走了進來，他的手臂上還纏著繃帶，被李文侯砍的那一刀還在隱隱作痛。

他一進帳篷便見韓遂摔碎了酒杯，便粗聲粗氣地道：「韓將軍，我們已經來了差不多六天了，六天前你就說過，只要我們這一路上聽你的，將十萬大軍兵臨陳倉城下，陳倉城就會望風而降。可是現在不但陳倉沒有投降，反而越發猛烈的抵抗，短短幾天便戰死了一萬多人，你……你到底有沒有把握攻下陳倉？」

韓遂雖然是被推選出來的首領，可是他心裡明白，在北宮伯玉的眼裡，他只是一個代名詞，在那些羌人首領的眼裡也一樣，他沒有自己的部下和親隨，甚至這幾天軍中已經有不少人對他有了微詞，都在不停地說邊章的好處。

涼州之戰是邊章指揮的，以其迅雷不及掩耳之勢，短短大半個月便攻克了除敦煌之外的整個涼州，而且不少羌人首領也暗中湧向了邊章那邊。他聽到北宮伯玉這種不信任的話語，沒有多說什麼，只是打了一個手勢，說道：「坐！」

北宮伯玉一肚子的不爽，想當初之所以推選韓遂、邊章，是因為他們名聲大過自己，有勝人一籌的謀略和武勇，可是現在看來，他似乎後悔了當初的決定。他一屁股坐在一個石墩上，見韓遂半天悶不出一個響屁來，便嘟囔道：

「韓將軍，你倒是交個底啊，到底陳倉能不能攻下來？我和邊將軍已經商量好了，如果你沒有那個把握，我們也就不用在此地耗著了，天氣太冷，戰馬得不到好的草料，而且以後會越來越冷，這還沒有攻克陳倉就已經死了一萬多人，那些羌人都已經有了退兵的意思，大家都說早知道是這樣的結果，還不如不來呢。」

韓遂看了北宮伯玉一眼，輕聲問道：「邊將軍的傷勢怎麼樣了？」

「區區皮外傷，死不了，靜養些日子就好了。」北宮伯玉忍不住嘟囔道：「早知道你那麼無能，當初就不讓你指揮這場戰鬥了，還說什麼今冬咱們要住在長安城裡，我看都統統是狗屁！」

韓遂聽到北宮伯玉的抱怨，沒有吭聲，心裡卻隱隱起了殺機，一山不容二虎，本以為只有邊章一個人會阻隔自己控制所有的兵權，可現在看來，北宮伯玉也會影響到自己以後的地位。他既然選擇了造反，就不可能只做個傀儡，要做就做真正的叛軍首領。

不過他很清楚，此時還不是殺邊章和北宮伯玉的時候，現在軍營裡士氣低落，眾人皆萌生退意，而且那幫子羌人也是北宮伯玉拉攏的，他需要時間來處理這些關係，需要逐個將他們分化，然後讓這些羌胡死心塌地的跟隨著他。

「你倒是說句話啊？你到底還能不能攻下陳倉？」北宮伯玉見韓遂一直不吭聲，逼問道。

韓遂沉思片刻，抬起眼皮看著北宮伯玉，緩緩地道：「陳倉雖小，卻防守得十分嚴密，加上地形的特殊，使得我們十萬大軍無法正常展開攻擊，如今寒冬日益逼近，天氣一天天變冷，再這樣下去也不是辦法，退兵吧，等明年開春的時候，我們從安定方向進攻，那裡的地勢相對寬敞，一路南下可以直逼美陽。」

北宮伯玉聽到這話，站起身子，道：「一開始我就說不走陳倉，走安定，你非要走陳倉，高飛那傢伙不是好惹的，我吃了一次虧你還不信。我這就去傳令下去，大軍退兵到冀城。」

韓遂沒有吭聲，見北宮伯玉走出帳篷，恨恨地道：「遲早有一天我要讓你為今天對我的不尊敬付出代價！」

高飛在城樓上給站崗的士兵講述著《西遊記》的故事，這些天他發現這些士兵對神話故事很入迷，無聊的時候便會登上城樓給這些士兵講故事，每每講到孫悟空在緊急關頭出現解救了唐僧的時候，他們都顯得很興奮。

辰時剛過，眾人突然聽見遠處的叛軍營地裡傳來一陣嘈雜的聲音，急忙打起精神，回到自己的崗位上，目光遠視前方的山道，鼓手也走到鼓前，舉起鼓槌，一旦見到有叛軍出來，就立刻敲響戰鼓。

高飛和所有人一樣，時刻保持著高度的警覺，可是等了一會兒之後，並未看見任何人在山道中出沒，而且從叛軍的營地裡還升起了許多濃厚的黑煙。

又等了一會兒，高飛隱隱覺得不太對勁，尋思了一下，便對守在城樓上的盧橫道：「準備十匹戰馬，你帶八個人來，咱們出城去看看。」

「出城？侯爺外面可是叛軍營地，萬一……」盧橫驚訝地道。

高飛道：「如果我沒有猜錯的話，叛軍應該是退兵了。你看那邊的黑煙，分明是大火燒著了東西而冒出來的，想必是叛軍撤退了，沿途燒毀了所住的村莊所致。」

盧橫抱拳道：「諾！屬下這就去準備，侯爺請到城門口等候！」

高飛下了城樓，在城門邊等了一小會兒，便見盧橫帶著八個騎兵另外牽著一匹戰馬送到了高飛的面前。

他翻身上馬，命令守城門的士兵打開了城門，帶著盧橫等九人便出了城。

高飛、盧橫等人小心翼翼地前行著，在山道轉了一個彎後，果然看見正在燃燒著的叛軍營地，黑煙滾滾冒起，大火阻斷了道路。

「沒想到韓遂還挺細心的，怕有追兵，先用火阻斷了道路。盧橫，叛軍是真的退了，我們回去吧！」高飛看了說。

盧橫和其他八個人都顯得很興奮，這幾天來的戰鬥沒有白費，終於讓叛軍撤退了。盧橫看了一眼高飛，見高飛的臉上似乎並沒有太多驚喜，而是多了一份憂愁，便問道：「叛軍退了，侯爺難道不高興嗎？」

高飛沒有回答，而是對其他八個騎兵道：「你們先回去，將叛軍撤退的消息告訴給城裡的所有人，並且讓傅燮、蓋勳準備慶功宴，今晚大肆慶祝一番。」

八名騎兵帶著一臉的喜悅奔馳回去。

高飛見那八名騎兵走遠了，對盧橫道：「昨夜朝廷來了聖旨，我殺左昌的事功過相抵，並且讓我暫代涼州刺史一職，統帥這些兵馬守禦陳倉……」

「侯爺，這是好事啊，侯爺應該高興才是！」盧橫道。

高飛繼續道：「另外，朝廷派遣車騎將軍皇甫嵩率領精兵十萬前來討賊，並且讓我在皇甫嵩帶兵到來之後，將這些兵馬交付於皇甫嵩，這樣一來，我手上就又沒有了兵馬，而涼州刺史也是個虛銜，估計等平定了涼州，刺史一職就會委派其他人來做了。」

盧橫的臉立刻變成了哀愁，道：「侯爺一心為朝廷出力，沒想到朝廷居然如此對待侯爺，真是讓人寒心啊。侯爺，卞喜之前從涼州帶回來的產不多四千斤黃金還沒有派上用場，不如侯爺再用他們買個官吧。」

高飛冷笑道：「不買，就算買了也做不長，那些金子留起來還有用，我想要的，你難道不明白嗎？」

盧橫道：「侯爺的意思是……**招募私兵**？」

高飛看了眼盧橫，覺得這個傢伙越來越對自己的胃口了，如同自己肚子裡的蛔蟲一樣。笑道：「沒錯，是私兵。只要手裡面有自己的兵，走到哪裡都不怕。」

盧橫忙問道：「侯爺，你需要募集多少人？」

「兩千人！」

盧橫想了想，道：「侯爺，屬下有個辦法，不知道可行不可行？」

「你說說看！」

「如今陳倉城裡除了侯爺從涼州帶回來的七百餘騎外，尚有正規的漢軍一萬多人，侯爺不如從這一萬多人裡面挑選出來一些人，補齊兩千人，並且悄悄地將這兩千人轉化為陳倉百姓。雖然兵員少了，但是侯爺可以將這少的一千多人說成是戰死了。

「按照大漢律例，凡士卒戰死沙場者，皆可得到高於兵餉兩倍的安家費，然後侯爺再掏出一些錢來養著這些人，如此一來，那些被挑選出來的士兵就能額外獲得這些兵餉。雖然成了侯爺的私兵，可只每月一樣有兵餉拿，他不會在乎自己是官軍還是侯爺的私兵，必定肯為侯爺效勞。」

「哈哈，你真不愧是我的心腹，就連想的也和我差不多。不過這件事要做得保密一點，你別忘了，陳倉城裡還有傅燮、蓋勳這樣精打細算的人，必須要做到瞞天過海，你有這個把握嗎？」

「侯爺放心，屬下自有辦法，只需要來一場小小的瘟疫即可……」

「瘟疫？」

盧橫笑了笑，將自己想到的辦法說給高飛聽，高飛聽完，覺得辦法可行，滿意地點點頭，對盧橫道：「放手去做吧，不過，以後你千萬不能再胡亂喊什麼萬歲了，切記！」

盧橫「諾」了聲，道：「知道了侯爺，屬下記下了。」

叛軍退兵之後，陳倉裡舉行了一次大聯歡，雖然是寒冬季節，卻絲毫抵擋不住大家的熱情。慶功宴過後，高飛親自去拜訪傅燮、蓋勳二人。

傅燮、蓋勳正在商量怎麼向朝廷寫捷報，見高飛到來，一起相迎道：「侯爺親自到訪，有失遠迎，還請侯爺恕罪。」

「二位大人不必如此客氣，我來此是想問二位大人，可知道皇甫將軍的大軍何時能到嗎？」高飛既然打定主意要從官軍裡挪出一千多人做為自己的私兵，自然要知道平叛軍具體到來的時間，好讓盧橫進行一番仔細的安排。

蓋勳道：「最快也要一個月吧，怎麼，侯爺是不是急著和皇甫將軍一起去平叛啊？」

傅燮笑道：「侯爺，不必那麼急，如今侯爺以區區數千人抵擋住了叛軍的十萬大軍，這份功勞我等還沒有向朝廷奏請呢。如果今天寫好發出去的話，半個月後，差不多侯爺就可以再以功勳而得到封賞了，到時候等車騎將軍的兵馬一到，侯爺豈不是可以再立功勳了嗎？」

高飛笑道：「呵呵，二位大人說得不錯。不過按照漢軍的正常行程，從河洛一帶到三輔，也用不了一個月的時間啊？」

蓋勳道：「侯爺也是領兵打過仗的人，豈不聞兵馬未動糧草先行的這個道理嗎？十萬精銳軍隊容易調集，可糧草、兵餉方面就要進行一番籌備了，如果沒有糧草、兵餉，就算大軍到了三輔，那豈不是要活活餓死了嗎？」

高飛聽完，便明白過來，打仗打的是國力，發動一場戰爭消耗的國力可是很巨大的。他拍了一下自己的腦袋，道：「我一時糊塗，倒是忘記這事了。不知道兩位大人的捷報寫好了沒有？」

傅燮道：「差不多了，再醞釀醞釀就可以了，侯爺這次功勞巨大，恐怕陛下會給侯爺增加一兩千戶食邑呢。」

高飛道：「兩位大人才是功不可沒，我可不敢獨自貪功，還請兩位大人如實奏報才可。那我就不打擾兩位大人寫捷報了，告辭！」

「侯爺慢走！」傅燮、蓋勳二人同時拜道。

之後的幾天時間裡，陳倉突然出現了「瘟疫」，不斷有人受到感染。

這事自然是非同小可，軍醫束手無策，高飛便下令將那兩千人受到感染的人全部移居在陳倉西側的山中，並且派人嚴加看護。

又過了幾天，那兩千人便全部「死」掉了，雖然說瘟疫得到了控制，但是為了以防萬一，高飛還是親自帶著親隨去處理這場善後的事情，並且將人員名單列入了戰死沙場的行列，從傅燮那裡領取了安家費了事。

十月初一，大雪。

陳倉附近的山都被蒙上了一層厚厚的積雪，在陳倉城西北五十里處有一座綿延的吳嶽山，吳嶽山地處右扶風、漢陽、武都三郡交界，地廣人稀，多嶺少田，山中居民早在涼州叛軍入侵三輔前，便已經遷徙到了長安一帶，加上隆冬大雪，更是人煙罕至，對於這樣的一座大山來說，藏下兩千私兵簡直是不在話下。

高飛踏著深到膝蓋的積雪，和趙雲、盧橫一步一個腳印的在山中緩慢行走著，隱隱還能聽見士兵吶喊的聲音，臉上便露出一絲笑容。

盧橫跟隨在高飛的背後，一邊欣賞著美麗的雪景，一邊道：「侯爺，你是怎麼發現這裡有如此一處空地的？」

高飛笑道：「還記得我剛到陳倉的第二天，便帶著趙雲、夏侯蘭出來視察地形嗎？就是那天發現的，當時是初秋，山中楓葉正紅，景色美不勝收，我便和趙雲、夏侯蘭一起登山，走了一段小路後，赫然發現山中居然別有洞天，便暗暗地記下了此地。」

盧橫道：「侯爺真是高明，這樣一來，就萬無一失了，屬下之前建議的將士兵轉化為百姓，還是不如侯爺的這個辦法來得安全。」

「嗯，我也是怕遇到什麼麻煩，畢竟他們現在都是死掉的人了，如果被人發現了，那豈不是成了詐屍了嗎？所以我想了想，還是決定將他們暫時藏匿在山中，而且還可以加以訓練，從皇甫嵩到陳倉，再從陳倉平定涼州，少說也有幾個月的時間，這支私兵只要在此安心訓練，幾個月下來，必然能夠成為一支精銳的部隊。」

「侯爺高明！」

一行人漸漸地朝山中走去，越來越接近聲音的來源之處，當眾人好不容易登上了半山腰，眼界突然豁然開朗，但見半山腰有一處極大的平坦之地，差不多方圓五里，足可容納下兩千士兵，而且是綽綽有餘。

這片空地背後是一處高聳入雲的陡峭山道，沿著山道繼續向上攀登，可以登上峰頂，整座山上就只有這一處空地最為平坦，而且北邊也有一個不太陡峭的斜坡，斜坡上面是成片的樹林，樹林前面是幾間荒廢的木屋，原先的居民早已經人去樓空了，斷壁附近還有一些可以住人的岩洞，真是個天然的練兵之地。

高飛、盧橫、趙雲八人一來到這片空地上，便看到兩千名士兵分成了十個隊伍，李文侯、龐德、華雄、廖化、周倉、管亥、卞喜、費安、裴元紹、夏侯蘭十人各自領著一支隊伍，分別對士兵進行不同的體能訓練。

每支隊伍兩百人，十位指揮官都是高飛親自挑選的，**他要將這支私兵打造成一個古代版的特種部隊，不僅能在馬上作戰，還要在陸地、山地都能進行作戰，以後還要訓練他們熟悉水性，做到馬戰、步戰、水戰的全方面精英。**

眾人一見高飛等人來了，急忙停下來，聚集在一起，向高飛畢恭畢敬地道：

「參見侯爺！」

高飛像一個大將軍一樣，從隊列的首部走到了尾部，巡視完這群精挑細選的戰士，便滿意地道：「從今天開始，漢軍的花名冊上再也不會有你們的名字了，你們就是名副其實的活死人了。但是，你們的兵餉照舊，而且還是原來的兩倍。你們當中有我在襄武的同宗子弟和同鄉之人，也有馬刀手和官軍士兵，不管你們來自哪裡，我只要你們記住，**從今以後，你們這支部隊只有一個名字，那就是『飛羽』**！」

「飛羽！飛羽！飛羽！」兩千士兵異口同聲地振臂高呼道。

高飛除了挑選的都是弓馬嫻熟的人外，還注重他們的意願，用了差不多六天的時間詢問他們，明確地告訴了他們會成為自己的私兵，如果願意就留下，不願意也不勉強，結果兩千人全部同意了。於是高飛以高於正常漢軍士兵兩倍兵餉的價錢將其雇傭，並且讓每一個人都進行了統一宣誓，要一生效忠於高飛。

準備工作都做完了以後，高飛便將他們全部移到了這座山中，便選拔李文侯、龐德、華雄、廖化、周倉、管亥、卞喜、費安、裴元紹、夏侯蘭十人為這支部隊的統領，並且以漢軍的編制給與官職，將兩千人分成五部，每部四百人，設立一個軍司馬，分別以李文侯、龐德、華雄、廖化、管亥五人為軍侯兼任軍司馬。

又以周倉、卞喜、費安、裴元紹、夏侯蘭為軍侯，至於屯在、隊長、什長、伍長之類的，則有士兵推選而出，一切都按照士兵們所熟悉的漢軍編制。

高飛左思右想了一番，便用「飛羽」這兩個字，正式給這支只效忠自己一人的部隊一個番號。

除此之外，高飛還讓盧橫做主簿，管理錢糧、武器、裝備等後勤事務，至於趙雲，他並沒有打算給與趙雲什麼職位，留他在自己身邊做個貼身保鏢，兼任這支部隊的武術顧問。

看到面前草創的飛羽部隊，他的開心是無法用言語形容的。為了能夠更好的訓練這支部隊，他啟用了現在部隊的軍事訓練科目，在這座山裡，用了三天的時間建立了一個訓練基地，翻牆、過獨木橋、匍匐前進等，只要是他在電視上看到的那些軍人訓練體能的項目，他都憑藉著自己的智慧在這裡建造而成。

今天是這支部隊的第一天正式訓練，高飛親自來給這支部隊賦予番號，並且和趙雲、盧橫一起帶來了從傅燮那裡領取來的安家費。

為了公平起見，他又額外掏出一部分，給所有人每人一萬錢做為賞賜，安家費也好，見面禮也好，都包括在裡面了，一視同仁。

看到面前這支如此有鬥志的部隊，高飛第一次真正的有當將軍的感覺，他對著面前的這兩千人大聲喊道：

「飛羽的將士們，這幾個月的時間裡，就暫且委屈你們在這座山裡苦練本領了，只要有時間，我就會親自來和你們一起訓練的，雖然現在武器裝備不是很統一，但是請你們放心，一個月的時間裡，我會給你們湊齊所有的一切。」

「主公威武！主公威武！」

高飛隨即讓盧橫將賞賜發給這些士兵。訓練之餘，高飛也不忘記給他們講笑話，講孫子兵法和三十六計，講鬼怪神魔的傳說，讓士兵們更加感到他的親和力。

傍晚，高飛帶著趙雲、盧橫下了山，以最快的速度趕回陳倉，畢竟陳倉方面還需要他鎮守呢。

成立飛羽部隊之後，高飛幾乎隔三差五的就往吳嶽山中跑，將城中的事務暫時交給傅燮、蓋勳處理，並且留下馬九充當縣尉一職。

每次高飛到吳嶽山中，他總是帶著零星的兵器或者戰甲，可是畢竟還是少數，不能解決根本問題。

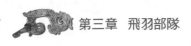

第四章

夜鷹計畫

「為了要考驗你們是否能夠做到調度有序，我給你們制定了一個很特殊的任務，一個代號為夜鷹的計畫。你們能否通過這次考驗，就靠你們自己了，如果不合格的話，那就只能離開這支隊伍了。時間今夜子時，目標陳倉府庫……」

十月初十。

這次是高飛第三次來到吳嶽山中，此次他帶來幾副完好的戰甲，為了與漢軍的甲衣有區別，他讓部隊全部穿黑衣，並且將戰甲也漆成了黑色，旗幟也用黑旗。

從十月初一到十月初十，十天的時間裡，士兵的體能所有增加，訓練的強度大，士兵的飯量也就大，閒暇之餘，高飛便會帶著飛羽部隊進山打獵。

飛羽部隊的成員別的武器沒有，弓箭可是隨身攜帶的，清一色的涼州人，幾乎都是一米八五的西北大漢，無論是身高還是體格，都是經過嚴格的選拔才納入這支部隊的。可以說，這支部隊是高飛從正規的漢軍裡竊取而來的精銳之師，但是他卻要用自己的方法加以訓練。

一聲清嘯在空曠的山中響起，清晨的平靜就此被打破了。

「集合！」

隨著高飛這一聲的吶喊，兩千名統一穿著黑色甲衣的士兵全部集合在半山腰空曠的平地上。

「向右看齊！」

將士們隨著高飛的話做出統一的動作，除了排頭之外，每一個人的臉都扭轉到右側，用眼睛看著側前方的半張臉，挺胸抬頭，已經有三分威嚴。

「向前──看！」高飛拉著長腔，下達著命令。

「稍息！」

「立正！」

「向左──向右──轉！」

⋯⋯

喊完這一連串的口令後，見兩千多將士沒有一個人出錯，露出滿意的笑容。

「不錯，短短的三天時間裡，你們已經完全掌握住了這些口令，我感到很欣慰。不過，不可以驕傲自滿，你們現在都只不過是飛羽部隊的一個新兵，在以後很長的一段時間裡，你們將要接受為期幾個月的魔鬼訓練，我要將你們打造成一支精銳得不能精銳的特種部隊，我們的口號是──」

「**為主公而戰！為主公而死！**」

「很好，卞喜，你過來。其他人全部跑步前進，目標山頂，出發！」

一聲令下，兩千士兵跟隨著各自的軍侯開始陸續向著山頂進發，趙雲自覺的充當了卞喜的軍侯位置，跟隨著大部隊開始跑步向前，齊刷刷的腳步聲，讓人聽了振奮人心。

卞喜走到高飛面前，敬了一個軍禮道：「主公！」

高飛也同樣敬了一個軍禮，然後拉著卞喜走到了一塊大青石上坐了下來，目視山下蒼松雪海，緩緩地道：「卞喜啊，這些日子在山上辛苦你了。」

卞喜道：「啟稟主公，這日子過得清閒自在，在山中也很逍遙，每天都有野味吃，有酒喝，這種日子怎麼能叫辛苦呢？」

高飛笑道：「其實我今天找你，是有一件很重要的事情和你商量，不知道你願不願意做？」

「主公有何命令，但可吩咐，屬下必定想法設法的完成。」

高飛道：「我要你再施展一下你神乎其技的順手牽羊手法，幫我從陳倉的府庫裡弄點武器、裝備、糧草和金子來！」

卞喜聽完，臉上有些迷茫，問道：「主公，你現在不是涼州刺史嗎？府庫裡的東西還不是想拿就拿嗎？」

高飛道：「我這個涼州刺史是虛的，打仗的時候才需要我，不打仗了就把我一腳踢開。實不相瞞，我組建這支飛羽部隊，也正是為了我們以後的出路著想，半個月前，朝廷便給我下了聖旨，等到車騎將軍的大軍一到，我手中握著的這萬把人就要全部移交給車騎將軍皇甫嵩了，至於他肯不肯用我去平叛，還是個未知之數，所以我才這樣暗中組建了這支部隊。現在的陳倉名義上是我在做主，可實際上傅燮、蓋勳這兩個人牢牢的控制著整個府庫，這些輜重都是從涼州運出來的，並不屬於我們陳倉的東西，所以，如果我要動用府庫裡的東西，必須要經過傅燮、蓋勳……」

「主公，屬下明白了，主公需要多少，儘管說出來便是，在自家眼皮子底下，做起事來更容易。」

高飛臉上一喜，哈哈笑道：「我就知道，你是不會讓我失望的。不過這次可不是你單幹，因為所需物品的數量多，為了以防萬一，這次有人接應你，我已經安排了趙雲、盧橫在城中策應，至於守城門的人，我也會想辦法調開，如此一來，你便可以帶著人將東西運出城，然後再讓龐德、華雄、周倉、管亥等人在城外接應，一定要做到萬無一失，其他人我想現在趙雲和盧橫已經在和他們說這件事了，你是這次任務的主攻手，我需要你潛入傅燮的房間裡去偷取府庫的鑰匙。」

卞喜的臉上露出了很難見到的笑容，他欣喜之餘，歡快地拍了拍手，大笑道：「太好了，屬下差不多有兩年沒有幹這樣的大案了。主公，你放心，這次我不會讓主公失望的。」

高飛不明白卞喜為何如此興奮，他無法理解做為一個大盜遇到大案的那種莫名的欣喜，但是他相信卞喜。

對於卞喜來說，他已經好久沒有和別人合夥作案了，無人策應，他只能小偷小盜，只要餓不住自己就行，錢沒了再去取，反正他不缺錢，也不愁弄不到錢。

二人又簡單的聊了一些話語，又等了一會兒，這才聽見飛羽部隊從山上跑了下來，然後再次集合在了一起。

高飛站在所有將士的最前面，他要讓這次行動變成是對這個部隊的第一次考驗，考驗他們之間的協調性，就算出現了岔子，反正他在陳倉城裡，他完全可以做到掌控一切。

「全體……稍息！」

將士們全部做出了統一的姿勢，並且將所有的目光全部盯在一個人的臉上。

「你們在這裡已經都訓練了十天了，為了要考驗一下你們是否能夠做到協調一致，調度有序，我給你們制定了一個很特殊的任務，一個代號為夜鷹的計畫。你們能否通過這次考驗，就靠你們自己了，如果不合格的話，那就只能離開這支隊伍了。時間今夜子時，目標陳倉府庫……」

高飛的話還沒有說完，便見大部分人的臉上都出現了驚訝的表情，他停住了話語，大聲吼道：「怎麼？有什麼可驚訝的，**服從軍令是軍人的天職**，**你們應該做到不需要問為什麼**，**只需要服從**，如果連我的命令都不能服從的話，那你們以後還談什麼效忠於我?!我拿錢也不是白養你們的。以後你們會接受各種不同的任務，戰鬥更會多不勝數，如果人人都不服從我的命令，我還訓練你們幹什麼？全體立正！」

「唰」的一聲，兩千多將士們齊刷刷的做出了統一的動作。

「開始報數！」

「一、二、三……」

等到前排士兵報完了數字之後，高飛繼續喊道：「剛才報單數的，全部站到雙數的正前方！」

士兵們完全照做，報單數的士兵和報雙數的士兵面對面的站著。

「報單數的士兵給我打報雙數的一巴掌！」

壯觀的場面出來了，只見一千五百零六名將士做著同一個動作，只是動作並不齊整，出現了劈裡啪啦的雜亂聲。

「聲音、動作都不整齊，再打！」

「啪！」這一次將士們都行動一致，就連聲音也一樣，但見被打的人臉上頓時出現五指手印。

高飛見沒有人敢違抗他的命令，心裡很滿意。

「剛才挨打的士兵該你們反擊了，他們打了你們兩巴掌，為了公平起見，你們也要打他們兩巴掌。預備——打！」

「啪！啪！」

「歸隊！」

高飛見打完後，兩千多將士的臉上都有一個紅掌印，但是目光中所放射出來的眼神卻是溫和的，沒有人對高飛產生怒氣，儼然成為一支真正的私兵了。

之後，高飛繼續說著自己的計畫，將代號為「**夜鷹**」的計畫和盤托出。說完這個計畫之後，高飛便解散了隊伍，讓他們暫時休息一下，自己則帶著趙雲、盧橫先行返回陳倉，其餘人則要等到傍晚才能行動。

回來的路上，高飛見趙雲、盧橫都沒有生氣，出於關心，他還是問了出來：「疼嗎？」

趙雲、盧橫一起答道：「不疼！」

高飛道：「這是一種考驗，軍人就應該如此，希望你們不要怪罪於我，回到陳倉之後，咱們就開始暗中佈置吧。」

「諾！」

偷盜漢軍的東西用於己用，這對高飛來說並不可恥，歷史上，曹操曾設立過摸金校尉這個職務，幹得是盜墓的勾當，這可要比他可恥百倍了，所以他這點小打小鬧，和曹操一比起來，那簡直是小巫見大巫了。

回到陳倉以後，高飛便開始讓趙雲、盧橫秘密進行計畫，他自己則靜坐縣衙，並且叫來了候補縣尉馬九，讓他和他的那一幫子衙役們也參與進來，給他當個跑腿的，傳遞消息。

傍晚的時候，傅燮、蓋勳從城東視察完漢軍營寨回來，一入縣衙，便驚奇地發現今天高飛端坐在縣衙大廳裡，這可是半個月來的第一件怪事。

十幾天來，傅燮、蓋勳二人還是頭一次和高飛照面，不過好在現在也沒有什麼事情，二人也不必打聽高飛這些天在做什麼事。

「侯爺今天好雅興啊，居然坐在這裡看起書來了！」蓋勳見高飛坐在縣衙裡捧著一本孫子兵法在細細品味，不禁說道。

高飛放下了手裡的書，道：「多日不見，不知道二位大人一切可好？」

只聽傅燮問道：「侯爺最近忙什麼事呢，總是神龍見首不見尾，就連侯爺的那些個親隨也都看不到人影，整個縣衙裡就只有一個暫代縣尉之職的馬九。」

「哦，沒忙什麼，我只是帶著自己的屬下去視察從陳倉到漢陽的道路罷了，想多瞭解一些關於叛軍的消息，以便等到平叛大軍來了以後，我好給皇甫將軍說說叛軍的現在情況。」

蓋勳道：「侯爺真是我輩中人的楷模啊，最近我和傅大人也派出了一些斥候，除了知道叛軍退守冀城之外，其餘的什麼消息都打探不到，不知道侯爺那邊是不是有什麼詳細點的軍情？」

高飛道：「蓋大人算是說對了，我已經派出自己的十名親隨潛伏在涼州，對於叛軍的動向有一定的瞭解。聽說駐守在敦煌的西域戊己校尉遭到叛軍燒當羌的猛烈進攻，校尉大人戰死沙場，敦煌也被叛軍占領了。除此之外，叛軍首領邊章、韓遂又繼續籠絡了不少羌胡，現在的涼州境內，差不多有二十五萬叛軍，以我的推測，叛軍是想在涼州暫時度過嚴冬，想等明年開春的時候再全力進攻三輔。對了，皇甫將軍的大軍到哪裡了？」

蓋勳道：「據昨日得到的消息，皇甫將軍已經派中郎將**董卓**、**鮑鴻**二人率兵三萬為前鋒，先行到陳倉，他自己則親率大軍七萬隨後，如今一行人差不多已經到了弘農了吧，董卓、鮑鴻的前部估計明天午後就會到達這裡。」

「那麼快？不是說一個月嗎？」高飛略有點吃驚，讓他吃驚的不是時間，而是**董卓，這個使得大漢王朝真正進入群雄爭霸的始作俑者，終於要在這個小小的**

陳倉會面了，除了有點厭惡，還有點莫名的興奮，他想見見董卓，想看看董卓到底是什麼樣子。

「嗯，這次的反應是有點快，畢竟涼州的羌胡叛亂不比那些黃巾，羌胡民風彪悍，其民驍勇善戰，如果不加以討伐的話，只怕會殃及整個大漢。黃巾起義不過是一些百姓受到了蠱惑瞎起鬨而已，根本掀不起什麼大風浪。

「對了侯爺，今天來了一道聖旨，侯爺不在陳倉，我等二人只好替侯爺接旨了，陛下已經正式封侯爺為討逆將軍，並且讓侯爺跟隨皇甫將軍入涼州平叛，恭喜侯爺高升！」蓋勳一臉喜悅地道。

高飛正準備說話，卻聽傅燮補充道：「不過……侯爺的涼州刺史一職……陛下已經正式任命給車騎將軍皇甫嵩了，還讓皇甫將軍持節，陛下這是為了能讓皇甫嵩專事平叛，所以才做出如此決定，絕對不是因為不信任侯爺，還請侯爺不要暗自傷心。」

「沒啥可傷心的，之前陛下讓我暫代而已，我也明白其中的道理，如今給我加封了討逆將軍，已經是看得起我了，二位大人不必為我擔心。」

蓋勳此時拿出一道聖旨和一個印綬，交給高飛，說道：「請侯爺……不，請將軍好好保管！」

這些日子裡，高飛徹底弄懂了漢朝的大小官職以及爵位之間的差別。比如他之前是都鄉侯、陳倉令，其實侯也分好多等，他的食邑是一千戶，就是千戶侯，這種侯雖然也是侯，可是在大漢王朝裡，這種侯是最低等的一個，基本上沒有什麼權力，如果沒有陳倉令這個職務，他根本無法調動陳倉裡的一切，而食邑，只是定期將賦稅交給他而已，等於是個地主。

只有五千戶以上的侯，才可以建立自己的封國，可以設立自己的軍隊和官職，所以他的都鄉侯從某種意義上來說，只是一個虛名，是朝廷用來賞賜有功之人相當於軍銜之類的東西。如今漢靈帝封他做了討逆將軍，這就等於給了他一個很好的職務，雖然是雜牌將軍，但好歹是個將軍，比什麼都不是強。

又談天說地了一番，天色黯淡下來，一個代號為「夜鷹」的計畫，也趁著夜色在悄然的展開。

高飛暗自慶幸自己選擇了今夜行動，因為明天平叛軍就要來了，他給自己的飛羽部隊制定了一個準確的竊取數目：米糧五千石，箭矢十萬支，刀盾兩千組，長槍兩千根，強弩兩千張，弩箭十萬支。

至於金子，這次行動因為偷取的數量巨大，考慮到金子是個占重量的東西，便沒有列入盜取範圍內。

光高飛列出的這些盜取資源，除了米糧、刀盾、長槍、強弩之外，箭矢是主要資源。高飛曾經去過府庫，箭矢和弩箭各自有一百萬支的存量，少十萬支箭，對漢軍來說算不上什麼，但是要將這二十萬支箭一捆捆的裝在馬車上拉走，那就要一些時間了。

入夜後，高飛利用手中尚有的許可權，將趙雲調上城頭，安排他負責城頭的守夜工作，盧橫則隱匿在城裡，隨時準備放火，至於城中的巡邏隊伍，高飛暫且以治安良好、士兵辛苦為由，放他們一天假。

馬九帶著二十名衙役也參與其中，守衛在縣衙，負責「保護」傅燮、蓋勳的安全工作，還擔任傳遞消息的任務。

龐德、華雄等兩千人的隊伍，則秘密地潛伏在陳倉城的西門外，每個人都穿著夜行衣，並且蒙著頭臉，只露出兩隻眼睛，一副忍者的樣子。

臨近子時還有一刻鐘的時間，趙雲看看夜色，估算一下時間，便對站在城樓上放哨的士兵道：「兄弟，累了吧？」

士兵回答道：「多謝大人關心，一點都不累！」

趙雲笑道：「大家在一起也不是一天兩天了，都是自家兄弟，已經大半月沒有出現什麼異狀了，相信今夜也不會有事。我剛才還看見你打哈欠來著，要是累了，就到鐘鼓樓裡休息休息，那裡面暖和，這大冷天的，凍壞了可不好，侯爺那邊我頂著。」

自從叛軍走後，值夜的士兵也相對減少了，城樓上只有幾十個人而已，其實這一切也是高飛巧妙安排的，早在他成立飛羽部隊的時候，他就想從漢軍的府庫裡弄點東西出來了，所以他不斷的減少守夜的士兵，為的就是今天。

士兵們跟趙雲也不是什麼外人了，又聽趙雲說得如此誠懇，便都躲進鐘鼓樓裡。

趙雲隨之走了進去，不到一會兒，便聽到士兵打呼嚕的聲音，他借尿遁離開鐘鼓樓，迅速地走下城牆，蒙上臉，打暈兩個守城門的士兵，然後悄悄地打開城門。

便見龐德、華雄等人躡手躡腳地帶著一千人進入了城，留下周倉、管亥、裴元紹、夏侯蘭、費安五人和一千士兵在城門外等候。

趙雲帶著龐德、華雄、李文侯、廖化四人，和一千士兵溜進府庫邊。府庫邊的侍衛早已經被高飛給打暈了，高飛也等候在那裡，朝趙雲等人招了招手。

高飛問：「人都到齊了嗎？」

趙雲點點頭道：「都到齊了，主公，我現在就回去了，主公萬事小心啊！」

高飛道：「放心去吧，記得一會兒表現的好點，我帶著他們在這裡等候著卞喜的鑰匙。」

趙雲隨即解去蒙臉的黑布，大步流星地跑回西門，只留下高飛等人等候在府庫門口。

府庫的大門是用精鋼製成的，不僅落了鎖，還有鐵鍊纏繞，大門打開後，還有幾道同樣的小門，分開存放著糧草、金銀、武器裝備，如果一扇門一扇門撬開的話，費時費力，還容易弄出聲響，引來不必要的麻煩。所以高飛才讓卞喜去偷鑰匙，可以省去很多事情。

縣衙裡，卞喜早早地就潛伏在傅燮的房間裡，躲在冰冷的床底下，他從未時一直等到現在，可是這次並沒有那麼順利。

傅燮一直挑燈夜讀，絲毫沒有要睡覺的意思，這可急壞了卞喜，眼看就要到子時了，如果不能成功的偷取到鑰匙的話，只怕在高飛面前無法交代，更有損他飛天神偷的威名。

傅燮手捧著班固編撰的漢書手抄本，正細細的品讀著，眼睛裡雖然有些血絲，可是他本人沒有一點睏意，而且心血澎湃。剛翻過一頁，忽然注意到自己面前的燈火閃了一下，一個黑影突然出現在自己的側後方。

他隱隱感覺到一絲不祥的預感，閃到一邊的武器架上，抽出長劍，回頭便看到一個黑影站在那裡，喝問道：「大膽狂徒，居然敢夜闖我的住處！」

卞喜很懊惱，他從床底下爬出來，想將傅燮一掌打暈，沒有想到一向看來有點文文弱弱的傅燮，反應這麼快，他的掌風還沒有凌空劈下，傅燮便已經察覺到他，縱身跳了出去。好在他蒙著臉，傅燮看不到他，但是這種情況之下，卞喜只能想法設法將傅燮擊倒，然後取得鑰匙。

傅燮見卞喜沒有回答，也不問了，揮舞著長劍便向卞喜刺了出去。

卞喜這次前來偷盜，沒有帶刀劍之類的武器，也沒有想到會發生這樣的事，他見傅燮絲毫不畏懼自己，而是從容不迫的展開攻擊，也不喊，也不叫，彷彿傅燮足有能力對付自己一樣。

他冷笑一聲，心中暗暗的叫道：「量你一個文官能有多大的能耐，先打暈你再說！」

意外，純屬意外。

傅燮的劍術遠遠超出了卞喜的預料，在微弱的燈光下，但見房間內寒光閃閃，長劍鋒芒畢露，將手無寸鐵的卞喜逼的是連連後退，毫無還手之力。

「大膽狂徒，今日我倒要你見識見識我的厲害，你要是識相的話，就束手就擒，我還能饒你不死！」傅燮一邊舞著劍，一邊信心滿滿地對卞喜道。

卞喜臉上一陣苦楚，沒想到今天會如此不順利，還被人逼迫到如此境地。但是他「飛天神偷」也不是浪得虛名，如果沒有兩下子功夫，又怎麼會從未落網過呢。

他被傅燮逼迫到一個牆角裡，眼見傅燮劍光閃來，他也豁出去了，以最快的速度抬起了右腿，右手從穿著的戰靴裡掏出一把鋒利的匕首，在傅燮劍光砍來之前，將手輕輕一揮，匕首便徑直飛了出去。

傅燮見情況突變，劍招揮出，已然無法收回，猝不及防下，冷不丁的被那把匕首射進自己的右肩肩窩，頓時感到一陣疼痛。

他「哇」的一聲大叫，右手乃至整條手臂都沒有了力氣，長劍也頓時掉落在地，發出一聲脆響。

他捂著受傷的右肩，連連後退，剛想張口大喊「來人啊」，便見卞喜的身影已經閃到自己的面前，還沒來得及喊出口，便被一掌劈中，頓時眼前一黑，整個人便癱軟在地上。

卞喜也顧不得那麼多了，急忙從傅燮身上搜出一串鑰匙，然後奪門而出，來到縣衙院子裡，以迅捷的身手翻越過了牆頭，朝府庫方向跑了過去。

高飛等人已經在府庫門周圍等得不耐煩了，看看夜色，已是子時一刻了，可是卞喜的鑰匙還沒有送到，這讓所有的人都有一點擔心。

「主公，卞喜不是神偷嗎？為什麼連個鑰匙還偷不來？」龐德年輕氣盛，不禁問道。

高飛正要回答，便見一個黑影從縣衙那邊閃了過來，接著輕聲喊著「布穀」，高飛臉上一喜，急忙道：「鑰匙來了，大家開始行動！」

一聲令下，只見從府庫周圍現出一大批黑衣人，個頭、身材、打扮都差不多，很難讓人分辨誰是誰。但是細看之下，還是能夠看得出來，有幾個左臂上纏著一條紅布的人，那是龐德、華雄、李文侯、廖化四人，正是各個隊伍的小頭目。

「怎麼回事？怎麼延誤那麼長時間？」高飛來到卞喜身邊，質問道。

卞喜道：「主公，出了點小意外，傅燮一夜沒睡，發現了我，我不得已之下，只能將他打傷，現在暈厥過去了，這才弄出鑰匙來。」

高飛聽到傅燮受傷，沒有做多大反應，當即從卞喜手中拿過鑰匙，打開府庫，接著趙雲領著周倉、管亥、裴元紹、夏侯蘭等八百號兄弟，推著馬車快速奔了過來。

為了不引起東門的人注意，高飛讓人將馬車的馬匹全部留在西門，並且讓費安帶著兩百人在那裡等候，只要來一輛馬車，就迅速將馬套在車轅上，讓人趕著回吳嶽山。

趙雲彙報道：「主公，西門一切都妥當了，那些士兵全部被捆綁在一起了。」

高飛見人都到齊了，便大聲喊道：「好，開始行動，快點！卞喜，放哨！」

說時遲，那時快，大夥便入府庫，將各種需要的武器裝備裝車，然後陸續運到西門外。

子時剛過，府庫裡還剩下十幾輛馬車沒有裝，還有兩三萬支箭矢沒有來得及裝車，忽然聽見東門有人高喊「走水啦」，而且鑼鼓喧天，頓時整個東門方向都沸騰了起來。

高飛在府庫裡聽見喊聲，意識到情況緊急，對部下道：「再加快點速度，一定是有人發現我們的車隊了。」

畢竟要運走這麼多東西需要時間，這麼長時間裡，不可能東門方向聽不到一點聲音，陳倉城本來就小，有個風吹草動的，就能驚動整個城池。

好在陳倉城裡沒有住多少漢軍，城中的房屋為大都在抵禦叛軍時，為了方便容納下更多的士兵而拆掉了，所以漢軍的營地都在東門外的山道上。高飛安排盧橫潛伏在那邊，萬一遇到情況，就點火燒毀東門邊那些不多的房屋，以擾亂東門守兵的視線。

大火蔓延得很快，冬季天乾物燥，加上盧橫早就準備了火油，使得大火封閉了整個東門，隔斷了東西之間的道路，給高飛他們製造了一個大好的良機。

東門的守衛正在一心撲救火勢，西門這邊卻在急急忙忙的裝運東西。忽然，馬九從縣衙那邊趕了過來，衝進府庫喊道：「侯爺……侯爺……我們快攔不住蓋勳了！」

高飛一聽，忙扯去自己的黑衣，露出一身戰甲，吩咐龐德道：「我去攔住蓋勳，爭取時間。馬九，跟我走！子龍去和盧橫會合！」

高飛跑向縣衙，但見二十個衙役守在縣衙門口，蓋勳正試圖衝破二十個衙役的封鎖，還大聲喊道：「閃開，都給我閃開，我不用你們保護！」

蓋勳一見高飛從外趕來，便大聲喊道：「侯爺！傅大人被刺客打傷了，城東又失火了，這些個衙役說奉侯爺命令保護我，可為什麼不讓我出去？」

高飛急忙道：「我這也是為了蓋大人的安全著想，我一得知傅大人遇刺了，便急忙命令趙雲去追捕刺客了，可是誰會想到城東突然失火，想來是刺客早有預謀。我經過府庫的時候，看見守衛暈倒在地，這才意識到情況的嚴重性，擔心蓋大人再有什麼不測，這才讓馬九他們護衛蓋大人在縣衙。」

蓋勳道：「我不需要人保護，刺客抓到了嗎？」

高飛道：「正在城西搜捕，聽到馬九來喊我，我就立刻過來了。」

蓋勳道：「侯爺，那還等什麼，我們現在就去抓刺客！」

「好吧，你們都跟我來！」高飛心中期盼著最後的幾輛車已經撤離，便帶著蓋勳朝城門西側跑。

從縣衙到城西，沿途要經過府庫，就在快要到府庫的時候，忽然聽見一聲俐落的叫喊聲：「風緊！」

緊接著，便聽到縣衙那邊傳來一聲：「扯乎！」

蓋勳聽到這聲音，立刻大叫道：「不好，刺客在縣衙裡，傳大人有危險！」

高飛隨即喊道：「回縣衙！」

再次回到縣衙的時候，眾人但見一個黑衣人翻身越過縣衙的牆頭，緊接著縱身跳上一座民房，踩著房頂的瓦礫如履平地，以迅捷的速度又跳到另外一間民房上，這等身手乾脆俐落，起落有致，如同鬼魅一樣，很快便沒入了夜色之中，消失的無影無蹤。

「好俊的身手！」蓋勳暗暗地讚道。

高飛也看得清楚，見這身手絕對不是卞喜能做出來的，而且從身形上看，應該是趙雲無疑了。他定睛朝縣衙一看，但見傅燮捂著右臂走了出來。

蓋勳、高飛急忙跑了過去，一陣噓寒問暖，好在傅燮沒有太大的事。

此時趙雲、盧橫二人跑了過來，向高飛抱拳道：「侯爺，城東大火得到控制了！」

高飛自然知道這代表什麼意思，意思是說這次夜鷹計畫成功完成，並且所有人都撤離了陳倉，當即答道：「很好，府庫那邊怎麼樣？」

盧橫道：「士兵也已經被救醒了，只是……府庫裡物資少了許多，守衛府庫的人還在進一步統計當中。」

傅燮一聽到府庫丟了東西，剛想站起來，只覺右臂傳來的疼痛難忍，便道：「府庫丟失了東西，我難辭其咎……」

「這夥刺客是什麼人，不僅行刺了傅大人，還劫掠了府庫，真是太膽大包天了！」蓋勳厲聲喝問道。

趙雲道：「啟稟大人，刺客身手個個敏捷，飛簷走壁也是不在話下，我追出多遠，便不見了蹤跡。不過聽口音倒像是涼州一帶的，而且有的還說著胡話。」

蓋勳道：「賊人身手確實高強，剛才我和侯爺也看到了一個，那種身手，只怕我們很難抓住，沒想到叛軍沒有攻打下陳倉，竟盜取了物資，看來以後要加強防範才是。為今之計，就是核算府庫的缺失，然後再做打算。侯爺，你以為這樣可好？」

高飛點點頭道：「蓋大人說得極是，既然刺客已退，我看還是趕緊扶傅大人進去，然後叫軍醫來治傷吧！」

蓋勳便扶著傅燮走進了縣衙，高飛則吩咐馬九去叫軍醫，帶著趙雲、盧橫跟了進去，一幫衙役緊守大門。

天亮後，府庫丟失的具體東西都稟報給纏著繃帶的傅燮，傅燮重重地嘆了口氣，嘴裡不停唸道：「失職啊失職……」

雖然丟失的東西對於漢軍來說並不算什麼，但是這樣的失誤，確實讓人臉上蒙羞，當即傅燮便寫了一個自責狀，派人送給車騎將軍兼任涼州刺史的皇甫嵩那裡。

在這個節骨眼上，高飛無法抽身，對於昨夜的事，誰也不會想到，高飛是賊喊抓賊；誰也不會想到，堂堂大漢的討逆將軍會偷竊漢軍的東西。

正午過後，中郎將董卓、鮑鴻帶著幾名親隨來到了陳倉，將三萬精銳之師留在山道中，小小的陳倉城容納不下那麼多人。

陳倉的東城門外，高飛帶著趙雲和蓋勳一起等候在那裡，遠遠望見從山道中奔馳來八名騎士。八匹駿馬上，為首兩人是一老一少，老者差不多四十歲左右，年輕者不過二十五六。

「侯爺，那老的是董卓，年輕的是鮑鴻。」蓋勳怕高飛不認識，擔心一會兒不好說客套話，便先提醒道。

高飛點了點頭，目光緊緊地盯著由遠及近的董卓。

但見董卓戴盔穿甲，身材極為雄壯，從臉型看，這是一張近乎四方形的國字臉，下巴寬而張開，帶著捲曲的鬍鬚，臉上肌肉飽滿，眉毛粗濃，耳厚口大，非常有男子氣概，帶著一種威風凜凜的氣勢。

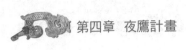

「這個人就是董卓嗎？」

高飛在心中嘀咕著，發現董卓的眸子裡射出兩道精光，也正在打量著他，四目相接，轉瞬即逝。

不知為何，高飛竟然不由自主地生出一種莫名的恐懼感。他的心因為董卓的到來而起了漣漪，鋼盔下面深邃的眸子讓他產生極大的壓迫感，似乎自己心裡的想法能被他一眼看穿似的。

「蓋長史，這位就是朝廷新封的討逆將軍高飛嗎？」

目光正飄忽不定時，高飛只聽一聲極其渾厚的聲音傳入自己的耳中，抬頭一看，董卓正站在自己正前方，個頭居然高出他大半個頭起碼有一米八八左右。

蓋勳見高飛目光閃爍，沒有搭腔，便出來圓場，道：「董大人不僅好眼力，消息也很靈通，此人正是討逆將軍、都鄉侯高飛高將軍。」

董卓冷笑一聲，目光中夾帶著蔑視，道：「聞名遐邇的高將軍也不過如此嘛！蓋長史，我餓了，給我弄點飯吃！」

蓋勳忙做了個請的手勢，笑道：「董大人，酒宴早已經準備好了，請入城吧！」

董卓當先從蓋勳、高飛中間橫衝直撞了過去，在撞倒高飛肩膀的時候，還斜眼看了高飛一眼。

高飛被董卓這麼一撞，回過神來，見董卓已經入城了，身邊則站著那個年輕點的鮑鴻和他的隨從。

鮑鴻的身材遠比董卓要小了很多，正好和董卓形成了鮮明的對比，個頭略顯矮小，連漢朝的七尺男兒都不算，但是身上散發出來的氣息也是咄咄逼人，似乎在警告對方，不許拿他身高說事，否則就拼命。

不過，鮑鴻要遠比董卓謙遜許多，而且也顯得和藹很多，沒有董卓那種囂張跋扈的氣焰。只見他朝著高飛抱拳道：「在下右扶風鮑鴻，見過高將軍！」

高飛還禮道：「在下隴西高飛，見過鮑將軍。」

從某種意義上來說，中郎將要遠遠高於高飛的這個雜牌的討逆將軍，中郎將負責統領駐守京畿的精銳宿衛軍隊，是固定的官職，而將軍則不是時常設置的，只有在征伐的時候才會任命，俸祿上也要遠遠低於中郎將這樣的京官。

蓋勳向高飛介紹道：「高將軍，鮑將軍也算是年輕有為，葛坡的黃巾賊就是他平定的。」

高飛急忙道：「哦，鮑將軍的大名如雷貫耳，失敬失敬。」

鮑鴻也是一番客套，然後帶著隨從便進入了城。

高飛喜歡讀史書，鮑鴻的名字還有印象，這位仁兄是個實力派，他的官職都是他用戰功換來的，後來漢靈帝設置西園八校尉，鮑鴻還出任下軍校尉一職，能和袁紹、曹操這樣的人物並列入選，可見其實力了。

「高將軍，剛才的事，你不要放在心上，董卓就是個飛揚跋扈、盛氣凌人的性格，看誰都不順眼，不過話又說回來，他要是看你順眼了，那高將軍就和一個庸人沒有什麼區別了。呵呵，我們進城吧，傅大人還在縣衙裡等著我們呢。」蓋勳見高飛有點不爽，開解道。

高飛點了點頭，轉身和蓋勳並肩走進了城，腦中卻在揣測著董卓這個人：

「不知道為什麼，我每次看他的時候，心裡總是有一種莫名的恐懼感，看來**董卓還真是個不簡單的人物，能讓我有這種感覺的人，他是第一個**，這樣的人應該不好對付，我得小心為妙。」

第五章
亂世奸雄

高飛發現面前這個年輕人濃密的雙眉下，是一雙帶著淡紫色的眼瞳，加上厚薄適中的嘴脣，以及那犀利而又炙熱的目光，都使得他身上透出了一身王者氣息。

「治世之能臣，亂世之奸雄，孟德兄當真是不同於常人啊！」

董卓、傅燮、蓋勳三人都是老相識了，傅燮、蓋勳對董卓的瞭解也算透徹，還沒有進入縣衙前，蓋勳怕高飛一會兒不好對付董卓，便將董卓的情況簡明扼要的說了一下。

董卓，字仲穎，從他的字就可以看出，他在家裡排行老二。

古人對字是很講究的，兄弟幾人一般都可以從字上面看出來，伯、仲、叔、季到字裡，比如孔子名丘，字仲尼，這就說明孔子在家裡排行老二，再比如孫策字伯符，孫權字仲謀，這些都是簡易的兄弟之間的排行。

董卓是隴西臨洮人，說起來和高飛算是一個地方的人，臨洮這個地方要比襄武複雜的多，那裡是漢代防禦羌人的邊防重鎮，山高水險，羌漢雜居，人人騎馬射箭，民風彪悍，董卓就是在這樣的一個環境裡長大的。

董卓的武力不弱，加上性格豪爽，喜歡散財交友，逐漸得到一些羌胡豪帥的喜愛。後來董卓以六郡良家子入選羽林郎，算是開始了他真正的仕途。

這一時期的羌胡多叛，雖然規模不大，但是頻率很高，在羌漢頻繁的戰爭中，董卓的功勳和聲威就是在不斷平息羌胡叛亂的時候一點一點積攢下來的，這也成為他在朝廷立足的一個資本，官階逐步高升不說，而且每次涼州叛亂，朝廷都會第一個想到他，便養成了他居功自傲、目中無人的囂張態度。

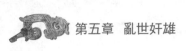

聽完蓋勳簡單的介紹後，加上高飛在歷史書上讀到過關於董卓的事，高飛甚至懷疑是董卓在暗中操縱叛亂呢。但是可以肯定的是，這次涼州的大規模叛亂絕對不是董卓能夠操縱的。

酒宴上，傅燮藉口身上有傷沒有出席，其實是不想看到董卓的那副嘴臉，將一切款待董卓的事情都交給了蓋勳。

蓋勳心中對董卓也有所厭惡，但是大家都畢竟給一個老闆打工，又都經常在涼州出沒，抬頭不見低頭見的，表面上還是保持著對董卓客氣的態度。

「朝廷既然派董大人前來平叛，以董大人在羌胡豪帥心中的威望，想必不出旬月，涼州叛亂即可平定，到時候董大人居功甚偉，必然能夠加官進爵。」蓋勳端起手中的酒，緩緩地道。

董卓看了眼面前的酒菜，還算滿意，至少蓋勳沒有虧待他。

他嘿嘿笑了笑，舉起酒杯道：「多謝蓋長史吉言，不過如果當初董某坐鎮涼州的話，手中握著兩萬軍隊又怎麼會輕易撤離呢？」

高飛坐在蓋勳身邊，從董卓的話裡聽出他似乎有指桑罵槐的味道，畢竟主張撤離涼州的人是他。

他不準備和董卓辯解什麼，微微笑了笑，舉杯道：「久聞董大人的大名，今日一見果然聞名不如見面，在下能得見董大人這樣功勳卓著的人物，實屬人生一大快事，在下敬董大人一杯！」

董卓雖然囂張跋扈，但是禮儀還是有的，不然混了那麼多年官場，要是見到誰都是這樣的態度的話，他也不會做到東中郎將的職位上。

他和高飛輕輕地碰了一下杯子，然後一口將杯子裡的酒喝了個乾淨。喝完，董卓將手中的酒杯摔在地上，只聽見一聲脆響，酒杯被摔得粉碎，弄得高飛好不尷尬。

鮑鴻不知道董卓為何要這樣做，見蓋勳臉上變色，急忙對董卓道：「董大人，你喝醉了，居然連手裡的酒杯都拿不了了，呵呵呵……」

「放你娘的狗臭屁！」董卓聽到鮑鴻這樣說，便劈頭蓋臉的罵了出來，緊接著將手一伸，朗聲說道：「董某還沒有喝呢，怎麼會醉？董卓只是覺得用杯子喝酒不夠過癮，拿大碗來！」

鮑鴻的好心被董卓當成了驢肝肺，心中不爽，只冷冷地哼了聲，便端起面前的酒杯一飲而盡。

他畢竟和董卓是平起平坐的中郎將，雖然資歷不如董卓，可董卓這樣不給他面子，讓他下不來台，他也懊惱不已，便借題發揮，衝大廳外面的徧役喊道：

人都死哪裡去了？董大人讓你們換大碗你們沒有聽見嗎？給我拿幾罈酒來！」

「狗咬狗，一嘴毛！」高飛看到這樣一幕，心裡笑道。

蓋勳急忙出來圓場，誰知董卓、鮑鴻兩人的火氣都上來了，誰也沒有給他面子，他一氣之下也不管了，任由董卓和鮑鴻兩人在大廳裡叫嚷著。

這酒宴瞬間便成了一個借題發揮的拼酒大會，董卓、鮑鴻都借拼酒來壓制對方的氣焰，最後的結局便顯而易見了，兩位互不相讓的中郎將大人紛紛醉倒不起，最後還是蓋勳命人將董卓、鮑鴻送回房間了事。

「蓋長史，今天這事弄得……」酒宴結束以後，高飛搖搖頭，對蓋勳道。

蓋勳也是不住地搖頭，道：「看來此後陳倉城沒有寧日了……」

高飛沒有做任何表態，他現在算是認識了董卓其人，雖然他囂張跋扈，可還沒有到那種殘暴不仁的地步，更沒有不把朝廷放在眼裡，畢竟他現在還不是坐鎮一方的大軍閥。

他不關心董卓和鮑鴻之間的事，他的心思在昨夜的夜鷹行動後的成果上，他必須親自去一趟吳嶽山，因為還有一件棘手的事情等著他去做。

酒宴散後，蓋勳便去探望傅燮，順便商量一下如何招待董卓、鮑鴻這兩尊瘟神。

皇甫嵩給董卓、鮑鴻下達了駐守陳倉，等待大軍到來的命令，這也就等於說董卓、鮑鴻要在陳倉住上一段時間，真是個令人頭疼的事。

高飛則藉故散心，帶著趙雲便出了陳倉西門，朝吳嶽山奔去。

二人馳馬行走了一個多時辰，這才來到吳嶽山中，將馬匹停放在山下，交給專人看管，便上了山。

來到山上，飛羽部隊的將士們還沉浸在喜悅當中，他們將盜取來的武器裝備全部搬入山洞，見到高飛來了，隨著一聲「集合」的高喊，所有的人很快便組成一個軍容整齊的方陣。

高飛向將士們掃視了一眼，然後高聲喊道：「昨夜的夜鷹計畫我非常滿意，但是仍然出現了兩個小瑕疵。卞喜出列！」

卞喜從隊伍中向前跨了三大步，他心裡明白是怎麼回事，昨夜因為他的失誤，差點讓整個計畫流產，一會兒肯定會被高飛一頓臭罵，他已經做好了心理準備，靜靜地等待著高飛的責罰。

「昨天的情況並不像我想的那麼簡單，卞喜盜取鑰匙的時候遇到了點小麻煩，但是他能夠隨機應變，不至於讓整個計畫付之東流，還是應該予以嘉獎。不過，打傷傅燮一事卻不應該出現，好在傅大人有驚無險，如果意外身亡，事情就不會那麼簡單了。我獎罰分明，這次卞喜功過相抵！」高飛朗聲道。

卞喜有些驚喜，望向高飛，動了動嘴脣，想說聲感激的話，還沒張開嘴巴，便聽見高飛一聲「入列」。他立刻回答一聲，便回到隊伍當中。

緊接著，高飛臉色變得鐵青，冷冷地道：「你們都還記得進入這支部隊所必須的軍規嗎？」

「無條件服從主公的命令，不得有任何違抗，否則斬立決！」兩千多將士們異口同聲地答道。

高飛道：「嗯，說得很好，也很清楚，可是昨夜為什麼還是有人違反了我的命令？我早就定好這次行動所取得的物件和數量，昨夜徹查府庫的時候，為什麼少了一樣東西？是誰拿的，給我站出來！」

眾人面面相覷，不清楚高飛所指何物，每個人都是按照計畫行事，不敢違反命令，一時間兩千多將士沒有一個人回答，也沒有一個人站出來。

高飛冷笑一聲，道：「我再說一遍，是誰拿了不該拿的東西，主動站出來，我會寬大處理。要是讓我查到的話，可就別怪我不念及情誼了！現在從一數到十，如果沒有人站出來主動承認的話，全軍一起責罰！一……二……三……」

在高飛數著數的時候，在場的每一個人都在納悶著到底是誰。

當高飛數到「八」時，隊列裡一個人突然閃了出來，大聲喊道：「主公，是我拿的，是我拿了那些東西！」

「是你？」高飛感到很意外，萬萬沒有想到站在他面前的人是龐德。

「不錯是我，是我昨夜拿了不該拿的東西，主公你就處罰我吧！」龐德臨危不懼，站在那裡朗聲說道。

「不是他，是我拿的！」華雄突然站在龐德前面，用他高大的身體遮擋住龐德，道。

「不！是我，主公，這和他們無關，是我拿的！」周倉也站了出來。

這倒是大大出乎高飛的意料，他冷冷問道：「還有人要站出來嗎？」

只見廖化、管亥站了出來，而後又有幾個士兵也跟著站了出來，短短瞬間便多出七個人。

趙雲看到這一幕，走到高飛身邊，問道：「主公，現在該怎麼辦？」

高飛道：「涼辦！盧橫出列！」

盧橫走了出來，向高飛敬了個軍禮，道：「主公喚我何事？」

高飛道：「你在清點物品的時候，可曾發現什麼多餘的東西嗎？」

盧橫搖搖頭道：「啟稟主公，屬下一連清點了三次，並無發現有什麼多餘的東西！」

高飛皺起眉頭，他本以為府庫裡丟失的那幾十斤金子會在吳嶽山上，可能是哪個士兵不經意間拿了出來，想給部隊弄點好處，可是當他聽到盧橫的回答後，便意識到這是嚴重的趁火打劫，如果是上交到盧橫那裡，或許情有可原，可是現在陳倉府庫中沒有，盧橫那裡也沒有，那那些金子就等於落入了私人的腰包了。

他又看了眼站出來的將士們，見他們的臉上沒有一絲害怕，想了想，問道：「你們既然都說是自己拿了不該拿的東西，那誰可以告訴我，陳倉的府庫裡到底少了什麼東西？」

龐德、華雄、周倉、廖化、管亥等人都支支吾吾回答不出來，臉上一陣窘迫。

「好了，你們都入列吧，你們之所以站出來，是害怕其他將士受到牽連，看來你們之間已經有了戰友的情誼，這一點我很欣慰。但是這樣做的結果，等於放過了真正有罪的人……」

高飛的目光不停地掃視著每一個人，當他看到費安的時候，話音戛然而止，目光也變得更加凌厲，緊緊地盯著費安。

費安站在隊列中，感受到高飛那種咄咄逼人的目光，只覺心裡發慌，背脊發涼，目光閃爍著不敢直視高飛。

「原來是你！給我滾出來！」高飛看到費安和眾人不一樣的神情，正所謂不做虧心事，不怕鬼敲門，他發現端倪之後，便指著費安吼道。

費安聽到高飛這一聲大吼，繃著的神經立刻瓦解了，只見他雙腿一軟，頓時跪在地上，不斷地向高飛叩頭，告饒道：「主公，我知道錯了，求你饒過我這一次吧，我下次不敢了！」

所有人都感到很是吃驚，無法想到被高飛一手提拔的費安會做出這樣的事來。除了吃驚之外，更感到一絲憤怒，因為費安一個人，害他們差點全體受罰，心裡都紛紛咒罵這個害群之馬！

「下次？你還有下次？」高飛厲聲問道：「說，你是如何偷盜金子的？」

費安當即一五一十的招供說，昨夜他是最後一個推著馬車離開的，當他看到府庫裡堆放著的黃燦燦的金子時，心裡便動起了歪念，趁眾人不注意，順手拖走了幾十斤金子，放在馬車上。

回到吳嶽山時，他趁大家沒有防備，便借尿遁抱著金子離開，然後將金子藏在樹林裡的積雪中。本以為府庫丟失了那麼多東西，少這點金子不算什麼，沒想到高飛會追查到底。

當高飛數數的時候，他本來是想站出來的，可是見龐德搶先了一步，接著又有那麼多人願意背黑鍋，便心存僥倖，不願意站出來了，直到高飛發現他的神情有異，才主動承認錯誤。

高飛聽完費安的話後，頗有一種恨鐵不成鋼的感覺，他在開初的時候因為缺少心腹而提拔了費安，從鉅鹿一路走到三輔，沿途對他也是不薄，沒想到他居然帶頭違抗他的命令，並且還不主動出來承認。

「費安，我對你不薄，可你做出的事卻讓我很失望，只為了那一點點的金子，卻斷送了你的大好前程，實在有點不值。我給過你機會，你不站出來，失去了活命的機會。現在我只能秉公處理了，如果法令不嚴，人人都像你一樣，那我們就如同一盤散沙，無論如何都不會成為最精銳的部隊。趙雲，將費安帶下去斬首示眾！」

「啊？主公……你就饒過我這一命吧，我下次不敢了，我真的不敢了，主公，求你饒了我吧……」

費安一聽要將他斬首，嚇得魂飛魄散，一把鼻涕一把眼淚的哭喊著。

「費安！你他娘的還是個男人嗎？男子漢大丈夫死則死矣，有什麼好怕的，腦袋掉了不過碗大的疤，主公給過你機會，你沒有珍惜，也怨不得別人！」龐德實在忍不下去了，大聲叫道。

盧橫向前一步，對高飛道：「主公，費安是屬下給主公物色的人，出了這樣的事，屬下也有責任，屬下想請主公把費安交給我，由屬下來親自斬殺他，還請主公成全！」

高飛點點頭，朝盧橫擺擺手道：「就交給你吧！」

盧橫拜謝過高飛，抽出隨身的佩劍，徑直走到費安面前，一把將哭哭啼啼的費安給拎了起來，拉到懸崖邊，對費安道：「自作孽不可活，這事你怨不得別人。古語說，成也蕭何敗也蕭何，我今天就當一次蕭何吧。你放心，我很快，不會很痛的！」

話音落下，盧橫舉起了手中的長劍，一劍便砍下費安的腦袋，腦袋墜落山崖，屍身則倒在血泊之中。

殺了費安之後，盧橫回來覆命。高飛讓盧橫歸隊，並且讓人挖出費安偷取的金子，將這些金子賞賜給了龐德、華雄等不願意讓士兵受到牽連的人，以表示自己的賞罰分明。

費安手底下還帶著兩百個人，為了填補這個空缺，高飛便讓趙雲暫代軍侯一職，留在山上和其他人一起訓練。

費安的事只是一個小插曲，卻提醒了所有飛羽部隊的人，並且嚴明了紀律，在每個人的心頭都留下了深刻的印象。

之後兩千士兵開始進行體能訓練，高飛將十位軍侯和一個主簿叫到一起，吩咐他們在以後的日子裡，從體能訓練轉變為軍團作戰的訓練，而且以訓練步戰為主，因為真要訓練騎兵軍團作戰的話，空間還是顯得小了許多，而騎兵作戰是各人都熟悉的，等以後有地方了，再進行大規模騎兵作戰訓練。

從山上下來時，高飛誰也沒有帶走，獨自一人回陳倉，留下將士們展開訓練。

之後的幾天，高飛每天都是早出晚歸，神出鬼沒的，給人一種神秘感。

他早上到吳嶽山，晚上從吳嶽山回來，每天來回一百里，後來他索性在山上一住便是兩天，除了親自訓練士兵外，還給士兵們講解如何協調作戰，如何使方陣變得更加富有戰鬥力，在各種情況下，方陣該如何應變。

方陣中有長槍手、弓箭手、刀盾兵、強弩兵、輕騎兵，算是一個混合編制的戰術，高飛並沒有完全套用羅馬軍團的作戰方式，根據現有戰備和人數的實際情況，中和了西方羅馬軍團和大秦帝國軍隊的優點，自己加以改變，制定出一套更加靈活，實用的作戰方陣。

他準備讓自己的飛羽部隊，以這種作戰方式在平定涼州叛亂中小試牛刀，所以加強了訓練的強度，而且親自指揮。

陳倉城中果如蓋勳預料的一樣，董卓和鮑鴻真的將陳倉弄得沒有寧日了，兩位官職相同的中郎將大人互不相讓，都自恃有功，開始不把對方放在眼裡。另外一方面，皇甫嵩的大軍也到了，暫時停留在長安，等待糧草輜重的到來，關於陳倉城府庫失竊一事，皇甫嵩沒有追究，只是下令傅燮嚴加看守府庫。

一連十天，高飛都在吳嶽山中訓練士兵，只是偶爾回一次陳倉，他不想見到董卓和鮑鴻沒完沒了的爭吵。傅燮、蓋勳也沒有過問高飛的情況，因為現在的高飛在陳倉城裡能調動的人，也就馬九和那二十個衙役而已，兵權已經全部交給了皇甫嵩。

十天的時間裡，飛羽部隊在高飛的強力訓練中，終於略有小成，可以做到攻守自如的地步。

天氣越來越冷了，好在吳嶽山上有足夠的糧草，轉眼間便到了十月底，大雪一連下了好幾天，地上的積雪可以埋住人的膝蓋，吳嶽山上的飛羽部隊卻風雪無阻，每天都堅持著訓練。

這天，高飛正在山上看著飛羽部隊的訓練，看著分成五個部分的士兵們在他們各自首領的指揮下配合默契，露出了滿意的笑容。

為了讓這兩千名士兵都體會到各個兵種的配合，他讓這些士兵每隔一段時間便調換一下自己在戰陣中的角色，真正做到人人都會操作各種武器，每個人都熟悉各個部分作戰的要領。

「好！就是這樣，你們做得非常好，繼續努力！」高飛耳邊聽著士兵的吶喊聲，眼睛看著士兵們的行動，大力稱讚道。

過了一會兒，馬九從山下爬了上來，當他一露頭看到這支軍隊時，頓時傻眼，他只知道高飛弄了一支私兵在吳嶽山中訓練，可他從未來過，不知道軍隊到底如何。

馬九整個人愣在那裡，看到那兩千名由五個兵種組合在一起的混合方陣，不由得發出一聲驚呼。

高飛聽到聲音，回過頭，看到是馬九，急忙走到馬九身邊，問道：「你怎麼來了？我不是說過，要你留在城裡，不到萬不得已的時候不要來嗎？」

馬九抱拳道：「侯爺，小人是萬不得已，不來不行了。」

「哦？是不是陳倉出什麼事了？」高飛急忙問道。

馬九搖搖頭，道：「侯爺好長時間不在城裡，傅大人、蓋大人問小人好幾次了，小人按侯爺的吩咐，告訴他們侯爺去涼州刺探軍情了。可是今天小人不得不來，車騎將軍皇甫嵩帶著大軍已經到了槐里，並且派人來告知大人，明日去槐里見他。」

「皇甫嵩？上次我回去的時候，傅燮不是說他準備坐鎮長安，等過了嚴冬再到涼州平叛嗎，怎麼會來得那麼突然？」高飛一臉的疑問。

馬九道：「屬下也不知道，只知道皇甫將軍是奉旨討賊，不敢延誤，這才冒著風雪出兵。董卓、鮑鴻、傅燮、蓋勳已經全部去槐里了，傅大人讓我儘快通知侯爺，我這才趕來吳嶽山找侯爺。」

高飛聽到此處，喜道：「看來是要出兵涼州了，正好我的飛羽部隊也訓練的差不多了，該拉出去試試身手了。馬九，你先回去，我隨後就到，到時候你和我一起去槐里。」

馬九歡喜地道：「侯爺要帶我去？屬下真是受寵若驚……屬下這就回去準備車馬。」

馬九走後，高飛便暫時停下軍隊的訓練，吩咐趙雲等人等待他的出兵命令，然後直入涼州。

下了山後，高飛快馬加鞭，迅速跑回陳倉，馬九也早已準備妥當，兩人便離開陳倉。

高飛冒著風雪，帶著馬九一路沿著官道向東，途徑郿縣、武功，這才到達右扶風郡太守所在的槐里城。

槐里城之前高飛來過一次，城高溝深，城裡更是要遠遠大過陳倉十幾倍，只不過當時趕著到陳倉上任，他甚至沒有拜訪他的頂頭上司：右扶風郡的太守大人。

如今，高飛再次來到這座古色古香的城池，卻看見城牆上旌旗飄揚，刀槍林立，士兵更是絡繹不絕地在城中穿梭，儼然一副要打仗的緊張樣子，一切都不同於一個半月前他所來過的那座城池。

高飛穿戴著盔甲，身後的馬九也是一身縣尉打扮，兩人兩騎徑直朝城中走，也沒有人敢阻攔。進入城裡以後，高飛讓馬九問清楚了府衙所在，便朝著府衙方向走了過去。

府衙在槐里城的中心位置，寒冷的冰雪中站立著手拄長戟的衛士，當他們看到高飛、馬九從馬背上下來，要朝府衙裡進的時候，半天沒有動的他們，便持戟擋住了高飛的去路，喝問道：

「府衙重地，沒有將軍命令，一干人等不得擅自進入，來人請通報姓名，我等自當稟告給將軍，見與不見，全憑將軍的意思。」

高飛從一進城便感受到整座城池的緊張氣氛，跟在陳倉那裡完全不能比擬，更何況他要見的是車騎將軍，在武官當中，除了大將軍、驃騎將軍外，就數車騎將軍的官位最高，這樣的一個大官，擺擺譜也是應該的，更何況這個車騎將軍皇甫嵩又兼任涼州刺史，於情於理都應該擺譜，這是面子問題。

高飛朗聲道：「在下討逆將軍、都鄉侯高飛，應車騎皇甫將軍的邀請前來拜訪，煩請予以通報一聲。」

持戟的衛士聽到高飛這個名字，便收住兵器，讓開了一條路，道：「原來是高將軍，多有得罪，將軍早有吩咐，若是高將軍前來，可以徑直入內，無須通報。高將軍請！」

高飛笑了笑，大踏步地朝府衙裡走，卻聽見背後兵器的碰撞聲，兩柄長戟再一次交錯在一起，擋住了身後馬九的去路。

「你暫且去驛站休息，在驛站裡等我消息。」他吩咐馬九道。

「諾，侯爺！」馬九悻悻地牽著兩匹馬走了。

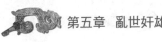

進了府衙，高飛只感覺府衙內十步一崗五步一哨，隨處可見到站在房廊下面，或者走廊、迴廊附近的持戟衛士，戒備十分森嚴。

他徑直朝府衙大廳裡走，但見大廳裡空蕩蕩的，並沒有他所想到將校林立的壯觀場面，只有兩個人在場，一人端坐正中，一人站立於大廳裡。

高飛剛跨進大廳的門檻，只看了一眼坐在正中間的中年漢子，見他身材魁梧，面目和善，眉宇間透著幾分儒雅，便急忙拜道：「下官高飛參見將軍！」

「哦？你就是陛下新封的討逆將軍高飛？」

坐在正中間的那個中年漢子，正是車騎將軍皇甫嵩！

他打量了一下高飛，見高飛身材並不是很魁梧，但是一身戎裝卻透出幾分威武，便朗聲道：「嗯，果然有幾分威嚴，不愧是我涼州的健兒。你守衛陳倉的事情我都聽傅燮、蓋勳兩位大人說了，做得不錯，很好，以後前途無量啊。」

高飛抬起頭，寒暄道：「多謝將軍讚賞，但是守衛陳倉，傅燮、蓋勳兩位大人也都有功勞，下官不過是盡自己該做的事情罷了。」

皇甫嵩聽高飛如此謙虛，便道：「傅燮、蓋勳二人固然有功，可卻沒有你的功勞大，若不是你帶領部隊堅守住陳倉，只怕三輔就會被叛軍危害。你現在是討逆將軍了，可你手下卻沒有部曲，我準備撥給你兩千馬步，由你統領，做為你的部曲，跟隨大軍進兵涼州，不知道你意下如何？」

高飛喜道：「末將求之不得，多謝將軍厚愛。」

皇甫嵩笑了笑，從椅上緩緩站了起來，走到高飛的身邊，拍了拍高飛的肩膀，道：「你先別謝我，我有件事要你去辦，你要是能夠辦成了，就是一件功勞。」

「將軍有何吩咐，末將定當赴湯蹈火，在所不辭！」

「好，不愧是涼州人，就是爽快，我就喜歡你這樣的人。」皇甫嵩說完，扭頭對站在他側後方的一個漢子道：「孟德，你給高將軍講解一下這次任務吧！」

高飛一聽到這兩個字，便是一陣心驚肉跳，急忙看了過去，但見那個被皇甫嵩喚作孟德的人，個頭矮小，身材略胖，鬍鬚捲曲，皮膚呈現古銅色，濃濃的眉毛、不算太大也不算太小的眼睛，五官雖然端正，可長相卻不對稱。

「曹操曹孟德？」高飛看到眼前這個叫「孟德」的人如此模樣，試探性地問道。

不想那人微微一笑，兩隻小眼便瞇成了一條縫，一笑起來便露出臉上的兩個酒窩，抱拳答道：「在下正是曹操，見過高將軍！」

「曹操？我的媽呀，這人居然是曹操？」

本以為曹操是個英明神武的人物，卻沒有想到真正的曹操會是如此模樣，這讓他多少有點失望，甚至比那個類似於長臂猿的大耳朵劉備長得還難看，高飛差點沒有暈過去。

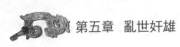

高飛眨巴著眼睛，又細細地看了眼曹操，只覺得無論怎麼看，眼前曹操的外表形象卻與歷史上曹操的內在實力極不相稱，屬於「矮、短、粗」型。

可是細看之下，高飛卻發現面前這個年輕人身上與眾不同之處，濃密的雙眉下，是一雙帶著淡紫色的眼瞳，鼻梁不高但卻挺直，加上厚薄適中的嘴唇，以及那犀利而又炙熱的目光，都使得他身上透出了一身王者氣息。

「**治世之能臣，亂世之奸雄，孟德兄當真是不同於常人啊！**」憋了半天，高飛才說了這句可有可無的話語來。

曹操拱手道：「多謝高將軍讚賞，我們還是說正經事吧。從最新收到的消息來看，叛軍駐守在安定和漢陽兩地，在下為皇甫將軍制定了一個聲東擊西的計策。陳倉官道狹隘，無法使得十萬大軍迅速通過，而安定不同，安定到三輔雖然多有大山，可道路寬闊，十萬大軍可以在短時間內迅速通過。所以，還希望高將軍能帶著本部人馬虛張聲勢，從陳倉一路進發，將安定方面的叛軍吸引到漢陽來。

「只要叛軍一動，皇甫將軍便率領大軍攻下安定，占領安定以後，便可以將安定做為戰略要地，使得糧草輜重全部輸送到安定，十萬大軍也可以猛撲漢陽，到時候高將軍和大軍一起夾擊漢陽，必定能夠將叛軍擊退。」

聽完曹操的話後，高飛沉思片刻，心中想道：「原來是讓我去當疑兵……

嗯，讓我出戰總比什麼都不委派我強，曹孟德的這個策略的確不錯。」

「事成之後，高將軍就是功勞一件，占領漢陽之後，高將軍也可以帶兵攻打隴西，這樣一來，高將軍的家鄉不就等於光復了嗎？」皇甫嵩見高飛有點猶豫，急忙補充道。

「既然是將軍的命令，末將義不容辭，只是不清楚何時出征？」高飛問。

皇甫嵩道：「越快越好，如今天氣逐漸轉冷，加上風雪阻隔道路難走，如果遷延時日的話，不僅我會受到陛下責罰，所有參加平叛的軍隊都會受到懲罰。」

高飛道：「那好吧，那末將今日就動身。」

皇甫嵩喜道：「不過你只有兩千人，還是太少了點，就算是造勢，也應該造大一點。孟德，你率領本部五千人馬與高將軍一同前往。」

曹操抱拳道：「諾！」

高飛尋思了一下，便道：「啟稟大人，末將曾經在家鄉招募了一支鄉勇，不知道能否將其一起帶上，以作迷惑叛軍之用呢？」

「這個自然好，只不過……可能會沒有兵餉……」皇甫嵩支吾地道。

高飛拍拍胸脯道：「不要兵餉，這支鄉勇是末將從鄉里招募的，大多都是我高氏宗族的子弟，他們自願為平定涼州盡一份力，不需要任何兵餉！」

不需要兵餉，還白白多出一支鄉勇，這事擱在誰的頭上都是好事，皇甫嵩興高采烈地道：「既然如此，那本將就成全你的這支子弟兵，讓他們為我們涼州盡一點綿薄之力。」

「多謝大人成全！末將這就告退！」

皇甫嵩點了點頭，對曹操道：「孟德，你傳我的將令，從我的中軍中分出兩千兵馬來，交由高將軍統領。」

「諾！」

話音落下，高飛便和曹操一起走出了大廳，在曹操的幫助下，一支兩千人的部隊便歸到了高飛的名下。之後高飛和曹操各點齊了本部兵馬，浩浩蕩蕩地朝陳倉而去。

部隊向西前進到郿縣的時候，高飛和曹操便遇到了從陳倉退下來的兵馬，董卓、鮑鴻的三萬兵馬被皇甫嵩調了回來，除此之外，陳倉城裡的原先從涼州撤回的兵馬也被調走了，只留下傅燮、蓋勳和兩千人馬駐守陳倉，協助高飛、曹操進行虛張聲勢的事情。

一路上，高飛主動和曹操交談，在交談中，高飛不難發現曹操確實是個神人，對事情都有獨到的見解。現任破虜將軍的曹操，對十常侍也有極深的厭惡，早年他擔任洛陽北部尉的時候，曾經不避親貴，所犯皆罰，後來觸怒了十常侍的利益，被外方到東郡當了一個頓丘令。

但好在曹操家室好，祖父曹騰曾經是權傾一時的宦官，父親曹嵩也是個富翁，曾經花錢買了一個太尉，雖然只當了三個月，但好歹也是三公之一的大官，加上曹操人上進，黃巾一亂，便立刻被拜為了騎都尉，開始征討黃巾賊，並且以功勞獲得了破虜將軍的封號。

行軍的途中是枯燥的，高飛閒來無事，便向與他並排行走的曹操攀談道：「聽說這次皇甫將軍所率領的部下都是在潁川、南陽兩地平定黃巾叛亂的精銳士卒，朝廷為了能夠平定涼州叛亂，更是動用了八員健將。小弟孤陋寡聞，除了知道有東中郎將董卓、南中郎將鮑鴻以及孟德兄之外，其他五人卻不曾知曉，不知道孟德兄可否見告一二？」

曹操面無表情，也許是因為被冷風吹得麻木，將手伸到嘴邊哈了口氣，然後互相搓了搓，看樣子是冷得不行。

他做完這番動作之後，才緩緩地道：「另外幾人也都是名動一時的人物，大多是平定黃巾中的有功之人，分別是**左中郎將孫堅**、**虎賁中郎將袁術**、**右中郎將**

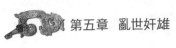

劉表、蕩寇將軍周慎。」

高飛聽完，覺得這次平叛大軍果真非同小可，動用的人幾乎都是以後各鎮一方的軍閥，孫堅、袁術、劉表、董卓，再加上一個曹操，皇甫嵩的手底下有這麼幾位各霸一方的諸侯，看來這次平定涼州叛亂勢必會成為各位諸侯的試刀石，爭搶功勞的好戲也必定會頻繁上演。

他聽到周慎的名字就來氣，這個害他不能到遼東的傢伙，日後見了肯定要將這口惡氣給討回來。氣歸氣，但是轉念一想劉備、關羽、張飛還在周慎的軍隊當中，而且又要將見面了，臉上一陣莫名的興奮。

他嘿嘿笑了兩聲，仔細一尋思，曹操說的人似乎少了一個，便問道：「孟德兄，你好像漏掉了一個人，應該還少一員健將啊！」

曹操嘴角微微一笑，淡淡地道：「遠在天邊，近在眼前，難道堂堂的討逆將軍、都鄉侯就不算在內嗎？」

「我？」高飛感到很意外，沒想到自己居然也是平叛大軍中的八員健將之一。

曹操點點頭，看著高飛，見高飛相貌端正，氣宇軒昂，一身盔甲更是襯托出威武不凡的氣息，讓人見了都會生出幾分喜愛。

他的目光中透出一絲異樣，轉瞬即逝，絲毫沒有引起任何人的察覺，隨即道：「高將軍先是平定了河北黃巾軍，隨後又在涼州斬殺了勾結羌胡叛軍的涼州刺史，將涼州六萬多百姓安全轉移到了長安一帶，避免了百姓的生靈塗炭，後來又在陳倉堵住了十萬叛軍，這種種功勞，天下皆知，難道以高將軍此時的名聲，還不足以擔任一員大將嗎？」

「孟德兄過獎了，這些只不過是小弟應該做的，為大漢盡忠，為大漢的子民著想，沒有什麼可說的。」高飛謙虛地說著這番話，可腦海中卻迅速閃過了大耳朵劉備的身影，便扭頭問道：「孟德兄，你可認識劉備嗎？」

「劉備？」

曹操感到了一點小小的意外，似乎來了點興趣，反問道：「高將軍也認識劉備嗎？」

高飛點了點頭，道：「聽孟德兄這麼一說，應該也是認識劉備的了？」

曹操「唔」了一聲，便目視著前方，沒有了下文。良久之後，他輕輕地問道：「高將軍和劉備是怎麼認識的？」

「昔日在河北平定黃巾之亂時認識的，當時劉備兄弟三人帶著三百鄉勇來投官軍，中郎將大人沒有收納，是我力薦之下才編入我的軍中的，之後一起並肩作戰，斬殺黃巾。後來平定了河北黃巾之後，陛下便封我為都鄉侯、陳倉令，我便讓劉備跟著現在的蕩寇將軍周慎去潁川平黃巾，自己帶著親隨來陳倉上任。至此就沒有再見過他，也不知道他在周慎軍中過的好不好，等以後有機會了，定要見上一見。」高飛緩緩地解說著和劉備之間的交情，話語中也透露出來了一絲傷感，畢竟他始終沒有收服劉備，就等於無法搞定關羽、張飛。

曹操輕輕地嘆了一口氣，道：「高將軍和劉備的交情倒是比我深厚，只可惜將軍無法和劉備在涼州見面了。」

「這是為何？」高飛急忙追問道。

曹操道：「高將軍不知道嗎？」

「是不是出了什麼事？」高飛見曹操表情凝重，忙追問道。

「劉備、關羽、張飛三人因為毆打周慎，被朝廷革職，如今三人早已離開漢軍，我也不清楚他們的去向，可惜了這三條好漢啊！」

「毆打周慎？那一定是周慎逼迫的，不然劉備怎麼會輕易動手？孟德兄，想必你一定清楚這中間的事情，這到底是怎麼一回事？」

曹操道：「知道了又能怎麼樣，你總不能去殺了周慎吧？擅殺朝廷命官，那可是死罪！」

「周慎！」高飛恨得咬牙切齒，從牙縫裡擠出來了這兩個字。

曹操見狀，便勸慰道：「高將軍，事情都已經過去了，你再想也是白搭，而且周慎這個人是個奸猾的小人，他陷害玄德、雲長、翼德三人，說他們三個盜了軍糧和兵餉，玄德雖然脾氣好，可手下的雲長、翼德可不好惹，一怒之下，便將周慎毆打了一頓。周慎有十常侍撐腰，什麼不敢做！本來是要殺玄德、雲長、翼德三人，還好我及時趕到，才制止了周慎的行為。其實……**三人之所以受到如此待遇，究其原因還是因為你……**」

「我？」

高飛突然回想起臨走前讓周慎好好提拔劉備、關羽、張飛三人，周慎對他嫉妒生恨，沒想到殃及池魚，把怒氣撒在三人身上。他在心裡暗暗下定決心，**有朝一日，他必定讓周慎償還他一切的精神損失！**

第六章

奇謀無雙

上邽五十里外的漢軍大營中，得到邊章馳援北宮伯玉消息的高飛、曹操、蓋勳，正在中軍主帳中暗自竊喜，高飛、蓋勳都稱讚曹操的計謀無雙，一下子從安定方向調過來六萬騎兵，曹操也不謙虛，三人便是一番暢飲。

之後的路上，曹操和高飛沒有說太多話，但是兩個人卻多了一層親近，或許是因為劉備，又或許是兩個人都彼此惺惺相惜，更或許是對周慎甚至是十常侍的深惡痛恨，此時無聲勝有聲。

寒風怒號，雪花飄舞，高飛、曹操和所有在風雪中行軍的將士們，都披上了一層白衣，眉毛上都是白的。

一路走來，好不容易到達陳倉，已經是三天後的事情了，傅燮、蓋勳早就回來了，他們一聽說高飛、曹操帶著大軍回來，立刻擺下了酒宴。

酒宴上，高飛、曹操、傅燮、蓋勳四人互相舉杯，溫好的熱酒一下肚，加上酒的辛辣，立刻將人的身體暖熱，使得人熱血沸騰。

四人邊喝邊聊，聊的最多的，無非是對十常侍的痛恨，儘管曹操他爺爺曹騰也是個宦官，雖然大權在握，卻一心為國，在當時也博得了相當的好評，只可惜現在的張讓、趙忠等人卻是禍國殃民。

高飛沒有發表任何意見，他不是屬於這個時代的人，對十常侍的痛恨也不如傅燮、蓋勳、曹操三人那麼強烈。

歷史上的東漢王朝幾乎是外戚和宦官中間不斷輪換的，而在東漢末年的腐朽政治，集中表現在宦官亂政上，宦官做為皇帝身邊的人，很容易搬弄是非，誅殺外戚，屢興黨獄，打擊朝官士大夫，「海內塗炭二十餘年」，其子弟黨羽遍佈州郡，為非作歹，魚肉百姓。

這種極端黑暗的專制，激起了黃巾起義的風暴，儘管黃巾起義很快被鎮壓下去了，但是漢靈帝依然重用宦官，加劇了東漢統治階級內部的矛盾，在這樣的一個大背景下，勢必會導致一些有遠見、有野心的人擴張自己的勢力，而群雄爭霸也必定會步入這個歷史的必然階段。

高飛一邊聽著曹操、傅燮、蓋勳的談話，一邊緩緩地飲著酒，喝到後來，傅燮、蓋勳二人醉倒，曹操紅著臉打著飽嗝，一張嘴便是熏人的酒臭味。

「來人啊，將傅燮、蓋勳兩位大人扶進房間休息！」高飛朝門外喊道。

馬九帶著幾個衙役，扶著傅燮、蓋勳兩人出了大廳，留下尚在獨自倒酒的曹操和站立在桌邊的高飛。

高飛見曹操醉醺醺的了，便道：「孟德兄，我扶你回房吧？」

曹操忽地站了起來，東倒西歪地道：「我自己……回房，不用你……扶……」

突然一個踉蹌，曹操跌坐在地上，怎麼樣都爬不起來，弄得盔甲上一身的灰土。

高飛心中想道：誰會想到英明神武的魏太祖酒醉後會是這個熊樣呢？他走上

前去，將曹操扶了起來，輕聲道：「孟德兄，你喝多了，我扶你回房休息！」

曹操倒是不失本色，一聽到休息，便旋即問道：「城中可有妓女乎？」

這句話高飛聽著覺得很耳熟，他看著面前其貌不揚的曹孟德，搖搖頭道：「酒後亂性，這可要不得，妓女沒有，只有母雞，你要不要？」

曹操似乎沒有聽清楚，腿上也不利索，走起路來還是歪三扭四的，剛出大廳，聽到高飛的回答，便道：「是妓就行！」

高飛笑了笑，親自將曹操送回了房間，然後便走了出去，關上房門之後，便調侃道：「沒想到曹孟德居然如此好色，真是天下一絕！」

第二天酒醒後的曹操，已經不記得昨夜的事情了，披掛穿戴一番之後，便走出房門，看到外面天空晴朗，風歇雪停，陽光普照，呼吸了一口清冷的空氣，只覺得頭腦清醒。

他提了提神，看到院子裡，馬九領著幾個衙役正在清掃地上的積雪，便喚到身邊。

「你家侯爺住在何處？」

馬九答道：「東廂房便是。」

曹操看了眼對面的房間，見門窗緊閉，估算了一下時辰，問道：「侯爺可曾起身？」

「我家侯爺晚睡早起，這個時候應該在西門城樓上，曹將軍若是要找我家侯爺，小人這就去叫我家侯爺回來。」

曹操擺擺手道：「不必了，我正好也要去觀看一下陳倉景色，自己去城門便是。」

曹操徑直走出縣衙，不一會兒便來到西門，見高飛正在指揮著人清掃積雪，朝高飛招了招手，喊道：「高將軍！」

高飛一早就起來了，閒來無事，便在城中隨便走走，陳倉山道中的大軍撤離了，整個陳倉也顯得空曠和清靜許多，九千人的漢軍駐紮在城裡，倒也不顯得擁堵。

此時聽到有人在叫他，看見曹操正朝他走來，他丟掉手中的掃帚，迎了上去，道：「孟德兄，你醒來了？」

曹操回了禮，道：「高將軍身為都鄉侯，這清掃積雪的事情就交給下人們來做就是了，將軍怎麼能親力親為呢？」

高飛聽曹操叫他高將軍，未免有點見外，笑道：「孟德兄，在下字子羽，孟德兄可以直呼我字便可，不必一口一個將軍，或者大家以兄弟相稱，也未嘗不可！」

曹操笑道：「一時叫著順口，改不過來。子羽賢弟，昨夜咱們喝酒，我可有說什麼胡話嗎？」

高飛搖搖頭道：「沒有，孟德兄很安靜。對了孟德兄，你找我可有要事？」

「嗯，我想跟賢弟商量一下出兵的事。」

高飛環視了一下左右，道：「孟德兄，這裡不是說話的地方，咱們到縣衙內談話。」

二人一同回到縣衙，高飛讓馬九叫來傅燮、蓋勳二人，四個人坐在縣衙內，寒暄幾句後便開始正題。

「傅大人、蓋大人，皇甫將軍的命令想必大家都清楚了，咱們也都不繞彎子了，我恰才和曹將軍商量一下，準備明日出兵，但是所需要的旌旗、戰鼓、糧草等輜重，要請兩位大人從中協助。」高飛開門見山地道。

傅燮垂下眼皮想了想，道：「將軍需要置辦多少兵馬的裝備？」

「至少五萬！」曹操伸出五根手指頭，說：「十萬大軍平定涼州的消息，叛軍肯定是知道的，前者之所以讓董卓、鮑鴻三萬兵馬在此屯駐，為的就是虛張聲勢，如今三萬兵馬已經秘密調到東線，在叛軍眼裡，陳倉應該有五萬兵馬，我們就做出五萬兵馬前行的樣子給叛軍看，據斥候來報，漢陽留下的兵馬不過兩萬餘人，其餘大部分都在安定，意圖開春之後從安定南下，所以，此次我們要將安定的兵馬給吸引過來。」

傅燮聽後，頗感吃力，府庫中存放的旌旗、戰鼓等輜重不足，面色略顯得凝重，當即道：「曹將軍、高將軍，能否緩上三天再出兵？」

高飛問道：「傅大人，是不是府庫中沒有那麼多的旌旗？」

傅燮點點頭道：「嗯，府庫中的物資是從漢陽帶回來了，漢陽郡常備軍隊涼州刺史的兩萬兵馬，存放的旌旗不是很多。但是請兩位將軍放心，只要給我三天時間，我必然能夠做出二位將軍所需要的旌旗來。」

曹操看了眼高飛，見高飛點點頭，便道：「好吧，傅大人，那我們就暫緩三天出兵，到時候所需的一切物資務必要準備妥當，晚一天出兵，我們就晚一天攻下涼州。」

傅燮道：「曹將軍放心，我必定會竭盡全力。」

蓋勳一言不發，等傅燮說完後，拱手道：「曹將軍、高將軍，我有一事相求，不知道兩位將軍可否答應？」

高飛還是第一次見到蓋勳如此模樣，便問道：「蓋長史，有話儘管說，何必吞吞吐吐？」

蓋勳道：「二位將軍，此次出兵，我想和你們一起，不知道二位將軍可否答應？」

曹操道：「多一個人就等於多一份力，我們虛張聲勢缺少的就是人手，我沒有意見。」

「既然曹將軍沒有意見，那我自然也不會有意見。」高飛緊接著說道。

蓋勳歡喜地道：「既然如此，那我先行謝過兩位將軍了。」

等到蓋勳、傅燮二人走後，曹操便開口問道：「高賢弟，你不是說你有兩千子弟兵嗎？城中似乎並沒有多餘的兵力啊？」

高飛笑道：「孟德兄不必憂慮，出兵之時，自然會有兩千人加入到隊伍當中給我們壯聲勢！」

之後的三天時間裡，傅燮只動用了兩千人，用破舊的漢軍軍裝製作成了許多旌旗，然後如約交付給高飛、曹操。

高飛、曹操、蓋勳三人便隨即命令部隊開拔，每一個士兵打著一面旗，除了走在隊伍最前面的五百輕騎兵和一千步兵外，所有的人都幾乎是人人扛著大旗，沿著陳倉的山道，一路向西進發，浩浩蕩蕩地排成了長龍。

部隊向前行走了五十里左右，高飛、曹操、蓋勳遠遠地看見一支軍容整齊的黑色大軍等候在官道邊上，為首一人便是盧橫，身後趙雲、龐德、華雄、周倉、廖化、管亥、卞喜、裴元紹、夏侯蘭、李文侯等人一字排開，士兵整齊地排列在他們身後。

蓋勳當先看見了這支大軍中的首領們，便驚呼道：「高將軍，這不是……不是將軍的親隨嗎？怎麼他們……」

未及高飛回答，盧橫便向前走了過去，抱拳道：「屬下盧橫，參見侯爺！」

趙雲、龐德等人異口同聲地道：「我等參見侯爺！」

曹操的目光中也是一片驚奇，看著眼前這些個黑衣、黑甲的戰士，每個人都身材魁梧，臉上更是透著一股堅毅，他萬萬沒有想到這支如此雄壯的軍隊居然就是高飛的私兵。

他除了佩服之外，更多是羨慕，不禁拱手道：「高將軍，你的這支私兵可不簡單啊！」

高飛笑了笑道：「這些都是我從涼州精挑細選的精壯士卒，並且加以訓練而成，讓曹將軍和蓋大人見笑了。」

蓋勳掃視了一圈這支黑甲軍隊，無論是從兵器還是到裝備，都是無可挑剔的精良，要弄這樣的一支私兵，不是簡單的錢財可以辦到的。

他的目光忽然停留在一個士兵的臉上，不禁驚呼道：「你不是王……」說到一半，他便硬生生地將後面半句吞了下去，沒有再說話，而是扭臉用一種十分奇怪的眼神望著高飛，目光中充滿了憤怒、不解和欽佩！

曹操看出了一絲不尋常的端倪，但是他沒有吭聲，只輕輕地對高飛道：「高將軍，既然大軍到來了，那就讓其加入你的隊伍吧，多一個人多一份力嘛。」

高飛朝曹操抱了一下拳，道：「煩請曹將軍在前面帶路，我有幾句話想對他們說。」

曹操點點頭道：「高將軍請自便！」

蓋勳策馬向曹操抱拳道：「曹將軍，在下要解手……」

曹操道：「蓋大人請自便。」

大軍繼續前行，跟隨著曹操向前走，高飛將手一抬，飛羽部隊便筆直地站在路邊，等待大軍駛過。

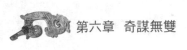

蓋勳來到高飛的身邊，居然在這支軍隊裡陸續找出幾張熟悉的面孔，卻又感到一絲陌生，每個人的眼裡都透著冷漠，身上也不難看出經過訓練而留下的那種正氣。

「侯爺，你藏得好深啊！」蓋勳冷笑一聲，盯著高飛道。

高飛裝作渾然不知，問道：「蓋大人所指何事啊？」

蓋勳道：「大家都是明白人，不要心裡揣著明白裝糊塗，我所指何事，侯爺心裡自然清楚。既然侯爺不願意承認也就算了，不過侯爺這樣做，未免太不夠意思了，我本以為和侯爺相處的這些日子裡，大家都成了好兄弟，沒想到在侯爺的心裡，我還是一個外人，甚至連縣尉馬九都不如！」

飛羽部隊浮出水面是遲早的事，所以他也不在乎，自己做就做了，反正如今木已成舟，飛羽部隊又只效忠他一個人，他還有什麼好怕的。

高飛將蓋勳拉到一邊，道：「蓋大人，並不是我存心欺騙，實在是不得已而為之，為了能夠訓練成一支真正的精銳之師，我才出此下策。而且蓋大人和傅大人都是忠君愛國的人，我要是向兩位大人說出此事，兩位大人豈肯答應？我並非是為了自己謀取私利，而是為了大漢著想，涼州叛亂弄得民不聊生，我做為涼州人，應該有著不可推卸的責任。」

蓋勳道：「涼州刺史一事，我等二人可曾出賣過侯爺？侯爺之前沒有和我們商量，怎麼知道我們不會順從侯爺？現在木已成舟，追究也沒有什麼用了，不過我只想讓侯爺知道，我蓋勳並非是不知道變通的人。」

聽到這話，高飛倒覺得蓋勳是個性情中人，雖然一心忠於漢室，但是作為朋友，也能兩肋插刀。

他嘿嘿笑了笑，向蓋勳拱手道：「既然元固兄不拿我當外人，那我高子羽也就不拿元固兄當外人了。實不相瞞，這些所謂的私兵，確實是我從漢軍之中精挑細選出來的，前些日子陳倉府庫失竊一事，也是我的手筆，只是……當時出了點意外，我的手下不小心打傷了傅大人。」

蓋勳突然放聲大笑道：「看來我果然猜中了，以我對叛軍的瞭解，縱使頗有智謀的韓遂，也不可能制定下如此周詳的計畫。傅大人的傷勢並無大礙，只是一點皮外傷而已，現在也已經好了，不過侯爺這次行動，倒是給我們提了個醒，府庫的防守還是相當的薄弱。既然這些物資落入了侯爺的手中，那也好過落入叛軍之手，何況失竊的只不過是府庫中的十分之一，對於朝廷來說不過是九牛一毛，權當是我和傅大人對侯爺的一番資助了。」

高飛笑道：「那就多謝元固兄了。」

蓋勳道：「謝倒談不上，倒是侯爺以後再有類似行動，還記得事先通知一聲，免得侯爺手下人下手過重。」

聽到蓋勳如此極具諷刺意味的話語，高飛急忙道：「元固兄放心，以後絕對不會再有類似的情況出現了。」

蓋勳道：「侯爺，我們還是跟著大軍走吧！」

高飛當即命令自己的飛羽部隊跟著漢軍走，從漢軍那裡又分出許多旌旗，讓聲勢看起來又大了許多。

曹操在前，蓋勳在中間，高飛在尾，三人彼此協調，一路向前行走，但見漢軍旌旗飄揚，山谷中鼓聲陣陣，九千人的部隊做出了差不多六萬人的聲勢。

這些天飛羽部隊的訓練格外的嚴格，短短的一個月，讓這些本來就可以和羌胡比擬的涼州健兒瞬間變成一支勁旅中的勁旅，更可貴的是，現在的他們已經沒有了當初的心浮氣躁，而且還是只對高飛一人效忠的部隊。

黑色的飛羽跟隨在隊伍的橙紅色漢軍的最後面，與前面的漢軍相比，飛羽的行動明顯要顯得一致，筆直排開的長龍，一眼看去就如同一條線，就連變換彎道的時候，也呈現出直角，每個人都是端正的軍步，擲地有聲、起落一致，在山道中傳出「轟、轟」的聲音。

大軍停下休息時，飛羽部隊也與漢軍有著明顯的不同，漢軍將士都是三三兩兩地散落在四處，飛羽部隊卻全部聚集在一起，表面上看很放鬆，實際上每個人都有著很高的警覺，一旦有什麼風吹草動，刀槍劍戟便會隨時拔出。

休息時，曹操從前軍來到高飛身邊，當他看到這支披著黑色戰甲的軍隊時，眼裡露出了既羨慕又佩服的目光，道：「賢弟這支私兵可真是訓練有素的勁旅啊，為兄若是有一支賢弟這樣的勁旅那該有多好啊！」

高飛拱手道：「孟德兄身為破虜將軍，手下有五千健兒，不都是訓練有素的部隊嗎？」

曹操嘆了口氣，道：「雖有健卒五千，卻終究是朝廷的，並非是我曹某人的，怎能和賢弟這支私兵相比？」

高飛不難聽出曹操對他這支私兵的羨慕，也隱約能夠聽出曹操是在自己為自己抱不平，畢竟曹操非等閒人物，一代奸雄又怎麼肯久居人下呢，只是沒有得到機遇而已。

高飛之所以能夠率先組建起一支效忠於自己的私兵，是因為他瞭解歷史的趨勢，可曹操不知道以後會發生什麼，雖然能夠隱隱推測出來以後天下會大亂，但他身為古人，還是對這個腐朽的漢朝抱著一絲希望，不到最後一點希望破滅，不會輕易做出違背倫常的事。

高飛記得史書上記載著冀州刺史王芬準備派人刺殺漢靈帝，當時也想邀請曹操一起來做這件事，可曹操斷然拒絕了這種悖逆的事情，這說明他的心裡對漢朝還有一點牽掛，畢竟他父親一直在曹騰的庇護下在朝中歷任大官。

「孟德兄不必如此沮喪，我曾聽人說過，孟德兄是『治世之能臣，亂世之奸雄』，我也堅信，孟德兄一定會成為一個非常了不起的人物。」

高飛從內心裡是喜歡曹操的，與劉備相比，曹操敢做敢當，行為做事非常的乾脆，也不隱瞞什麼，十分豪氣，所以不自禁地說出這番話。

曹操聽完，感動地拍拍高飛的肩膀道：「賢弟也是心懷大志之人，除了劉備，賢弟是我見過為數不多有英雄氣概的人物。」

英雄惜英雄，**英雄重英雄**，高飛聽到這番話，覺得曹操是個很有眼光的人，劉備確實是個英雄，蜀漢的開國皇帝怎麼能不是英雄?!

高飛道：「孟德兄如此讚賞，我也卻之不恭了，有時候我也覺得自己是個英雄。」

他毫不客氣的回答出乎曹操的預料，本以為高飛會謙虛一下，卻沒有想到高飛回答的如此爽快，先是怔了一下，隨即哈哈笑道：「賢弟果然是個爽快人，只是今日無酒，要是有酒的話，我定要與賢弟喝個不醉不歸。」

高飛心裡想道：「你曹孟德認為我是英雄，那我就是英雄，這裡又不是日後你的許昌相府，我也不是劉備，更不用去避諱什麼。**有我在這個時代，曹孟德、劉玄德你們還能成為英雄？**」

休息過後，曹操便回到了前軍，繼續帶領這部隊前行。

從陳倉到漢陽，路途雖然不遠，但因為是嚴冬行軍，積雪未融，以至於道路難走，折騰了兩三天才進入涼州漢陽郡地界。

漢陽郡，冀城。

北宮伯玉帶著兩萬人馬駐守漢陽郡，本打算在這裡蝸居一個冬天，來年開春便帶兵為邊章、韓遂虛張聲勢，進攻陳倉。哪知他還沒有進攻，就聽聞有五六萬漢軍從陳倉殺來，而且領兵的正是他的老相識高飛。

北宮伯玉和高飛交戰過一次，那一次差點連自己的性命都丟了，後來跟隨邊章、韓遂率領大軍進攻陳倉，更是高飛堅守陳倉抵擋住了十萬大軍，這一來二去的，天不怕地不怕的北宮伯玉倒是對高飛有了點懼意，一聽說高飛帶著五六萬大軍殺奔涼州而來，便急忙派人往安定方向送信，將漢軍出陳倉的消息告訴給邊章、韓遂，乞求援軍，就連他自己也親自帶著兵馬從冀城趕到了上邽，企圖用兩萬兵馬阻滯住漢軍的兵鋒。另一方面，他還派人通知駐守隴西的先零羌派兵支援。

到達上邽之後，北宮伯玉積極佈置城防，並且讓人用上好的草料餵養座下戰馬，他雖然對高飛有點懼意，還不至於聞風喪膽，他要做的，就是利用這次機會徹底扳回他在部下心中常敗的形象。

上邽城的縣衙中，北宮伯玉在城頭上佈置滾木擂石，他知道漢軍兵多，自己不一定是對手，但是堅守在城裡等待援軍到來，還是有這個能力的。

「都給我勤奮點，快點幹，將這些石頭全部搬到城頭上去，快點！」北宮伯玉手持著一根馬鞭，看見部下稍微有不賣力的便是一鞭子，邊打邊叫罵著。

這時，一個叛軍斥候帶來了最新的消息：「啟稟將軍，漢軍在五十里外紮下了營寨，沒有繼續前進的動向！」

北宮伯玉問道：「是漢軍前部，還是整個大軍？」

「是整個大軍，旌旗密佈，遮天蔽日，漢軍營寨更是綿延了好幾里！」

「再探！」

之後一連三天漢軍沒有任何動靜，敵不動，我不動，北宮伯玉堅持著這個法則，只要漢軍不來攻打城池，他也不會去招惹漢軍，他有的是時間進行等待，只要援軍一到，他要帶著大軍親自踏平高飛的營寨。

到了第四天，先零羌派來了六千多騎，這無疑給北宮伯玉增加了一點自信心。第五天，安定方向的援軍陸續到來，萬馬奔騰的場面甚是壯觀，邊章身上的箭傷經過兩個月的調養已經痊癒，生性好戰的他，一聽到六萬漢軍從陳倉進攻漢陽郡，便立刻率領著相同數量的羌胡騎兵馳援北宮伯玉。

一時間，上邽小城中容納不下這八萬多的人，邊章不得不在上邽城外分出兩座營寨，和上邽城形成犄角之勢。

上邽五十里外的漢軍大營中，得到邊章馳援北宮伯玉消息的高飛、曹操、蓋勳，正在中軍主帳中暗自竊喜，高飛、蓋勳都稱讚曹操的計謀無雙，一下子從安定方向調過來六萬騎兵，曹操也不謙虛，三人便是一番暢飲。

三杯酒剛下肚，忽然見一斥候回來稟報：邊章、北宮伯玉帶領七萬騎兵殺奔了過來。

高飛聞言後，不但沒有驚愕，反而笑了起來，向曹操、蓋勳道：「叛軍行動了，我們就按照原計劃進行吧，不等返回陳倉，安定那邊就應該會被攻克了。」

曹操、蓋勳都點點頭，又和高飛共飲了一杯，然後三人走出帳外，各自按照計畫行事去了。

彤雲密佈，朔風怒號。

白茫茫的雪原上，漢軍營寨裡零星的幾面大纛迎風飄揚，被獵獵北風吹得呼呼作響。寨門大開，營寨內卻空無一人。

不多時，從西面的丘陵上不斷有叛軍的騎兵駛出，黑壓壓的一片人，在邊章、北宮伯玉的帶領下，快速地從丘陵上奔馳下來。

萬馬奔騰，滾滾如雷聲般的馬蹄聲敲震著這片土地，那些樹幹上堆積起來的積雪被震得脫落下來，大地也為之顫抖。

「漢軍在搞什麼鬼？」

北宮伯玉越往前奔馳，越覺得不對勁，他清楚地看見漢軍營寨的大門是大開著的，偌大的營寨裡空蕩蕩的，罕有人至。

「哈哈，漢軍一定是得知我親自帶領大軍前來，料無法抵擋我們這麼多的兵馬，連營寨都沒有來得及拆掉就逃走了。」邊章看到這一幕很是開心，當即歡喜地叫了出來。

就在邊章話音剛落的時候，只見從營寨內湧現出幾個漢軍士兵，每個人的手上都拿著一把掃帚，慢悠悠地在漢軍營寨的大門外清掃著地上的積雪，而對即將到來的數萬叛軍騎兵一點都沒有畏懼的感覺。

北宮伯玉吃過高飛的虧，此刻一見有人湧現出來，便變得十分心驚，眼看再過幾百米便可以衝進營寨裡了，突然大聲喊道：

「全軍停止前進！」

一聲令下，北宮伯玉和身後所有的騎兵都勒住座下馬匹的轠繩，停了下來，卻只有邊章一騎衝了出去。

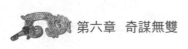

邊章聽到北宮伯玉的叫聲，回頭望見漫山遍野的都是自己的騎兵，可幾乎都在同一時間內停止了前進，便急忙勒住轠繩，喝問道：「北宮伯玉！你瞎喊什麼？漢軍的營寨就在前面，你為什麼突然停止前進？」

北宮伯玉反駁道：「漢軍有古怪，不可輕易冒進！」

邊章策馬來到北宮伯玉的跟前，問道：「有什麼古怪？」

北宮伯玉隨即說道：「邊將軍，你還記得我一個多月前曾經率部追擊過高飛嗎？」

邊章回想了一下，問道：「你差點全軍覆沒那次？」

「對，就是那次。那一次我從襄武追到冀城，見冀城上旌旗飄揚，假的士兵林立，本以為漢軍還在城內，誰會想到漢軍是虛張聲勢，早已經跑得沒影了。後來我一路追擊了將近一百里，高飛利用減少灶臺的計策來迷惑我，我輕易冒進，使得我差點全軍覆沒。」

「知道，你說了不止一遍了，可這和我們進攻漢軍營寨有什麼關係？」邊章不解地道。

正所謂吃一塹長一智，北宮伯玉此時看漢軍營寨偃旗息鼓，而且寨門大開，幾個掃雪的士兵更是對他們視而不見，便多留了一個心眼，指著前面的營寨道：「邊將軍，請看前面的營寨！」

「看什麼？一座空寨子，幾個人掃雪，有什麼好看的？漢軍害怕我們，早已經撤退了，這是漢軍故弄玄虛，想迷惑我們。北宮將軍，我是你和眾位豪帥推選出來的，攻伐的事情理應該由我來做主，請你以後明白自己的地位，沒有我的命令，就不要隨意喊不該喊的話語。現在請你傳令下去，讓大軍加速前進，占領了漢軍營寨也是大功一件！」邊章不耐煩地道。

北宮伯玉心中不平，叫道：「這次領兵打仗的是討逆將軍高飛，就是堅守陳倉的人，此人奸詐狡猾，我不能眼睜睜的看著你上當，上次我就因為輕易冒進，喪失了九千多族人，這一次我絕不允許你拿我的族人冒險，你這個將軍還不是我給你封的？沒有我的力薦，那些羌人能跟隨你跑？」

「你——」邊章大怒，指著北宮伯玉的鼻子想給他一頓痛罵，卻強忍了下來，大聲道：「我看你是被高飛嚇怕了！」

北宮伯玉冷哼了一聲，指著前面的營寨解釋道：「你看這座營寨，只有寥寥無幾的幾面大旗，而且從外表上看，營寨內只有那幾個掃雪的人，這正是高飛設下的圈套，他想引誘我們進去，然後伏擊。以我對高飛的瞭解，他撤退的時候必然會弄出一番嚴密防守的樣子，正如上次的冀城撤退。上次他有兩萬大軍饒是如此，何況現在手中有六萬大軍？」

「你別忘了，與他一道統兵的還有一個叫曹操的人，也許……也許是兩人意見不合，然後都撤退了呢？」邊章辯道。

北宮伯玉道：「曹操是誰我不知道，但是高飛這個人我太熟悉不過了，我曾經和他在洛都谷會過面，這個人外表忠厚，內心奸詐，而且詭計多端，我可不會再上他的當了！」

邊章聽北宮伯玉說的有幾分道理，他從未和高飛真正的對決過，這個一時在涼州境內聲名鵲起的人，到底是個什麼樣的人物，有什麼實力，他也想見識見識。

可是他手底下大部分都是羌人和湟中義從胡，而且都是和北宮伯玉交厚的人，他沒有自己的親隨，底氣不足，無法和北宮伯玉公然叫板，便平息了心中的怒氣，問道：「那你說現在怎麼辦？」

「等！我就不信漢軍能一直這樣藏下去！」北宮伯玉斬釘截鐵的答道。

邊章沒有再反駁，和北宮伯玉一直靜靜地等候在那裡，望著與他們近在咫尺幾乎唾手可得的漢軍大營，希望能看到漢軍的伏兵出現。

七萬騎兵漫山遍野的散佈在漢軍營寨正前方五百米的丘陵上，每個人都在冰天雪地裡瑟瑟發抖，就連座下的馬匹也被凍得四處打著轉圈。

半個時辰過去，漢軍營寨裡的幾個清掃積雪的士兵關上寨門。一個時辰過去，營寨內沒有一絲動靜，整個營寨死一般的寂靜。

兩個時辰過去了，漢軍營寨裡還是沒有任何可疑的跡象。

此時的叛軍騎兵早已經從馬背上跳了下來，在原地搓手跺腳，以增加自己身上的熱量，所有人的臉色都是鐵青的，嘴唇也被凍得發紫，有的甚至受不了寒冷，從附近撿來乾柴升起篝火。

很快，七萬騎兵隊伍便像炸開了鍋一般，篝火一堆一堆的升了起來，三五個人圍坐在一堆篝火邊，掏出攜帶的乳酪便吃了起來。

此種情況猶如傳染病一般向四周擴散，銳氣的騎兵已經變成散漫懈怠的人，有的甚至開始埋怨了起來。

嘈雜的聲音使得丘陵上人聲鼎沸，北宮伯玉的臉上顯得十分的難看，他聽到背後傳來的埋怨聲，心中想道：「難道真的是漢軍撤退了？」

邊章帶著輕蔑的眼神來到北宮伯玉的身邊，足有兩米高的他朝北宮伯玉面前一站，給北宮伯玉一種無形的壓力。

他冷哼了一聲，嘟囔道：「一朝被蛇咬，十年怕井繩，都這個時候了，估計那幾個掃雪的人也已經走得無影無蹤了。北宮大將軍，再這樣下去，只怕七萬大軍都要凍死在這冰天雪地中了，漢軍在這種道路上行走，兩個時辰走不出多遠，如果追的話，還來得急！」

北宮伯玉灰心地道：「邊將軍，你說什麼就是什麼吧，也許真的是我太過小心了！」

邊章喚來一個傳令兵，讓那個傳令兵吹響了號角，號角聲響起，邊章膽大無畏，料定那是一座空的營寨，便一馬當先地衝了出去，身後的七萬大軍也陸續上馬，略顯疲憊的他們跟隨著邊章衝了出去，連呼喊都懶得去喊了。

萬馬奔騰的馬蹄聲再次響起，只是這一次的聲音卻顯得有些雜亂，有些不夠雄渾。

邊章握著手裡的馬刀，第一個衝到了漢軍營寨的大門前，發現寨門虛掩，借用著馬匹的衝撞力度奪門而入，馳入漢軍大營中，向後奔跑了一段路，卻意外發現營寨中的一個小秘密，負責做飯的灶臺卻只有一千個。

當北宮伯玉跟隨著大部隊闖進漢軍營寨的時候，看到的是一座空無一人的營寨，心中不勝懊悔，**沒想到自己又中了高飛的奸計**。

北宮伯玉瞪大了驚訝的眼睛，看著地上留下來的一千個被大火熏黑的灶臺，以及來不及撤走留下的鍋碗瓢盆，恨恨地道：「咱們這次可真是中了高飛虛張聲勢的奸計，沒想到六萬的軍隊裡只有一千個灶臺！邊將軍，這高飛欺人太甚了，現在肯定跑不遠，我這就帶兩萬人馬追過去！」

邊章制止道：「不！我親自去！」

北宮伯玉急道：「不，我們一起去，以七萬對一萬，無論怎麼樣我們都有勝算！」

二人商量定，便率領著七萬大軍追擊而去，二人心中各自打著如意算盤，行軍時卻也是互相猜忌。

高飛、曹操、蓋勳三人帶著部隊疾速撤退，兩個時辰的時間確實不多，但至少可以阻滯一下叛軍前進的速度，為了進一步拖延叛軍，曹操下令士兵用巨石擋住道路，而且每隔十里便布下一個路障。

漢軍此次雖有三千騎兵，可餘下的六千人都是步兵，行程較為緩慢，加上被積雪覆蓋後道路難走，給漢軍造成了不少麻煩。

在這種情況下，高飛叫來趙雲、龐德、華雄三人，吩咐他們各帶手下的二百人營造一個灶臺，只做一千五百個，並且用火燒黑，又從蓋勳那裡弄來鍋碗瓢盆丟在灶臺附近。

蓋勳得知這一事情後，便找到高飛，問道：「侯爺前者減灶，現在增灶，到底意欲何為？」

未及高飛開口回答，便聽曹操笑道：「高將軍好智謀，減灶效仿孫子迷惑龐涓，增灶嘛，如果我沒有猜錯的話，高將軍應該是在效仿本朝的虞詡吧？」

蓋勳聽後恍然大悟，聯想到利用增加灶臺也可以迷惑住叛軍，便道：「侯爺前者減灶是示弱以叛軍，今者增灶是示強以叛軍，一路上不斷地用此法，便可以迷惑叛軍，使其以為我軍人數不斷的在增加，不敢緊逼，實在是妙計啊，侯爺這一招可真是高明啊。」

高飛呵呵笑道：「我也只是效仿古人而已，談不上什麼高明。」

曹操道：「高將軍學以致用，雖然是照搬古人兵法，卻也用得活靈活現，確實不能不讓人佩服啊。」

聽到曹操、蓋勳的讚賞，高飛不再謙虛，他的腦中何止減灶、增灶這樣迷惑敵人的兵法現例，他看過的書籍很多，更曾經將孫子兵法運用到商戰中，說起活靈活用，他比誰都有一套。

漢軍一路急退，叛軍一路狂追。唯一不同的是，漢軍退得順暢無比，可叛軍卻追得多有阻滯。饒是如此，邊章、北宮伯玉還是不願意就此放過消滅高飛的機會，二人心裡都明白，一旦消滅了高飛，不僅名聲可以大噪，更可以給漢軍一個沉重打擊。

皇甫嵩這次所統領的八員健將中，董卓、周慎、高飛這三員健將是涼州人，皇甫嵩自己也是涼州安定郡朝那縣的人，除了周慎名聲在涼州不夠響亮外，相比之下，董卓這員宿將和高飛這顆新星對涼州羌胡叛軍的威脅較大，而皇甫嵩做為大軍統帥，這種威脅就更不言而喻了。如果這次北宮伯玉和邊章能殺死了高飛，活著將其俘虜，勢必就會減少一份對叛軍的威脅，這也是為什麼邊章、北宮伯玉窮追不捨的目的。

也不知道追擊了多久，邊章、北宮伯玉只覺天色黯淡了下來，看著仍然在前面搬運障礙物的羌胡健兒，兩個人心中都是一團火燎，擔心這樣下去會被高飛跑掉了。

二人對視一眼，便異口同聲地決定帶著兩萬騎兵先行離開，追擊高飛、曹操所部的漢軍，留下另外的五萬大軍退回已經被叛軍占領的漢軍營寨。

兩萬輕騎一陣急奔，用了不到半個時辰，便看到了地上一處漢軍的埋鍋造飯的地方，粗略數了數，大約有一千五百個灶臺。

北宮伯玉和邊章面面相覷，道：「漢軍來援兵了，現在該怎麼辦？」

「跑了那麼多路，為的就是能夠擊敗漢軍，漢軍一路逃到此處，早已身心俱疲，就算有援兵又能怎麼樣，衝殺過去，照樣能夠擊敗漢軍！」

邊章不想就此放棄，對北宮伯玉道，「我繼續追擊，你若不想一同前往的話，就自己撤回去！」

北宮伯玉也不敢示弱，當即道：「我發過誓要殺了高飛，我不能就此退卻。」

計議已定，二人便一起帶著騎兵繼續向前追去，追出不到半個時辰，便看見漢軍步兵正火速沿著官道朝東跑。

第七章

三巨頭

劉備、曹操、孫堅，可以稱為是三國的三巨頭了，三巨頭中，劉備的形象有點像未發育完全的長臂猿；曹操三短身材，長相有點其貌不揚；但是孫堅不同，他的身上到處彰顯著一種罡氣，使得他很容易得到人的正眼相看。

高飛、曹操、蓋勳三人領著九千人馬正疾速奔馳間，忽然聽見背後傳來一陣陣轟鳴般的馬蹄聲，回頭望見北宮伯玉、邊章帶著大隊人馬追來，漫山遍野的都是羌胡的叛軍，粗略估算了一下，大約有兩萬人。

「曹將軍，請你率領那七千官軍火速退向陳倉，我帶著飛羽部隊斷後！」高飛見叛軍來勢洶洶，顯然是增灶的計策沒有起到什麼太大的作用，他觀察了一下附近的地形，當機立斷，對曹操道。

曹操沒有回答，而是對蓋勳道：「蓋長史，請你率領五千步軍先行回陳倉，我和高將軍在此斷後！」

話音落下，曹操也不等蓋勳回答，帶著部下的兩千騎兵便迅速調轉馬頭，奔馳到高飛所率領的飛羽部隊邊上，擺開陣勢，兩支部隊互為犄角。

曹操勒住馬匹，衝高飛喊道：「賊兵勢大，我與賢弟並肩作戰，一同抵擋賊兵！」

高飛笑了笑，沒有回答，心裡卻暖融融的，至少曹操沒有一走了之，而是選擇留下來和他並肩作戰。

看著不足三里遠的叛軍騎兵迅速奔馳了過來，他立刻大聲喊道：「趙雲、李文侯散在左翼，周倉、管亥擋在最前，裴元紹、夏侯蘭占領高地，廖化、卞喜散在右翼，華雄、龐德中軍護衛。」

一聲令下，只見趙雲、李文侯所將四百騎兵迅速排開，站在官道的左邊；周倉、管亥所率領的四百刀盾兵站在第一線，每個人都將盾牌緊扣在一起，右手握刀，雙眼透過縫隙直視前方；裴元紹、夏侯蘭各自帶領著二百弓箭手分散在官道兩邊的土崗上，滿弓待射，靜候叛軍騎兵到來。

廖化、卞喜帶領著四百強弩手散在右翼，二百人半蹲在地上，二百人筆直地站了起來，每個人的手上都端起了弩機，注視著前方的叛軍；華雄、龐德所率領的四百長槍手是整個飛羽部隊的中流砥柱，每個人手中的長槍都經過改造，長達三四米，是專門對付騎兵用的。

片刻功夫，飛羽部隊便結成了一個小陣，黑色的軍團將整個官道堵得水泄不通，如果不是曹操的一千騎兵占據了官道的最右側，只怕連那點空地都不會留下。整個過程，士兵行動流暢，一支兩千人的部隊頓時成為五個擁有不同技能的隊伍，一分為五，確實增添了不少神秘氣息。

曹操很驚訝地看著這支迅速結成戰陣的飛羽部隊，訓練如此有素，讓他頗為吃驚，更讓他納悶的是這支部隊的組合方式，有點像秦軍方陣，可又略有不同，讓他無法看透。正當他還在對這支飛羽部隊充滿好奇的時候，聽見背後雜亂的腳步聲響起，回頭看見了蓋勳。

蓋勳領著五千步卒去而復返，他不由分說，立刻指揮弓箭手登上官道兩旁高地，其餘兵種在後面隨時策應，所有士卒均嚴陣以待。

萬馬奔騰的戰馬所帶來的絕不是簡簡單單的大地顫抖，更多的是給人以心靈的震撼，一匹快速的戰馬衝撞而來，絕對能夠撞飛五六個緊守的步兵，再加上馬背上騎士的殺傷力，一個騎兵完全可以在兵團作戰中解決至少八個敵人。

此刻，所有的人都屏住了呼吸，曹操、趙雲、李文侯座下的馬匹都開始躁動不安，如果不是馬背上的騎士極力控制著，只怕早已亂作了一團。

擋在官道第一排的四百刀盾兵此刻的心裡也生出了一點畏懼，饒是他們都是訓練有素的涼州健兒，但是他們常常是騎在馬背上與人作戰，真正的步戰還是頭一回，而且第一次步戰就是抵擋騎兵，知道騎兵威力的他們未免有點底氣不足。

高飛騎在馬背上，停在戰陣的最後面，緊皺著眉頭，目視前方一點一點逼近的叛軍騎兵，他心裡明白，這次作戰將是對飛羽部隊最大的考驗，可以考驗出他的這個戰陣是否實用，也將考驗出那些士兵是否真正的悍勇。

空曠的雪原上，風漸漸停止了下來，這給高飛他們帶來了極大的便利，這就等於弓箭手射出的箭矢可以得到正常發揮。天地間除了疾速的馬蹄聲，似乎所有的一切都靜止了，那兩萬騎兵以最快的速度衝了過來，沒有停頓，只有英勇無畏的向前，帶著死亡氣息的羌胡健兒在北宮伯玉、邊章二人的帶領下，迅速地衝撞了過來。

五百米！所有的人都再一次屏住了呼吸，大地震動得也越來越厲害了。

三百米！官道兩旁土崗上的弓箭手射出了箭矢，箭矢不停地被射出去，雖然瞬間便有幾百人喪失了生命，卻無法阻擋住他們前進的步伐。

一百米！右翼的強弩手開始不停地發動著弩箭，射倒最前面的幾百個騎兵，可叛軍騎兵的腳步始終如一，邁著矯健而且雄渾的馬蹄，想要將前面的一切踏平。

五十米！

「散開！」高飛瞅準了時機，衝著擋在最前面的周倉、管亥帶領的刀盾兵大聲喊道。

一聲令下，周倉、管亥各自帶著二百刀盾兵向道路兩邊散開，官道的正中間赫然露出一個巨大的口子，而一直在後面嚴陣以待的長槍兵立刻舉著長槍衝了上去，和刀盾兵換了個位置，擋在戰陣的第一線，原來四百刀盾兵只是起到遮掩長槍兵的作用。

突然顯現出來的如林般的長槍，讓邊章和北宮伯玉大吃一驚，二人急忙勒住了馬匹，還沒有來得及向身後的騎兵喊停，便見叛軍騎兵一股腦的衝了上去，那些叛軍的騎兵瞬間便被長槍刺穿，四百根長槍錯落有致，嚴陣以待，只見連人帶馬都被刺穿了身體，將那些騎兵擋在了三米以外。

此時，廖化、卞喜的強弩手得以發揮極大的威力，官道兩旁的弓箭手也是矢如雨下，一時間如林的長槍、如雨的箭矢，在第一線充當起了重要的角色，那些衝到範圍內的騎兵都紛紛斃命，只這麼一瞬間的功夫，一千多騎兵便盡皆戰死了。

長槍陣插滿了羌胡和馬匹的屍體，讓舉著長槍的士兵頗感吃力。就在這時，但見後面的高飛策馬奔到了左翼騎兵隊伍那裡，一聲「出擊」的命令喊下，四百騎兵立刻衝了出去，四百刀盾兵緊隨其後，就連廖化、卞喜的強弩兵也紛紛收起了強弩，從腰中抽出了佩刀，呼喊著衝了上去。

華雄、龐德所帶領的長槍兵紛紛使出了吃奶的力氣，四百個人，四百根長槍，開始抽出了插在屍體上的長槍，然後向著正前方還有些驚恐未定的叛軍騎兵衝了過去，所到之處，叛軍騎兵無法阻擋。

曹操看見這如此真實的一幕，沒想到高飛只用了四百長槍手就擋住了叛軍騎兵，在氣氛的導引下，他立刻抽出腰中的長劍，將劍鋒向前一招，大喊一聲「進攻！」，身後的兩千騎兵便如同猛虎出籠一般衝了上去。

蓋勳看到漢軍居然開始反攻騎兵了，當即抽出腰中長劍，大聲喊道：「叛軍敗了，叛軍敗了，隨我一起殺過去！」

身後各種近戰兵種都一起衝了上去。官道兩旁的弓箭手站在高地上，不停地發射著手中的箭矢，朝那些叛軍騎兵射去。

這一瞬間的變化，便使得戰場上的形勢發生了逆轉，叛軍後面的騎兵不斷向前衝來，而前面的騎兵卻已經和漢軍短兵相接了。

北宮伯玉、邊章二人舉著馬刀砍殺漢軍士兵，只不過才殺死一兩個衝來的騎兵，便立刻見那長槍陣衝了過來。

二人見過那長槍陣的威力，居然擋住了快速衝撞的騎兵，心中有點膽寒，又見戰場上橙紅色的漢軍、黑色的不知名軍團開始了反攻，互相對視了一眼，從未有過的默契在二人目光中迅速閃過，同時調轉了馬頭，策馬向後，並且大叫道：

「撤退！」

將是兵膽，一員將領的作用完全可以影響到整個軍隊。北宮伯玉、邊章心中已經膽寒，何況其他叛軍騎兵呢。隨著叛軍一聲的撤退命令，後面的騎兵也不再向前了，紛紛後退，而正與漢軍作戰的騎兵更是心無戰意，策馬逃回。

高飛、趙雲、李文侯、曹操率領騎兵從後掩殺，一路追出五六里，斬殺數百人，這才停止追擊。

回來的路上，曹操的臉上滿是笑容，人逢喜事精神爽，估計這次曹操的心裡是真的爽了。

他的馬項上拴著一顆人頭，並排和高飛走在一起，向高飛豎起了大拇指，誇讚道：「賢弟，你是我見過最會打仗的一個人，只用了四百條長槍便令這些羌胡聞風喪膽了，為兄真是佩服。」

高飛也是洋洋得意，這一次戰鬥驗證了飛羽部隊互相配合協調作戰的真實戰鬥力，他自然也是歡喜的，回頭看了看趙雲，心中想道：「看來下一次該試試單兵作戰了。」

「賢弟，你這陣是什麼陣？為什麼我在兵法書上從未見到過？」曹操一邊誇讚著高飛，一邊對飛羽部隊所布下的陣形十分感興趣，便虛心問道。

高飛嘿嘿一笑，緩緩地道：「孟德兄，這可是個秘密哦。」

曹操聽高飛不願意講，自己也不再多問，便默默地將人員配備記在心裡，準備以後自己慢慢研究。他嘿嘿笑道：「既然賢弟不願意講，那我也不多問了，我是在想，如果所有的軍隊中都用賢弟的這種戰陣，何愁涼州叛亂平定不了呢？」

高飛道：「孟德兄，其實不是我不願意講，而是這個陣法還不穩固，一切尚且在試練中。」

曹操道：「賢弟啊，我也是深諳兵法的人，不如賢弟說出來，咱們兄弟一起研究研究？」

高飛臉上顯得十分窘迫，他可不想將其中的奧秘告訴曹操，更何況這種戰鬥模式確實在實驗當中，還沒有達到可以推廣的程度，便笑了笑，打馬虎眼道：「佛曰，我不入地獄，誰入地獄。這種耗費腦力的事，還是我一個人承擔就好了。」

曹操於是不再問了，心中想道：「真小氣！我就不信，沒有了你，我自己弄不出這種戰陣，你等著瞧吧，我一定可以推演出更好更精妙的作戰方式！」

勝利歸來，蓋勳帶著士兵正在打掃戰場，戰績頗豐，居然一下子消滅了三千多叛軍騎兵，而漢軍戰死十六人，傷三十人。至於飛羽部隊，傷亡為零，真是一支勁旅。

隨後大軍撤退，還沒有退回陳倉，便接到斥候的消息，安定在皇甫嵩大軍的猛烈攻擊下已經被占領了，叛軍首領韓遂逃回漢陽郡。

皇甫嵩沒有在安定停留，而是乘勝追擊，只留下少數兵力守安定，另外命令曹操、高飛帶著所部兵馬進攻漢陽郡，與大部隊會合。

這樣一來，部隊就不必回陳倉了，而是折道返回，向著漢陽郡徐徐進發。再次折道返回漢陽郡的時候要順利多了，高飛、曹操先是派出了一批斥候，斥候回報北宮伯玉、邊章從上邽退兵了，回到冀城，於是高飛、曹操便加速前進，於當晚占領了上邽。

簡單的休息過一夜之後，第二天早上又接到了皇甫嵩的命令，命令高飛帶所部兩千駐守上邽，曹操帶領本部五千做疑兵攻打冀城。高飛、曹操接到命令後，便在上邽分開。

「看來皇甫嵩並不信任我，不然，也不會留我在此駐守。上邽早已是一座空城，一座空城還有什麼可守的？」高飛看著曹操遠去的身影，自言自語地道。

趙雲、龐德、華雄、盧橫、蓋勳五人站立在高飛的身後，聽到高飛如此說道，都面面相覷。

蓋勳向前勸慰道：「皇甫嵩之所以不用將軍，是不想讓將軍再建立功勞，曹操、孫堅、董卓、鮑鴻、周慎都是在潁川、南陽平定黃巾的有功之臣，隸屬於皇甫嵩，可以算是他的舊部了。劉表是漢室宗親，袁術家裡四世三公，這兩人的早已經海內知名，唯獨將軍是憑藉著自己的軍功一點一點的升上來的，皇甫將軍不用將軍，也是情理之中。」

高飛冷笑一聲，道：「我本以為自己會成為涼州平亂的第一功臣，不想居然受到排擠，真他娘的憋屈！」

蓋勳安慰道：「將軍不必懊惱，我料這次攻打冀城不會成功，將軍在上邽養精蓄銳即可，不出半月，皇甫嵩必定會調將軍前去破敵！」

高飛聽了，不禁問道：「蓋長史為何如此肯定？」

「董卓居功自傲，袁術、劉表互有芥蒂，曹操、孫堅、周慎、鮑鴻都急於建立功勳，攻打冀城的時候，豈有不爭功的嗎？如此一來，叛軍便會有機可乘，不出半月，必有消息傳來，將軍現在就在上邽加緊訓練士卒即可。」蓋勳分析道。

「蓋長史何以知道的如此清楚？」

蓋勳笑道：「我之前和傅大人一起去過槐里，諸位將軍我都見過，加上有些事早有耳聞，不難看出來。皇甫將軍手下皆非等閒之輩，如果是分兵而進，或許每個人都會如同虎狼一般，如今大家聚集在一起，職位都不禁相等，誰也不會服誰，日久肯定生亂。」

高飛轉身準備回城，想起一件很重要的事情來，便對龐德道：「令明，我有件很重要的事想請你去做，希望你不要推辭。」

龐德自從跟隨高飛以來，一直沒有單獨接受過任務，聽到高飛有任務交付，當即抱拳道：「主公有事但請吩咐，令明必當幸不辱命！」

高飛道：「自從在破羌縣與賈先生分別之後，涼州落入叛軍之手已達兩月有餘，如今朝廷派遣大軍平叛，叛軍必定會竭力迎戰。我想請你去一趟武威，打聽賈先生的消息。此去武威要穿越叛軍境內，路途凶險，你可願意冒這個險？」

龐德一身豪氣，雖然年紀輕輕，卻敢作敢為，當即爽朗地答應道：「屬下願意為主公而死，何況去一次武威？賈先生對我有恩，如果不是遇到他，也許我現在還在賊窩裡，主公讓我何時去，我就何時去，找到了賈先生，我一定將他帶到主公面前。」

高飛道：「那你先回城裡休息一番，我讓人給你準備好乾糧和水，明日一早便走。」

華雄聽後，當即拱手道：「主公，屬下願意和令明老弟一同前往！」

「不，人多了反而麻煩，再說，龐德的武勇我是知道的，一個人不容易引起注意。一會兒我還有其他的事安排你去做。」高飛道。

「主公，那屬下先告辭了。」龐德拱手道。

高飛轉身對華雄道：「你現在就帶領部下回陳倉，告訴傅大人，將上次守城時我們所用的投石車給運過來，另外告訴傅大人，再撥一個月的糧草來。」

華雄抱拳道：「諾！屬下這就帶兵回陳倉。」

吩咐完畢，高飛便帶著趙雲、盧橫和蓋勳一同回到上邽，一方面繼續訓練飛羽部隊，另外一方面，和蓋勳訓練那兩千漢軍，並且派出斥候打探冀城方向的動向。

兩天後，戰況如同雪花紛飛一般來往於冀城和上邽方向，為了更近一步的瞭解更全面的資訊，高飛決定親自去冀城觀戰，並且帶著趙雲一共九人一起奔赴冀城，留下蓋勳守衛上邽。

冀城和上邽相距不算太遠，短短的一百里路程只需奔波半天而已。半天後，高飛等人來到冀城外圍，沿途遇見許多埋伏在路邊的漢軍暗哨，因眾人穿著漢軍的軍裝，才得以順利通行。

又向前奔馳了約莫五六里路，便看見了漢軍大大小小的營寨，每個營寨都互為犄角，大營寨可以容納五千人馬，小營寨可以容納兩千人馬，大大小小的營寨中間還用鹿角、拒馬連接在一起，環形散開，將整個冀城包圍得水泄不通。

高飛等人看見前面的那處營寨上掛著一面「周」字大旗，剛馳馬到達營後，便立刻遇到了埋伏在營地兩邊的數百漢軍，幾百人一湧而出，擋住了高飛等人的去路。

為首的一個軍司馬趾高氣揚地大叫道：「來者何人，居然敢擅闖營寨？」

高飛看見那面大旗，便氣不打一處出，當即跳下了馬背，頭戴銅盔、身披鐵甲的他，一臉怒氣的走到那個擋路的軍司馬面前，揚起馬鞭抽打在那個軍司馬的身上。

皮鞭打在那個軍司馬穿戴的鎧甲上，發出一聲清脆的響聲，他厲聲道：「大膽！我是討逆將軍高飛，你連我的路也敢攔？去將你家將軍叫出來，看他認識我否！」

那個軍司馬臉上一陣委屈，他早就看見有一名將軍模樣的人帶著馬隊奔馳過來，但是將軍已有吩咐，不許任何人打擾他休息，無奈之下，他只好硬著頭皮帶人擋住了去路。

此時挨了高飛的打，雖然並不疼痛，但是被當眾責罰，面子上有些折損，當即低頭哈腰道：「將軍息怒！將軍息怒！末將也是有軍令在身，不得已而為之，我家將軍吩咐，不許任何人打擾，所以……」

「混蛋！你快去將他叫來，就說我高飛來了，親自來拜訪他，我們是多年不見的老友，你只需要將我的名字說出來，他自然會親自來迎接！」

高飛對周慎有一肚子的火，此刻他既然來到他的營寨前面，豈能錯過！他必須找周慎問個清楚。

他見那司馬猶豫不決，厲聲喝道：「還不快去？」

那軍司馬見高飛揚起馬鞭又想打他，當即後退了好幾步，拜道：「將軍在此稍等，末將這就去通報！」

不多時，周慎便從營寨裡帶著十幾個親隨走了出來，看到營寨後門外面，高飛等人皆騎在馬背上，便急忙走了過來，拱手道：「哎呀呀，這不是都鄉侯、討逆將軍高飛高子羽嘛？你不駐守上邽，跑到這裡來幹什麼了？難道是皇甫將軍給予了你調動的命令？周某有失遠迎，還請海涵。」

高飛見周慎一臉的壞笑，冷哼了一聲，道：「我哪裡比得上伯通兄啊，伯通兄現在可是蕩寇將軍了，聽說也封了侯，食邑三千戶啊，如果再有兩千戶食邑，就可以封國了，伯通兄可真是了不起啊！」

周慎聽出高飛一肚子的不滿，急忙澄清道：「都是我的這些個部下，他們有眼不識泰山，有眼無珠，不認得鼎鼎大名的都鄉侯，還請侯爺勿怪！侯爺遠道而來，想必一路辛苦，我在營中略微備下了一點薄酒，還請侯爺賞個臉，畢竟咱們兄弟二人也有好長時間沒有見了嘛。侯爺，請入營吧。」

高飛自從知道是周慎害他沒有去成東北之後，便對周慎恨得咬牙切齒，前一陣子又聽曹操說周慎趕跑了劉備、關羽、張飛，更是恨上加恨。可是他也明白，對付周慎這種小人，就得以其人之道還治其人之身，此刻他已打定主意，他要讓周慎身敗名裂！便翻身下馬，違心地道：

「伯通兄太客氣了，既然伯通兄盛情邀請，那我就恭敬不如從命了。」

跟周慎進了大營後，高飛便感覺到營寨裡的氣氛不對，而且守衛大帳周圍的士兵都是十分強壯的校刀手，似乎是經過精挑細選的，而且目光中都帶著殺意。

高飛看了，冷笑道：「伯通兄莫不是在擺鴻門宴？」

周慎忙道：「子羽老弟，你不要誤會，這些都是我的貼身侍從，平日裡保護我左右的，既然子羽老弟看不慣他們，那我讓他們都走遠一點便是了。」

「不必了，我還不至於怕成這樣，即使是鴻門宴，也還不知道誰是項羽、誰是劉……高祖皇帝呢！」

高飛話說到一半，突然意識到這裡是漢朝，直呼劉邦的名字是大不敬之罪，嚴重者可以殺頭，所以急忙改換了稱呼。

周慎聽後，先是皺起眉頭，隨後緩緩地鬆開，笑道：「子羽老弟說笑了，子羽老弟的勇猛為兄是知道的，別說這些人，就是再上來一百個人，也不一定是子羽老弟的對手啊。實不相瞞，我是為了防備別人才出此下策。昨夜叛軍突然夜襲了營寨，給我軍一個措手不及，如果不是我指揮得當打退了叛軍，叛軍就會從此處突圍而出了。所以我才加強了營寨守衛，就連寨後也佈置了暗哨。」

高飛沒興趣聽周慎說這些廢話，他開門見山的問道：「周伯通，我和你無冤無仇，你為何要陷害我？」

周慎臉上一怔，急忙問道：「子羽老弟，這話從何說起啊？為兄和賢弟同為涼州人，又同樣以六郡良家子的身份入選為羽林郎，更是在平定河北黃巾中患難與共，我周伯通怎麼會陷害子羽老弟呢？」

高飛眼裡充滿怒意，周慎越是這樣跟他套交情，他就越覺得噁心。人心隔肚皮，當初他錯誤地把周慎當成了朋友，卻沒想到周慎背地裡給他使陰招，這樣的朋友不要也罷。

他也不怕和周慎鬧翻，大家都是朝廷命官，一個是蕩寇將軍，一個是討逆將軍，都是官階一樣的雜牌將軍，更何況他的手裡還有一支精銳的飛羽部隊，有兵就有底氣，他什麼都不怕。

「伯通兄說得倒是輕巧，難道伯通兄就指望用這些話語來堵悠悠眾口嗎？你可別忘了，要想人不知，除非己莫為。左豐已經把所有的事情都告訴我了，**你暗中對我使絆子，你究竟是何居心？**」

周慎聽到這裡才恍然大悟，他一直以為高飛是在為剛才士兵阻攔他進營的事情生氣。見高飛一臉的怒意，清了清嗓子，道：「子羽老弟，這件事嘛……其實我也是出於好意……」

「好意？好你娘的頭！你暗中對我使絆子，還說是好意？老子花六千萬的錢只想買個遼東太守當當，你他娘的還要陷害我？我跟你有仇嗎？」高飛氣不打一處來，大聲叫道。

聲音落下，營帳內外的校刀手蠢蠢欲動，只要周慎一聲令下，他們就會奮不顧身地衝出來。營帳內趙雲等九名隨從也暗自戒備，氣氛十分緊張，瀰漫著火藥味，高飛、周慎二人針鋒相對，目光中都現出了敵意，互相對視著對方，良久不語。

突然，周慎哈哈大笑了起來，一邊笑著，一邊對高飛道：「子羽老弟，你聽我說嘛，遼東那個地方實在太偏僻了，我從左豐那裡知道你要去遼東的事後，就覺得這是對老弟前途的一種阻礙。所以，為兄就瞞著老弟，托人給老弟弄到陳倉來了，你想想啊，如果不是為兄幫你到了陳倉，老弟又怎麼會在涼州名聲大噪呢？」

高飛絲毫不領情地道：「周將軍軍務繁忙，高某就不叨擾了，從今以後，你我再無任何瓜葛，過去的事就過去了，我不會再和你計較，就此告辭！」

未等周慎回答，高飛轉身便帶著趙雲等九名隨從離開了營帳。

周慎掀開營帳的捲簾，看到高飛遠去的身影，哼了聲道：「神氣什麼？等涼州叛亂一平定了，我加官進爵了，我看你還有什麼可神氣的。當初在攻打黃巾的時候，如果你不和我搶功勞，我早就成為可以封侯了。你要是不搶著和我爭奪功勞，我又怎麼會如此對你？」

高飛出了周慎的營寨，當即向南轉了過去，他既然來了，就應該去拜訪一下曹操，順便看看這幾天戰況進行到什麼程度了，也探探口風，看看整個大軍是不是如同蓋勳所說的那樣。

高飛向南奔馳沒多遠，便見從一座插著「孫」字大旗的營寨裡奔出幾名輕騎，其中一人戴著頭盔，穿著鎧甲，整個人顯得神氣異常。

「是孫堅嗎？」高飛心裡暗自猜測道。

兩撥人相向而行，高飛看了看對面馬上的那名騎士，只見馬上那人有著一張瘦長的臉，寬廣的前額，朝下尖的鼻子，大而深邃的眼睛，微微泛著黃的下垂鬍鬚，身材孔武有力，雙手提著韁繩的同時，也在默默地注視著他。

轉瞬即逝間高飛和那馬上領頭的騎士相向而過，卻忽然聽見背後馬匹發出一聲長嘶，緊接著一個巨大的聲音從背後傳入耳中：

「來人莫非高子羽乎？」

高飛聽到叫聲，便勒住座下馬匹，扭過身子，見剛才和他擦肩而過的騎士端正地騎在一匹馬上，身後四名親隨也都紛紛調轉馬頭。

他出於禮貌，便朝對面那名騎士拱手道：「在下正是高飛，不知道閣下怎麼稱呼？」

對面的那騎士聽了，哈哈笑了聲，隨即策馬來到高飛的身邊，拱手道：

「在下孫堅，字文台，吳郡富春人。久聞高將軍大名，只是未嘗得見，不想今日在此碰面，當真是一件快事。」

「**果然是孫堅！**」高飛心中暗暗叫著，眼睛卻在打量著孫堅，只見孫堅二十七八歲年紀，披著鎧甲顯得極為英武不凡，**這頭來自江東的猛虎，確實是不同凡響**。無論長相還是氣質，都讓人看著極為順眼，與劉備、曹操這二位比起來，顯得英俊許多。

劉備、曹操、孫堅，這三人可以稱為是三國的三巨頭了，雖然孫吳事業開闢在孫策的手中，但是沒有孫堅早期的名聲和舊部，孫策也無法開闢江東。

三巨頭中，劉備的形象有點像未發育完全的長臂猿；曹操三短身材，長相有點其貌不揚；劉、曹二人如果不細細察看，根本無法發現身上的那種別樣的王者氣息。但是孫堅不同，他的身上到處彰顯著一種罡氣，加上較好的形象，使得他很容易得到人的正眼相看。

「原來閣下就是孫將軍，在下久有耳聞，今日一見，果然是聞名不如見面啊！」高飛打量完孫堅後，奉承道。

孫堅笑道：「客套話咱就不說了，高將軍不是在上邽駐守嗎，是不是放心不下這裡的戰事才來一看究竟的？」

高飛也不隱瞞，道：「孫將軍猜得不錯，做為一名武人，沒有仗打，是很無聊的一件事，所以我便從上邽跑了過來，來前線看看，看看有什麼需要幫忙的！」

「有！」孫堅斬釘截鐵地道，「現在就有一樁大事需要高將軍幫一下忙，不知道高將軍能否和我一起去一趟皇甫將軍的營帳？」

高飛見孫堅如此爽朗，絲毫不像董卓那樣的囂張跋扈，也不像周慎那樣的陰險，劉備那樣的隱忍，曹操那樣的鋒芒畢露，自己甚是歡喜，沒想到初次見面就一見如故，當即拱手道：「既然是孫將軍相邀，那在下就義不容辭了！」

孫堅臉上揚起了笑意，道：「高將軍，那就請隨我來吧，這件事如果不解決的話，恐怕對我軍有著極大的不利。」

高飛聽孫堅說得如此嚴重，重重地點了點頭，帶著趙雲等人跟著孫堅朝皇甫嵩所在的營地奔馳了過去。

眾人來到皇甫嵩所在的營寨，高飛和孫堅二人進了營寨，隨從則全部留在營寨外面。

一進營寨，孫堅便對高飛說道：「高將軍，如今皇甫將軍將叛軍盡數圍在冀城裡，是想用將那些叛賊圍死在裡面。可是時間一長的話，叛軍就會孤注一擲，很容易以必死的決心來和我軍戰鬥，羌胡多是驍勇善戰的人，若是硬拼起來，只怕我軍和叛軍會兩敗俱傷。所以，我準備向皇甫將軍建議圍三缺一，這樣的話，就可以大大減輕我軍直接面對的壓力，一會進了營帳，還請高將軍從中協助一二。」

高飛聽了，覺得孫堅說得很有道理，如果是他來指揮的話，也會如此做。可是他想不明白的是，曹操也在這裡，按道理說，曹操這種傑出的軍事家不應該看不出來這其中的危險，為什麼曹操沒有向皇甫嵩進言呢。

高飛、孫堅二人走到中軍主帳，守在門口的人通報之後，這才讓進去。

一進入營帳，高飛便見皇甫嵩、曹操、董卓、鮑鴻都在，另外還有兩個沒見過面的，年長的那位穿的是一身長袍，面相十分儒雅，稍微年輕的，則是一身亮銀鎧甲，頭上戴著鋼盔，饒是皇甫嵩這樣的車騎將軍也沒有那年輕的身上的鎧甲光鮮。從那兩個人的打扮和年齡來看，應該是**劉表**和**袁術**。

「末將等參見將軍！」高飛、孫堅俯身拜道。

「都免禮了。高飛，你不在上邽駐守，怎麼跑到這裡來了？你可知道擅離職守是什麼樣的罪責嗎？」皇甫嵩從衛士通報開始，便覺得好奇，索性問了出來。

高飛拜道：「懇請將軍恕罪，末將此次未受將令而親自前來，確實是有所不妥，但是末將這樣做也是另有原因，眼看這天氣一天冷過一天，加上雪地路途難走，大軍運輸糧草輜重極為不便，所以末將是來看將軍這裡有什麼需要沒有，末將也可以從中幫襯一二。」

皇甫嵩笑道：「你說得倒是在理，既然你是出於好心，那就姑且這樣算了吧，下不為例。孫文台，你有何要事？」

孫堅當即拜道：「啟稟將軍，如今我軍將叛軍已經團團包圍，叛軍數次突圍都沒有成功。末將擔心如果再這樣下去的話，一旦冀城內沒有了糧草，叛軍為了活命，必定會竭盡全力的對我軍發功猛攻，到時候我軍勢必會損失頗重。不如圍三缺一，給叛軍一個突圍的希望，叛軍必定會只顧著逃命，而不會拼死抵抗了，這樣一來，只要我軍在所經之處設下埋伏，於路伏擊，雖不至於全殲叛軍，也能使得城內叛軍受到重創。到那時，將軍再將得勝之師追擊叛軍，一路追擊而去，勢必會使得叛軍聞風喪膽。」

「聽孫將軍如此說話，似乎是在埋怨我的圍城之計等於是害了我軍了？」皇甫嵩冷言問道。

孫堅當即辯道：「末將不敢，末將只是覺得這樣下去對我軍大為不利，短時間內還可以，如果長時間下去……」

「既然是皇甫將軍的計策有問題，那就該予以修正，我贊成孫將軍的圍三缺一的策略。」袁術戴著鋼盔，穿著白銀亮甲，捋了捋下頷的鬍鬚，朗聲道，絲毫沒有將皇甫嵩放在眼裡。

孫堅聽到這話，斜眼看了下袁術，心裡多少有點感動，沒想到四世三公的袁氏也會為自己說話。

「袁將軍，這裡升帳的是車騎將軍，不是你虎賁中郎將的升帳，你的職位比皇甫將軍低，理應尊重上官才對，你這樣沒大沒小的，不是明擺著將皇甫將軍不放在眼裡嗎？那你將我們這些個將軍們又置於何處？」

穿著長袍的劉表連看都沒有看袁術一眼，眼睛一瞇，質問地說。

袁術的目光頗有睥睨天下的感覺，似乎任何人在他眼中都是尋常百姓，唯有一人他卻是很看中，那就是他正在注目的孫堅。

此刻他聽到劉表如此的語氣，不但沒有生氣，反而大笑起來，道：「我可沒有這個意思，我只是就事論事，並沒有含沙射影，可不像某些人，硬是無中生有，將一件芝麻綠豆般大小的事情弄得滿城風雨。」

劉表聽出了話外之音，但是他很有修養，也沒有生氣，而是針鋒相對地道：「不知道是誰昨晚受到了叛軍的攻擊，若不是某人跑得快，恐怕小命都保不住了。」

「都給我住口！要吵的話給我出去吵，這裡是本將的主帳，不是街市！」皇甫嵩皺著眉頭，對劉表和袁術二人你來我往的譏諷之語聽的也不是一天兩天了，當即怒斥道。

袁術、劉表二人不再言語，都白了皇甫嵩一眼，誰也沒有說話。

緊接著，袁術向皇甫嵩抱了下拳，轉身要離開營帳，在經過孫堅的身邊時，對孫堅道：「文台兄的計策是對的，我支持你，只是我偶感風寒，身體不適，就先回營了。文台兄今夜要是有時間的話，可以到我的營中一敘。」

話音落下，也不等眾人的反應如何，便大踏步地朝營帳外走了出去，根本不將皇甫嵩放在眼裡。那一瞬間，彷彿世界上就只有他和孫堅兩個人而已。

高飛一直佇立在那裡，他看著場中氣圍，董卓的囂張跋扈都趕不上袁術，或許是因為身分地位的不同，在這個注重家室和出身的年代，武人的命運其實早已經注定了，饒是皇甫嵩做到了車騎將軍這樣的高官，在像袁術這樣出身的人眼裡，依然是一個武人而已。

劉表倒是沒有袁術那麼囂張，他見袁術走後，便一言不發地站在那裡，整個人像個木頭。董卓、曹操、鮑鴻三人似乎早已司空見慣了，臉上都露出一抹似有似無的微笑，似乎是在看笑話一樣。

表情最為複雜的當是皇甫嵩，他面對下屬的公然抵抗，心裡終究不舒服，卻又無可奈何，畢竟袁氏不好惹，四世三公積累下來的名聲使得袁氏的門生故吏遍布朝野，他得罪不起。

對他來說，袁術、劉表二人的隨軍出行，是對他的一種考驗，**一個是世家裡**

養出來的玩世不恭的公子哥，另一個是流著皇室血統的漢室宗親，兩個人都吃罪不起，他唯一能做的就是放手不管，可是越是兩不相幫，越引來了袁術、劉表兩人的共同嫉恨。

「孫文台，你的意思本將明白了，本將自有分寸。姑且就這樣吧，你們都下去吧，讓我一個人靜靜。」皇甫嵩似乎不願意再多說什麼，隨便一句話便將眾人打發了。

「末將等告退！」高飛、孫堅、劉表、董卓、曹操、鮑鴻同聲拜道。

眾人陸續出了營帳，高飛見孫堅不住地嘆氣，便道：「孫將軍，我想皇甫將軍會明白你的意思的，只是……」

「文台兄！」袁術不知道從哪裡走了過來，直接打斷了高飛的話語，朝著孫堅拱了拱手，道：「我在此等候文台兄多時了，我已經讓人在營中擺下了酒宴，還請文台兄賞個臉。」

孫堅見袁術誠意相邀，加上剛才在營帳中又幫自己說過話，便道：「既然是袁將軍的美意，那孫某就卻之不恭了。只是不知道高將軍能否一起……」

「高將軍？哪個高將軍？」

袁術揣著明白裝糊塗，四顧看了看，最後將目光停留在高飛身上，冷笑道：

「哦，原來文台兄說的是都鄉侯啊，我只讓人準備了文台兄一人的酒菜……既然是文台兄的朋友，那就一起來吧，我也想和威震涼州，一路逃跑的高將軍敘敘，看看高將軍到底有什麼高招，居然能在叛軍的眼皮子底下跑得那麼快，居然連冀城這樣的城池都不要了！」

高飛聽到袁術的這種口氣，心裡十分不爽，回嘴道：「既然袁將軍只宴請孫將軍一人，那我就不去湊熱鬧了，袁將軍、孫將軍，就此告辭！」說完，便頭也不回地轉身走了。

剛走過一個營帳，便聽見背後有人喊道：「子羽賢弟為何走得如此匆忙？」回頭一見是曹操，董卓一前一後走了過來，但是他正在氣頭上，便冷冷地道：「孟德兄喚我何事？」

曹操走到高飛的身邊，笑了笑道：「子羽賢弟不必為剛才的事煩惱，袁公路就是那樣的人，既然賢弟來這裡，那我應該盡上地主之宜，我準備宴請……」

「曹孟德，我聽說你的營寨昨夜被叛軍偷襲的很厲害，到現在還有傷兵沒有得到撫恤，營寨更有多處破損之處，你不加強防範，倒有心思在這裡閒聊了？」

後面的董卓跟了上來，打斷了曹操的話。

曹操也不生氣，拱手道：「原來是董大人啊，不知道有何見教？」

董卓一把攬住高飛的肩膀，對曹操道：「曹孟德，我和高將軍都是同鄉，已經好久不見了，此次見面自當歡飲一番，你還是去修營寨吧，等修完了營寨，再宴請高將軍不遲，你說呢？」

曹操躬身道：「董大人說的極是，那在下就去修營寨了，董大人和高將軍慢慢聊。」

高飛整個人顯得很沉著，進入這樣一個勾心鬥角的小團體裡，他不謹慎點處事不行。

他不明白董卓為何要宴請他，他與董卓之間，在他看來並無什麼交情。

董卓見曹操走遠，便鬆開高飛，一改往常囂張跋扈的氣焰，反而對高飛客氣地道：「高將軍遠道而來，董某有失遠迎。咱們陳倉一別，也好久不見了，如今閒來無事，不如就請高將軍到我的營寨裡喝上一杯薄酒吧！」

這世界真奇妙，**黃鼠狼居然給雞拜年了**。

「居心叵測！」高飛的心裡只能用這四個字來形容董卓，他也想弄清楚董卓到底在想些什麼，又為何宴請他，如此巨大的反差讓他覺得十分的蹊蹺。

於是，高飛笑著拱手道：「既然是董大人的盛情邀請，那在下也就恭敬不如從命了。」

董卓突然哈哈大笑了起來，一把拉住了高飛的手，大踏步地朝營寨外面走了出去。

進了董卓的營寨，董卓讓部下的軍司馬陪同趙雲等人喝酒吃肉，自己則親自在主帳當中宴請高飛。

二人分主次坐定，只見董卓一臉歡喜地舉著手中的酒杯，對高飛道：「高將軍少年英雄，先平黃巾後退羌胡叛軍，如此年輕有為的人確實少見。咱們本是同鄉，理應多親近親近，高將軍，你說是不是這個道理？」

高飛點點頭，道：「正是這個道理。」

「哈哈，啥也不用說了，咱們乾完這杯酒，我再跟高將軍說正事。」

高飛舉起酒杯，當即和董卓碰了一杯，然後一飲而盡。

董卓放下酒杯，摒退營帳中一切閒雜人等，目光中露出狡黠，道：

「子羽，我也不拿你當外人了，如今這大漢的軍隊裡，光當將軍的就有皇甫嵩、周慎、你、我四個涼州人，而軍隊中的涼州人更是占了有一大半，但是在我看來，**真正能成大事的也就是你和我了，只要我們二人聯手，必然能夠在朝野裡占有一席之地。**如今十常侍弄權，各地反賊群峰四起，在這個大風大浪的節骨眼上，如果我們不能夠以乘風破浪之勢占有一席之地的話，恐怕今後很難在天地間立足。你說呢？」

高飛聽懂了董卓的意思，這是要拉攏他，但是董卓說話不明不白，含沙射影，具體的想法似乎還不太明朗。

他感覺董卓是在有意試探他，而且明確的指出他和董卓是能成大事的不二人選，意思就是說，**他要是順從董卓，大家就是盟友，如果不順從，那就只有是敵人了。**

第八章

合夥人

「董卓這個老淫蟲居然想將女兒嫁給我？你的女兒既然是天香國色，我本該不用拒絕，可我要是娶了你的女兒，那我就成了你的女婿了，身分一下子從平起平坐的合夥人變成了你的女婿，這樣賠本的買賣我才不幹呢。」

知道歷史的他，自然知道董卓是什麼樣的人，他想了想，道：「董大人的意思我明白了，今天中軍主帳的事情我也看到了，皇甫將軍的軟弱確實讓我很痛心，袁氏雖然四世三公，可也不能被袁氏騎在脖子上拉屎啊，堂堂大漢的車騎將軍，居然會被一個登徒子逼得無言以對，確實讓我等涼州人痛心疾首啊！」

董卓冷笑一聲，道：「袁術小子不足為慮，一個世家公子而已，豈能與你我這種依靠軍功一刀一槍拼出來的人相比？皇甫嵩現在雖然是涼州人裡做官做得最大的，但是性格使然，也難逃別人的妒忌。我們武人在戰爭中英雄，可是在朝堂上，說話卻沒有底氣。如果你能和我聯手的話，咱們依靠此次平定涼州叛亂的功勞，足可以在朝堂上站穩腳跟。」

高飛從董卓的話裡不難聽出，這是董卓做為一個武人對朝廷的不滿，他瞭解歷史，研讀歷史，深知各朝各代裡士人和武人之間的矛盾，這種矛盾不是一天兩天，也不是一年兩年，而是一直存在於長達數千年的封建各個王朝中。

東漢自漢安帝以來，西部邊事不穩，羌人的襲擾，足以牽動帝國的政治神經。對羌戰爭開始不斷升級，邊地武人在軍事上隨之崛起，名將輩出，**「涼州三明」——皇甫規、張奐、段熲就是他們的代表。**

邊地武人能夠在沙場上衝鋒陷陣，斬將奪旗，為國家立功邊境，但要在朝堂之上有發言權，把軍功轉化為政治權力，卻不是件容易的事情，這也讓他們很苦惱。路在何方？他們在思考，他們在摸索。

索性武人不做了，放下劍戟，做個讀書人，看這樣做行不行？皇甫規做了十四年的私學經師，沉下心來，精研《詩》、《易》，教授門徒多達三百餘人；張奐曾拜當時經學名家朱寵為師，專修《歐陽尚書》，對《牟氏章句》有著自己獨到的見解，撰寫了三十餘萬字的《尚書記難》；段熲也「折節好古學」。

但是，戰事一起，就有人坐不住了，要毛遂自薦，要請纓出戰，而且在朝臣眼中，你再飽讀經書，也還是個武人，不去打仗，還能做些什麼呢？

或者在情感上與士人溝通一下，凡是士人所痛恨的，也是自己所不睬的，希望他們真心地把自己當作一家人來看待。像皇甫規不與外戚大將軍梁冀為伍，說他是尸位素餐之徒；黨錮之禍的時候，還要上書附黨……但是，到頭來還是「雖為名將，素譽不高」。再說張奐，學問做得不錯，功勞也不小，終於進了朝堂，卻糊糊塗塗地掉進陷阱中，成了宦官鎮壓竇武的爪牙，「揚戈以斷忠烈」，這可怎麼能讓士大夫接納他啊！

或者做個「識時務」者，盤結權貴，像段熲那樣，甘願為宦官賣命，去緝捕太學生；投天子所好，花錢買個太尉。但，最終卻落個人財兩空，身敗名裂。

可見，武人要正常地出將入相，成為一支獨立的政治力量，在「涼州三明」那裡還做不到。

但是歷史證明了一切，**董卓這個起於涼州的西北狼，以他獨特的方式竊取了大漢的權柄，憑藉武力的威懾，廢舊立新，將皇權視為股掌上的玩物**，前輩武人夢寐以求的聽政朝堂，在他那裡被大大的向前跨越了一步。

高飛看著面前的董卓，想想以後那殘暴不仁的惡狼，簡直是判若兩人。

他看董卓用一種十分期待的目光看著他，在期待著他的回答。他尋思了一下，**如果沒有董卓，東漢不會到了真正名存實亡的時候，但是東漢這種腐敗的朝廷毒瘤太多，他不必去想著扶漢，而是需要一場大風暴，席捲整個天下，從而推翻大漢，建立一個新的政權**，這就是他想要做的，也是他知道自己所在漢末之後早已經定下的志向。

「**董卓是漢末紛爭的始作俑者，沒有董卓就沒有以後的諸侯爭霸，我也就無法從中獲利，成大事者，不必拘泥不化**，既然董卓盛情相邀，我就姑且答應下來。既然我來到了這個時代，就不必順應歷史的發展，我可以用我獨特的方式建立自己的威信和地盤，涼州既然是董卓的根據地，那就給他好了，老子去東北，遠離中原紛爭，安心鞏固自己的地盤，等到天下有變，再率領自己的大軍和群雄逐鹿天下。」

高飛的心裡發出了強烈的呼聲，幾個月來這樣受制於人的生活他不想再過了，就連從上邽到冀城還要有調令，這種毫無人身自由的日子，他真的受夠了。

「好！董大人既然這麼看得起在下，那我就卻之不恭了，但不知道董大人有何妙策？」

董卓聽到高飛回答的如此爽快，心中歡喜不已，當即道：「我曾聽曹孟德向皇甫嵩提起過，說你有一支特殊的私兵，均是選自涼州的健兒，戰鬥力一點都不亞於羌胡，是否真有其事？」

高飛覺得沒有什麼好隱瞞的，點點頭道：「不錯，這支飛羽部隊，確實是我精心挑選訓練而成的，士卒們無不以一當十。」

董卓哈哈大笑道：「好，既然如此，那我下午就去向皇甫嵩再次進言，讓你帶兵來冀城，等擊退了叛軍，我們便可乘勝追擊，我在羌人之中有些名聲，完全可以以我之前的信義對羌人進行招撫，這樣一來，就只剩下北宮伯玉的那些湟中義從胡了，邊章、韓遂更是容易對付。

「只要叛亂一平，我便上書駐守涼州，至於你嘛，可以向十常侍討個在朝中的官職，你在內，我在外，我們互相通氣，便可以將涼州牢牢地掌握在我們的手中，這樣一來，誰還敢小看我們？陛下縱情於聲色，長此下去，估計沒幾年活頭了，只要新帝登基，我們就可以有一番大作為，完全扭轉我們武人在朝野中的形象。」

高飛不得不佩服董卓的說服力，說話的時候慷慨激昂，很有煽動性。但是他也不得不防，親兄弟還明算帳呢，何況他和董卓什麼都不是，只能算半個老鄉。

他害怕的是，董卓這樣虎狼一樣的人物，當權力欲望達到一定程度之後，就會反過來將他給吞噬了，一山不容二虎，這個道理再明白不過了。饒是如此，他還是覺得和董卓合作是一個不錯的買賣，他可以借此機會推快歷史的進程，讓亂世來臨的早一些。

「聽了大人的話，讓我醍醐灌頂，咱啥也不說了，不醉不休，來，把這碗酒乾了！」

董卓舉起面前的酒罈，將整個酒罈給抱了起來，豪邁地道：「碗太小，用酒罈。不過，在喝酒之前，我想讓你知道一件事。」

「大人請講！」

「我的膝下有一女，無論相貌還是身段都很優秀，我托人打聽過你，你現年十八，並未婚配，我的女兒今年十七，如今待字閨中，長得是天香國色、傾國傾城，我想將我的女兒許配給你，這樣一來，我們翁婿二人就可以更加深了一步感情，你說呢？」

「董卓這個老淫蟲居然想將女兒嫁給我？你的女兒既然是天香國色，我本該不用拒絕，可我要是娶了你的女兒，那我就成了你的女婿了，身分一下子從平起平坐的合夥人變成了你的女婿，這樣賠本的買賣我才不幹呢。」

高飛心裡很不爽，覺得董老二這傢伙如意算盤打得真精，但是他不會為美色所動，再說，史書上也沒有說董卓的女兒有多漂亮，看董卓這副尊容，也就不難想像他女兒的長相了。

「這個嘛……董大人的美意我本不該拒絕，只是奈何我早已有心上人了，所以……」

「哦，既然如此，那就當我沒說。不過，能被你看上的，一定是個美人了，不知道是哪裡人士，家世如何？」董卓的目光中閃過一絲異樣，像是動了色心一般。

高飛想了想，道：「他叫黃月英，荊州人士！」

「黃月英？」

董卓喝了口酒，默默地將名字在心裡念了幾遍，心中在想，以後要是有機會遇到了，一定要親自瞧瞧，看看自家女兒到底哪裡比不上人家。

高飛心裡偷笑呢，黃月英是諸葛亮的老婆，比諸葛亮小，又是個有名的醜婦。這時候，諸葛亮出生沒出生都是個問題，何況黃月英呢，就算董卓日後想找，也不一定能夠找得到，何況董卓也不會有那麼長的命。

二人喝酒喝得很痛快，但是因為有要事，便沒有喝醉。

酒宴結束後，董卓便讓高飛在他的軍營裡等著，他親自去見皇甫嵩，總之，不知道董卓用了什麼方法，說了什麼話，皇甫嵩便下達了調令，讓高飛帶領本部兩千人馬加上他的兩千私兵一起來冀城，準備攻打冀城事宜。

高飛接到命令後，急忙命令盧橫等人全部回上邽，將部隊帶過來，並且命令裴元紹、夏侯蘭繼續駐守上邽，等待華雄從陳倉運來糧食，他留下趙雲當自己的貼身保鏢。

董卓很豪爽，他既然已經將高飛當成了自己人，就沒有必要藏著掖著，當即命令手下士兵在自己軍營邊上另起了一處營寨，做到有備無患，等待高飛的軍隊到來。

傍晚時，新建的營寨已經完工了，高飛、趙雲兩個人獨守空寨，顯得很是蒼涼。

「主公，董卓怎麼突然對咱們這麼好？」趙雲目視著前方的冀城，不解地道。

高飛道：「沒什麼，董卓想找我做女婿，被我拒絕了，但是買賣不成仁義在，他對我也就自然的好了。」

趙雲笑道：「主公，婚姻大事，你居然當成了買賣，既然董卓願意將女兒嫁給主公，而主公又沒有婚配，為什麼不娶呢？」

高飛笑道：「這其中的道理很複雜，總之，千言萬語匯成一句話，我不想給董卓做女婿！」

趙雲明白了，也不再多問，便站在那裡一言不發。

過了一會兒，趙雲突然指著暮色中駛來的一騎快馬，對高飛道：「主公，你看，那個人好像是曹操！」

高飛凝視了一下，果然見曹操駛來，便和趙雲在寨門迎接曹操：「孟德兄突然造訪，是不是有什麼事情啊？」

曹操從後面拿出一罈酒，笑道：「來找你喝酒，白天沒喝成，咱們晚上喝。」

未及高飛回答，便見暮色中走來一個人，那人朗聲道：「喝酒怎麼也不叫我？」

高飛、曹操、趙雲一起看去，但見孫堅穿著一身便衣走了過來。

夜幕落下，新建的軍營空蕩蕩的，可容納下五千人的軍營只有一處微微發著亮光的帳篷，在大帳中，高飛、曹操、孫堅、趙雲四人圍著篝火坐定，每個人手中都抱著一罈酒，互相碰了一次後，便各自飲下那辛辣的酒水。

幾個人只是閒聊著，或許是因為都還不太熟悉，高飛和曹操保持著一種戒備心，並沒有吐露太多心跡。

孫堅倒是個直爽的人，沒有什麼不敢說的，話語中透露出許多不滿，對於董卓的囂張跋扈，對於劉表的道貌岸然，對於周慎的奸詐，對於皇甫嵩不採納他意見的耿耿於懷，直接將心中種種的牢騷說了出來。

高飛聽完孫堅的這些牢騷之後，只覺得這個江東猛虎不太懂得隱藏自己，而且似乎對任何對他的好的人都推心置腹，身上到處都流露出一個豪俠的氣息。

他一邊聽著孫堅的話語，一邊想著：「**孫堅不愧是江東猛虎，但卻是一隻短命的猛虎**，這種毫不隱藏自己的方式，往往會害了他。」

孫堅酒量很大，一邊發著牢騷一邊喝酒，只片刻功夫便將酒給喝完了。孫堅意猶未盡，還準備要酒，對高飛道：「高將軍，軍中尚有酒乎？」

曹操聽到孫堅要酒喝，急忙搶話道：「孫將軍，今天就喝到這裡吧，再這樣喝下去會誤了大事的，再說，這幾日叛軍經常在夜間襲擊營寨，如果孫將軍喝醉了，那今夜誰來守寨？我看天色也不早了，我們還是各自回英吧？」

高飛也勸道：「如果孫將軍意猶未盡的話，等平定了涼州叛亂，我親自宴請孫將軍，到時候讓孫將軍喝個飽！」

孫堅點點頭，緩緩站起身子，朝高飛、曹操拱了拱手，道：「二位將軍說得在理，那我就此告辭了。」

高飛、曹操剛準備站起來，卻見孫堅已經走到了營帳門口，轉身朝高飛、曹操拱手道：「二位將軍且留步，不必相送！」

孫堅走後，曹操也站了起來，拱手道：「子羽老弟，我也該告辭了。」

高飛道：「孟德兄暫且留步，小弟有一事不明，還想請教一二！」

「賢弟請講！」

「以孟德兄之大才，應該不難看出圍城背後的隱患，為何孟德兄卻沒有向皇甫大人提出異議呢？」

「呵呵，原來是為了此事啊。子羽老弟，實不相瞞，這策略是我獻的，你總不會讓我自己推翻自己吧？」

「孟德兄你……」

高飛有點詫異，曹操是個傑出的軍事家，為何他獻的策略會有如此大的漏洞。

轉念一想，此時的曹操還是漢軍裡的一個小將，真正指揮部隊作戰的機會很少，所謂的軍事家就是在不斷的戰爭中磨練出來的，便會意地笑了。

「人非聖賢孰能無過，不過我會向皇甫將軍建議採納孫將軍的建議的，但是並不是現在，如今叛軍銳氣正盛，冀城內屯駐著好幾萬的羌胡叛軍，他們都是驍勇善戰的勇士，只有先用圍城之計使得他們意志消沉了，才能用孫將軍的策略。」

聽了曹操的話，高飛覺得曹操並不是不知道其中的隱患，而皇甫嵩之所以沒有採納孫堅的計策，應該是曹操一開始便將一整套的策略都獻了出來。

「看來孟德兄是早就將這一整套的策略都籌畫好了，所以皇甫將軍在面對孫將軍所提出來的策略時，並沒有太大反應。孟德兄不愧是雄才大略，實在是令人欽佩。」

曹操淡淡地道：「子羽老弟，時候不早了，我就告辭了，子羽老弟不用相送。」

「主公，曹操這個人是個城府極深的人，主公應該暗中提防才是。」趙雲陪同高飛將曹操送出了營寨，回來的路上對高飛道。

高飛自然知道曹操是個不好惹的人，可是他沒有打算去惹他，而是想利用他。

他既然知道曹操是以後的魏太祖，**他就不會讓曹操成為魏太祖**，不管以後曹操會有什麼成就，**他都要將曹操變成自己最有利的盟友**，有這樣的一個人做盟友，絕對可以抵的上十個孫堅那樣的人。

「嗯，他越是不簡單，就越值得我欣賞和深交。」

深夜，高飛、趙雲還在營中熟睡，卻突然聽到鼎沸的廝殺聲，戰鼓、號角聲交混在一起，發出了震耳欲聾的聲音，將高飛、趙雲從夢中驚喜。

「叛軍襲擊營寨了！」趙雲從床上一翻身便跳了起來，隨即取出自己的佩劍，一個箭步便跨出了營帳。

高飛也翻身而起，取來自己的佩劍，隨即走出了營帳。

營帳外面，燈火通明，在高飛、趙雲所在的營寨正前方，董卓的軍營裡，漢軍的士兵正在用弓弩狙擊從四處奔馳而來的羌胡叛軍。順著董卓的軍營看過去，環繞冀城大半圈的漢軍營寨都遭受到了猛烈的進攻。

「上望樓！」高飛從身邊的趙雲喊道。

二人急忙來到寨門前的望樓上，登高遠眺，俯瞰整個戰場。

高飛的營寨是新立下的，處在所有漢軍營寨的背後，因為沒有兵，也就用不著參戰，更何況各個軍營的將軍們，也絕對不會讓叛軍衝破他們的防線。

四周火起，但見叛軍的騎兵一波接著一波的從冀城裡駛了出來，馬背上的騎士或揮舞著手中的馬刀，或開弓射箭，在座下戰馬的帶領下，迅速衝撞著營寨的柵欄，周邊的鹿角和拒馬也都被叛軍挪到一邊焚燒了。

源源不斷的叛軍士兵層出不窮，面色猙獰的叛軍企圖衝破漢軍營寨的防線，但是由於漢軍防守嚴密，弓弩手不停地放箭，少數衝到寨門前的叛軍士兵起不了多大作用，反而成為眾矢之的，被強弩手們射成了刺蝟。

長長的防線，密集的箭雨，加上步兵、騎兵之間的配合，叛軍持續了半個時辰的突圍行動再次以失敗告終，留下的是一地插滿箭矢的屍體。

「主公，叛軍的攻勢雖然猛烈，但是這種結寨防守的方式，確實能夠擋住叛軍。如果沒有這種圍城的方式，只怕很難抵擋的住叛軍的鋒芒。」趙雲看到叛軍退卻，緩緩地道。

高飛點點頭，覺得曹操的策略還是很有用的，如果現在解開圍城，叛軍銳氣未消，就算予以追擊，也會遇到頑強抵抗。

「子龍，看來現在沒我們什麼事，我們回營吧，等我們的部隊到了，咱們才有說話的底氣。」

趙雲跟著高飛下瞭望樓，繼續回營睡覺，內心裡在期盼著自己軍隊快點到來。

一天後，盧橫帶著一千四百名飛羽部隊和兩千名漢軍來到冀城城外，將部隊帶進高飛的營寨，並且在營寨的旗桿上掛起了「高」字大旗。

「主公，屬下按照主公的吩咐，留下裴元紹、夏侯蘭帶四百人駐守上邽，蓋長史也留在了上邽，準備迎接華雄從陳倉運來的糧草。」盧橫在大帳中對高飛道。

高飛聽後，便問道：「龐德回來了嗎？」

「還沒有，龐德自從走了以後就沒有任何消息。但是請主公放心，以龐德的武藝，就算遇到了叛軍要脫身也很容易。」盧橫回答道。

「嗯，不知道龐德能否找尋到賈詡的下落。我只擔心賈詡再次落入了叛軍的手裡，那他的性命就可難保了。」

「賈先生一定會吉人天相的，請主公勿憂。如今我軍士兵已經到達了，主公應該主動向皇甫將軍請戰才是，不然我們老是在別人背後，主公又怎麼能獲得功勞呢？這幾日董卓、曹操、孫堅、周慎、鮑鴻、劉表、袁術都因為堵擊了叛軍而獲得賞金，屬下看在眼裡，痛在心裡。」趙雲站在高飛的身邊，低聲說道。

高飛道：「放心吧，我自有分寸，如今還不是我們出擊的時候，各部雖然都獲得了賞金，但是連續幾天的夜間戰鬥，讓士兵疲憊不堪，我軍現在正是養精蓄銳的時候。盧橫，你傳令下去，讓全軍休息一天，明天起開始在營寨後面的山嶺上訓練。」

盧横當即抱拳道：「屬下遵命！」

之後的三天時間裡，叛軍不再選擇在夜間單一的行動，而是日夜不停的突圍，三天的時間裡，叛軍一共發功了二十六次的突圍，而且每次突圍都較之前者要猛烈一次，在冀城到漢軍營寨之間的空地上，儼然成了一片血色的沼澤，人的屍體、馬匹的屍體不計其數。

十萬漢軍對十萬叛軍，這是一個相等的數字，叛軍連續一周的突圍行動都以失敗告終，每天都有成千上萬的人死去，漢軍、叛軍的傷亡數字持續攀升，但是相比之下，漢軍以陣亡兩萬步兵的代價，卻換取了叛軍五萬騎兵的戰死，說到底，漢軍還是占著相當大的便宜。

漢軍的營寨破了，就重新從附近的山上砍下木頭來修復，每修復一次，營寨就更加堅固一次，使得叛軍的突圍就愈加困難一次，加上叛軍在城內食物短缺，使得座下戰馬營養不良，人人饑餓，在抵擋饑餓的時候，城內的叛軍開始殺馬充饑，許多騎兵成了步卒。

三天的時間裡，華雄、裴元紹、夏侯蘭和蓋動一起押運著糧草，來到高飛的營寨裡，兩千飛羽部隊算是如數湊齊，盧横替代了龐德的位置，趙雲已經接管了費安的部眾，飛羽部隊在高飛的帶領下，在附近的山上進行訓練。

蓋勳則統領另外兩千漢軍，替高飛負責清掃戰場上的屍體，以及掩埋那些戰死的人，不論是羌胡還是漢人，都統統埋在一個大坑裡，以防止出現什麼疫情。

漢軍圍城到了第十一天，皇甫嵩命令人將手下的八員健將全部叫到了中軍主帳。

大帳裡，八員健將排成兩列，左列劉表、周慎、鮑鴻、曹操，右列袁術、董卓、孫堅、高飛，皇甫嵩端坐在正中央，捋了捋鬍鬚，道：

「今日將你們全部叫來，是有重要事情吩咐，我們已經圍城十天了，十天的時間裡，叛軍都在試圖突圍，如今叛軍的糧草也盡了，已經開始殺馬充饑了，也是我們該進攻的時候了。你們誰願意打頭陣？」

「末將願往！」孫堅當仁不讓，第一個站了出來。

皇甫嵩見孫堅出列，歡喜異常，當即道：「文台勇不可擋，本是最佳人選，但是你的部下這些天來受到嚴重損傷，如今已經不足一千人，若要強攻城池，需有人相互配合……」

「啟稟將軍，連續幾天來，末將的部下一直都在後方養精蓄銳，末將本部人馬兩千，加上子弟兵兩千，四千人枕戈待旦，願意與孫將軍一同為先登死士，還請將軍成全！」

高飛見這是個機會，如今各部人馬都有損傷，唯獨他的部下穩坐後方沒有一人傷亡，便主動站了出來，即時請命。

皇甫嵩斜眼看了看一邊的曹操，問道：「孟德，你以為呢？」

「末將以為，高將軍部下的士卒可以擔當此任，如今各部均有損傷，連續十天的作戰已經使得士兵疲憊不堪，高將軍的部下養精蓄銳多時，此時正是作為先登死士的時候。」

「曹孟德說的不錯，高飛理應此時出戰，我們在前線打仗，他在後方享福，於情於理，都應該讓他出戰！」袁術心中不平地道。

董卓趁機添油加醋，道：「大家都是為了保衛大漢江山而戰，幾日前高飛的軍隊就已經到了營寨，將軍一直棄置不用，難道是因為高飛不是將軍舊部的關係嗎？將軍這樣阻撓部下獲得功勞，要是傳了出去，豈不是於將軍的聲名有損？」

皇甫嵩本想讓曹操出戰，沒想到曹操也為高飛說話，面對董卓的冷嘲熱諷，以及袁術的心中不忿，以及帳中諸將互相猜疑的眼神，便猛地拍了一下桌子，大聲道：

「孫堅、高飛聽令，命你二人率領本部兵馬為先登死士，即刻攻城。周慎、鮑鴻，你們二人撤開西門的防守，留下一條小路，各自率領本部埋伏在西門外，但見叛軍衝出，便於路掩殺。劉表、袁術，你二人虛張聲勢，緊守南門、北門。董卓、曹操，你們二人各自率領本部人馬跟隨我在城下觀戰，攻城部隊若有不足，你們即刻填補。」

「諾！」

皇甫嵩吩咐完畢，高飛等人便各自去準備自己的事了。

等到日上三竿的時候，高飛已經率先將自己的飛羽部隊集結在一起，這次攻城戰將會再一次考驗著他的飛羽部隊，而他部下的兩千漢軍士兵，則讓蓋勳統領著，緊隨在他的身後。

正午過後，高飛、孫堅的部隊集結在冀城東門外，雲梯也在這五千將士的身上扛著。

隊伍的最前列，高飛一身勁裝，身後是排列有序的兩千飛羽部隊，趙雲、華雄、周倉、管亥、廖化、盧橫、卞喜、裴元紹、夏侯蘭、李文侯十名將領一字排開，每個人都手持著刀盾，嚴整地站在那裡，背後是二百弓箭手、二百弩手、四百刀盾兵，一千二百名扛著雲梯、手持長刀的士兵，清一色的黑衣黑甲，站在白茫茫的雪地上，顯得格外扎眼。

飛羽部隊旁邊，是孫堅的一千名漢軍士兵，臉上都露著猙獰，眼裡充滿了仇恨。

飛羽部隊的後面，是蓋勳率領的兩千漢軍士兵，兩千個人分別推著井闌、攻城車這種笨重的武器，再後面便是曹操、董卓兩軍各自率領的投石車隊伍，每十個人操縱一輛投石車，投石車的皮槽裡已經填裝上了石頭，最後面才是皇甫嵩親自率領的騎兵隊伍。

冀城的城樓上，韓遂、北宮伯玉二人扶著城垛眺望著城門外的漢軍，韓遂指著那一支穿著黑色甲衣的部隊，問道：「這就是之前抵禦你的部隊嗎？」

北宮伯玉重重地點了點頭，道：「對，沒錯，就是這支部隊。我已經讓人探明了，是高飛的私兵，被喚作飛羽部隊，每個人都是驍勇善戰的涼州健兒，其實力一點都不亞於那些善戰的羌人！」

韓遂聽後，冷笑一聲道：「區區兩千人能掀起什麼大風大浪來？既然漢軍要攻城了，咱們就好好的守在城裡。你去告訴邊章，讓他在城內好好的等著，只要我一聲令下，就趕快帶著騎兵衝出城門！」

北宮伯玉「諾」了一聲，便隨即下了城樓，朝在城門邊嚴陣以待的邊章那裡跑去。他剛走沒多久，便見一個人急急忙忙地跑了上來，來到韓遂身邊後，在韓遂耳邊輕聲說了幾句，但見韓遂臉上變了表情。

「這事你何時發現的？」韓遂問道。

那人答道：「就在剛才，屬下一發現這個情況，就立刻來報告給將軍了。」

韓遂擺擺手，道：「你現在趕快去將西門的人撤換下來，都換上我們的人，沒有我的命令，不得私自開門，更不能放過人任何一個人出城，漢軍想伏擊我軍，門都沒有，哈哈！」

那人得了命令，便急忙跑開了，只留下韓遂和他的親隨站在城樓上，而城牆上則站著兩千多擅於射箭的羌胡，都清一色是他的親隨。

從陳倉退守涼州以來，韓遂便竭力拉攏羌胡為自己的部眾，並且一口氣任命了二十多名將軍，又使用金錢收買了邊章、北宮伯玉的部下，如今的叛軍之中，**他韓遂是實際上的當家人，邊章、北宮伯玉二人只不過是他抵抗漢軍的一枚棋子而已。**

整個涼州的叛軍有二十五萬之眾，這兩個月的戰爭打下來，十萬叛軍主力只剩下這五萬人，對於韓遂來說是個巨大的打擊。剛才他的心腹來告訴他，漢軍在西門已經撤圍了，這個節骨眼上撤圍，分明是個圈套，他不會上這個當。

「咚、咚、咚、咚……」

冀城外漢軍的鼓點敲響了，從短暫的間歇逐漸變成了密集的鼓點，緊接著在皇甫嵩的一聲令下，攻城的部隊開始吶喊著衝了出去。

孫堅率領著自己的部下向前快速衝了過去，高飛則帶著自己的飛羽部隊以其獨特的方式向前開進。高飛身後的十名將領迅速歸位，趙雲、華雄帶各自帶領著二百刀盾兵護衛在高飛左右，用盾牌組成了一堵密不透風的牆，以平穩的速度向前衝去。

裴元紹、夏侯蘭帶領的四百弓弩手緊隨其後，盧橫、周倉、廖化、管亥、李文侯、卞喜帶領著一千二百名扛著雲梯的步兵走在最後面，整個部隊猶如一個整體。蓋勳則指揮著後面的兩千步兵推動著高大的井闌，笨重的攻城車緩慢前行。

只片刻功夫，孫堅帶領的一千名士兵便已經衝進了叛軍弓箭手的射程範圍內，從城牆上飛來密密麻麻的箭矢，一些扛著雲梯的士兵率先被射倒在地，而那些舉著刀盾的士兵則跟隨著孫堅衝到了最前面，用手中的盾牌結成了一個小陣，擋住了箭矢，卻也不敢再輕易前進。

「後面的雲梯快衝上來！」孫堅躲在盾牌後面，聽著盾牌上劈裡啪啦的箭矢聲，扭頭對還在後面的扛著雲梯的士兵喊道。

五百扛著雲梯的士兵在叛軍的第一輪箭雨中，便被射死了三百多人，只有一百多人無畏死亡的衝了上來，可沒有任何掩護的他們，還是受到了叛軍弓箭手猛烈的打擊，第三波箭矢落下，剩下的只有不到三十人。

「你們守好這裡！」孫堅見後面的士兵傷亡慘重，便對身邊的五百刀盾兵大喊了一聲，自己從盾牌陣中抽身而出，舉著那副盾牌便朝後退，冒著箭雨去接應雲梯，如果沒有雲梯，他將無法爬上城牆。

還沒有等孫堅跑到，叛軍的第三波箭矢便射了下來，後面扛著雲梯的士兵無一生還。孫堅的眼睛裡滿是憤怒，快速地跑了過去，扛起一架雲梯，便朝城牆那邊衝了過去。

其餘的士兵見了，有一半人回去攜帶雲梯，另外一半人則急忙來護衛孫堅，之後士兵們借用盾牌的防禦，成功地弄來了幾十架雲梯，在盾牌的保護下，慢慢地向城牆靠近。

與孫堅的快速衝擊相比，高飛的飛羽部隊要慢了許多，四百刀盾兵在接近叛軍箭矢射程範圍內後，迅速分開，一字排成了一堵可以遮擋箭矢的牆壁，使得後面跟來的弓弩手可以躲在盾牌下面，等到人越聚越多的時候，盾牌開始兩個架在一起，使得牆壁增高不少，更使得後面的士兵得到了掩護。

高飛透過盾牌的縫隙，看到城牆上的弓箭手不過才兩千多人，而且打擊的對象是已經靠近城牆邊，準備架上雲梯的孫堅部隊，當即對裴元紹喊道：

「弓箭手準備，瞄準城牆上的叛賊！」

等到二百弓箭手全部拉滿弓箭後，高飛便朝趙雲、華雄所率領的刀盾兵喊道：「撤盾！」

聲音一落，但見二百名刀盾兵突然撤開盾牌，露出一片極大的空隙來，裴元紹的二百弓箭手便在這時朝城樓上射出了箭矢，等到箭矢飛出，那二百名刀盾兵便再次將盾牌放回了原來的位置，又架起了一堵牆壁。

「啊——」

但聽見城樓上一百多人慘叫，高飛透過縫隙，看見城樓上的弓箭手紛紛墜落到了城下，但是城樓上剛有空缺，便立刻被補齊了。

高飛斜眼看到孫堅那邊的戰況，但見雲梯架上去又被推了下來，幾百個刀盾兵在城牆下面也是乾著急，而且從城牆上面還有滾石落下，砸死十幾個人。

「孫堅勇猛，可是這樣下去，部下的傷亡實在太大。趙雲、華雄、裴元紹、夏侯蘭跟我走，其他人留在射程以外，等待蓋勳的攻城武器到達後再進攻！」

高飛怕孫堅的部隊全部陣亡了，便準備帶著刀盾兵和弓弩手前進，到達城牆邊與城牆上的叛軍對射，以達到吸引兵力的目的，使孫堅能夠登上城樓。

他喊完後，便舉著盾牌，和四百個刀盾兵所組成的盾牆連在一起，一起向前緩慢推進，弓弩手則隱藏在盾牆後面，時刻準備著想城牆上放箭。

黑色盾牌組成的牆壁正以緩慢的速度向前推進，高飛和四百個舉著盾牌的士兵一樣，挽著盾牌的手臂能夠感受到箭矢帶來的衝擊，他們踏著齊整的步子，踩在白色的雪地上，一步一步的靠近了城牆。

前行了兩百米後，高飛估算了強弩的射程，隨即喊道：「夏侯蘭、裴元紹，放箭！」

黑色的盾牌立刻被撤換了下來，露出一片極大的空隙，手捧著弩機的強弩手開始朝城牆上發射著弩箭，與此同時，弓箭手也射出了扣住的箭矢，四百支箭矢朝城牆上的叛軍飛去。

城牆上叛軍的箭矢也朝城下射來，黑色的盾牌還沒有來得及架上去，便聽見十幾個弓弩手發出淒慘的叫聲，有的被射中了眼睛，有的被射中了肩窩，有的直接頭部中箭。

「受傷的人都躲到盾牌下面來，其他人射箭的時候注意點，盾牌手回盾的時候要將速度加快點，儘量避免人員的傷亡。我數到十以後，你們就開始射箭！」

高飛側著臉，將身邊一個左目受傷的人拉到了身邊，讓他舉著盾牌，自己則取下他手裡的弩機，將弩箭裝進去後，半蹲下來，向後仰了一下頭，確定城牆上叛軍士兵的位置後，便開始數數：

「一……二……三……」

城牆上叛軍的箭矢仍然在不斷地朝著盾牆射來，高飛默默地數著數，當數到十的時候，面前的盾牌突然撤開了，他立刻扣動弩機的扳機，鋒利的弩箭帶著劃破長空的聲響，筆直地射進城牆上一個叛軍士兵的面門。

這一次大家配合的很一致，只有一支箭矢意外地飛了過來，從一名士兵的頭頂上飛了過去，筆直地插進雪地上，當真是好險。

「向右移動，一二一，一二一……」

高飛想到孫堅那邊還有幾百刀盾兵，便想和他們聯在一起，組成一堵更大的盾牆。他一邊喊著命令，一邊喊著訓練時的口號，那些受傷的士兵也能一致的跟著口號向右移動。

盾牆動了，起落一致，盾牌和盾牌之間緊密地連接在一起，絲毫找不出任何破綻。

第九章
離間計

賈詡捋了捋鬍鬚道：「韓遂這個人權力欲很重，他和邊章共同掌權，必定不會歡喜。所以，我給主公獻上一計，可以不戰而屈人之兵，涼州的叛亂也可以就此平定！」

高飛尋思了一下，道：「先生莫不是準備用離間計？」

「衝，給我衝上去，把雲梯快點搭上去！」

孫堅一手揮動著手中的刀，一邊指揮著身邊的士兵，連續十數次的攀爬，換來的卻是不斷的傷亡，他憤怒的吼叫著，卻也無可奈何。

「轟！」

一方大石落在孫堅左側的雪地上，砸得地上的雪混著泥土濺的到處都是，只要那方大石再向右偏一點，孫堅就會被大石砸死在下面。

孫堅回頭看了一下腳邊的大石，心有餘悸的他，立刻向一邊跳了過去，操起一具屍首下面的雲梯，嚎叫了一聲，將雲梯給舉起來，用雲梯揮打著城牆上的士兵，將那些弓箭手給逼退了幾個。

他見這樣的方法有效，便丟下手中的長刀，雙手舉著雲梯，沿著城牆下面向兩邊不停的揮舞，哪裡有人露頭，他就揮向哪裡，硬是以一人之力，逼開了一片城牆上的空地。

其他的人看見了，紛紛從死人堆裡扒出完好無損的雲梯，一個人舉不起來，就五個人一起，沿著城牆來回亂跑，剩下的一百多人則尋機將雲梯架了上去，然後舉著盾牌，揮舞著手中的長刀開始攀爬城牆。

「給我瞄準那個人，射死他！」

城牆上叛軍指揮弓箭手的人看見孫堅的勇猛一幕，立刻大喊道。

隨著那人的一聲令下，兩邊的弓箭手將射箭的目標瞄準了孫堅，便見暴雨一般的箭矢朝孫堅的左右兩側射了過去。

「噗、噗……」

箭矢穿進了人的身體，卻沒有射中孫堅，六個士兵看到了這一幕，從四面湧了過來，以他們的血肉之軀替孫堅擋住了那些箭矢，並且將孫堅牢牢地壓在了下面。

「就是現在，放箭！」

高飛瞧準了時機，一聲令下，便見盾牌手撤掉盾牌，弓弩手開始朝城牆上放箭，在叛軍沒有任何防備的時候，愣是射下了一個空地。

城牆上候補的弓箭手立刻堵住缺口，開始朝下面的人一陣亂射，十幾個爬到雲梯一半的士兵被射翻下來。磨蹭了二十分的攻城，竟然沒有一點收穫。

「孫將軍，請帶你的士兵到這裡來，人多力量大，不能單靠一個人的力量，必須做到減少傷亡！」高飛看到孫堅被六個背上插滿箭矢的士兵壓在地上，急急喊道。

孫堅死裡逃生，當即從六具屍體下面爬了出來，面帶驚恐，縱身跳到高飛的盾牆後面，同時喊道：「全部聚集過來！」

餘下的一百八十三個殘兵便舉著盾牌彙聚過來，學著飛羽部隊的方式，將盾牌架了起來，和飛羽部隊的士兵組成了一堵嚴密的防護牆。

孫堅身上臉上都是血，看到自己的一千名部下只剩下不到二百人，心裡別提有多難受了，又看到高飛的飛羽部隊只有十幾個死傷，這種巨大的落差，讓他無法承受，當即問道：「高將軍，為什麼你的部隊傷亡會如此少？」

高飛還沒有來得及回答，便聽見後面喊殺聲起，盧橫、周倉、廖化、管亥等人跟隨著蓋勳指揮的井闌、攻城車衝了過來。高大的井闌上站著許多弓箭手，叛軍一進入射程範圍，便用弓箭一陣猛射。

叛軍的弓都是騎兵用的短弓，射程根本無法和井闌上站著的那些操控著大弓的漢軍士兵比，如雨一般的箭矢從井闌上開始射向城樓上，立刻將城樓上的叛軍給壓制住了。與此同時，曹操、董卓二人指揮的投石車也派上了用場，天空中成十上百的大石頭落在城牆上。

韓遂看見漢軍的攻擊如此猛烈，當即下了城樓，順著樓梯一邊走著，一邊大聲喊道：「打開城門，騎兵出擊！」

一聲令下，冀城的城門赫然打開，早就等候在城門口的邊章、北宮伯玉二人，各自率領著成群的騎兵從門裡衝了出來，一撥由邊章帶領，每個人的手中揮舞著一張大網，不時地將網撒向人群，然後用手拉住網繩，借助馬匹的拉力，將網住的人拉倒。

北宮伯玉帶領的那撥人，座下馬匹上都拴著兩根長槍，鋒利的槍頭借助馬匹的衝撞力，迅速地撞向高飛等人用盾牌組成的陣地，轟的一聲響，因為離城牆很近，無法反應過來的飛羽部隊和孫堅的百餘人都受到了重創，隊形散開來，弓弩手只射出一撥箭矢，還來不及裝上箭矢，後面的騎兵便殺了過來，硬是從飛羽部隊中間衝開了一個口子。

這突如其來的騎兵突擊讓高飛有點措手不及，雖然隊形被衝散了，但好在飛羽部隊是經過嚴格訓練的隊伍，除了中間那三十多個人被馬蹄踐踏得不成樣子，無法生還之外，其餘的人都完好無損，一經分散，便立刻抽出自己腰中的長刀，各自為戰，見到羌胡騎兵便殺。

此時，冀城東門口已經亂作一團，兩隊騎兵的突然殺出，超出了所有人的預料，那些羌胡揮舞著馬刀砍殺守衛在井闌、攻城車附近的士兵，不論是穿著黑甲的飛羽部隊，還是穿著橙紅色的漢軍隊伍，他們一個都不放過。

井闌上的弓箭手看到下面一陣混亂，手中的弓箭雖然對準了下面的騎兵，卻不敢貿然射擊，生怕誤傷到自己人。

邊章帶著騎兵第一個衝破了防線，當先跳下馬背，縱身跳到一架井闌的邊上，舉起手中的彎刀便是十幾次重擊式的猛砍，在身後士兵的護衛下，愣是砍斷了井闌的一個支柱，井闌的支柱斷了一根，上面的士兵便被掀翻下來，連同斷掉的井闌也砸了下來，落在人群堆裡，不管是什麼人，都被砸得稀巴爛，腦漿、鮮血一地都是。

高飛、孫堅兩人緊挨著，看到叛軍騎兵肆無忌憚地衝散了漢軍的陣營，又殘暴的屠殺著自己的屬下，心中的怒氣早已湧了上來，二人同時一聲大叫，操起手中的刀一陣猛砍，加上飛羽部隊的各自混戰，很快便阻滯了騎兵的繼續衝撞，將衝進來的騎兵牢牢地圍住。

混戰開始後，邊章、北宮伯玉二人一起帶出來的五千士兵，已經被完全包圍住了，無法再施展騎兵的優勢。

飛羽部隊這個時候起到了極大的作用，訓練有素的他們面對這種混戰也毫不遜色，或自己單兵作戰，或和同伴背靠背迎敵，或三五個人互相配合，總之能夠清楚地看見混戰中發生著黑色的裂變。那些黑衣黑甲的飛羽部隊士兵，沒用多久，身上便全部變成了半紅半黑的衣服，而地上的屍體也在不斷的增加。

很快，戰鬥變得血腥起來。

高飛看到好幾個飛羽部隊士兵的腿被叛軍的彎刀砍傷，鮮血染紅了褲子。但是他仍然堅持戰鬥，實在站不住了，還從後面死死勒住一個叛軍騎兵的脖子，怎麼也不鬆手，拼盡一切力量把他勒暈了過去。

另外一些漢軍士兵手中的長槍刺穿了叛軍騎兵的身體，沒等抽出來，便急忙躲開叛軍騎兵的彎刀，他們手上沒有了武器，但也沒有向後撤，身上被砍中幾刀之後，竟然還能活生生從叛軍騎兵手中奪過一把彎刀繼續戰鬥。

慢慢地，地上躺著的戰士多了起來，有的雖然站不起來，卻不忘抱住叛軍士兵的一隻腳。戰鬥變成了廝殺；有的戰士的眼睛被箭矢刺中，滿臉是血，還是睜著一隻眼，大叫著戰鬥。

高飛看見一名士兵的胳膊被砍斷，露出慘白的骨頭，只剩下一段筋肉相連接。這名士兵竟然奪過叛軍士兵手中的彎刀，大叫著將那斷臂生生砍斷，然後扯下自己的衣服一角，擰成一條布帶紮住，只用一手持刀，繼續戰鬥。

趙雲、華雄二人率領著二百多刀盾兵擋在城門口，用盾牌和長刀配合作戰，硬是堵住了繼續從城門口湧出來的叛軍騎兵。盧橫、周倉、廖化、管亥、李文侯等人則拋下了雲梯，手中握著長刀迅速衝向了騎兵的身邊，裴元紹、夏侯蘭所帶領的弓弩手也換上了長刀，與叛軍騎兵展開廝殺。

高飛早已是滿身血污了，他用刀連續砍翻了十幾個叛軍騎兵，刀刃被砍捲了，他就從叛軍士兵的手中奪過彎刀，雙手揮舞著彎刀，在叛軍的人群裡展開廝殺。

孫堅手中握著一把厚背刀，刀鋒所過之處，叛軍的肢體亂飛，寒光閃閃的厚背刀彰顯著無盡的鋒利，只要與其相互碰撞在一起的彎刀，都會立刻被砍斷。

董卓、曹操所部還在拼命地向城樓上發射著巨石，使得叛軍不敢登上城樓。衝到井闌附近的叛軍騎兵也被飛羽部隊迅速地壓制住，飛羽部隊的將士們用他們的血肉之軀擋住了一個又一個騎兵，用手中的武器砍翻一個又一個叛軍，讓井闌上的弓箭手得到了保護，那些弓箭手則紛紛向下射箭，用他們手中的箭矢來招呼下面的叛軍騎兵。

「咚、咚……」

鼓聲再次響起，急促的鼓點傳入每一個混戰中的將士耳朵裡，隨後震耳欲聾的馬蹄聲便響了起來，皇甫嵩指揮的漢軍騎兵開始從兩翼殺了出來，士兵們舞著手中的劍，如風一般的呼嘯而來，迅速地加入戰圈，並且有一部從兩翼繞過戰圈，馳向了城門。

兵器的碰撞聲，受傷的慘叫聲，怒吼相搏的喊叫聲……種種聲音混合在一起，不絕於耳，而在戰圈中殺紅了眼的士兵早已是鮮血淋淋，在這冬日的雪地上，愣是用鮮血畫出了一幅最為悲壯的紅色地圖。

「快撤！快撤！」

邊章的身高在整個戰圈中絕對是鶴立雞群，雖然不在馬背上了，還是能夠清晰地看見戰場上的變化，他一見到漢軍的大股騎兵殺了過來，而自己的部下一個接一個的倒下去，便立刻做出了最合時宜的命令。

北宮伯玉也早已下了馬，手中的彎刀砍捲了，便將馬頭上綁著的長槍給取了下來。他一聽到邊章大喊撤退，便迅速地向後殺去，帶著身邊的十幾名親隨，讓他們為自己在前面開道。

「想跑？」

蓋勳不知何時爬上了井闌，看見北宮伯玉在一撥人的護衛下殺開了一條血路，當即張弓搭箭，瞄準了北宮伯玉的背脊，但聽一聲弦響，一支長箭便朝著北宮伯玉的背心射去。

「啊——」北宮伯玉正在廝殺間，突然感到背後一股涼意透心而過，只覺得一陣劇烈的疼痛占據了全身的感官，左胸上帶血的箭頭從身上的皮甲上透了出來，他不甘心地慘叫了一聲，當即倒在血水和雪水混合在一起的泥沼裡，立刻沒有了性命。

邊章回頭看到了北宮伯玉倒地的一幕，而且自己周圍被一群半黑半紅的士兵圍住，正準備跑的時候，卻聽見側後方傳來了一聲巨響：

「哪裡走？」

邊章手握雙刀，斜眼看見李文侯握著一把長刀凌空朝他劈來，他的嘴角微微一笑，腳步登時停止，待李文侯刀鋒襲來之時，他身子只稍微側了一下，便輕巧的躲過了李文侯的那一刀猛劈，緊接著雙刀趁勢出手，砍向了尚在半空中沒有落地的李文侯。手起刀落，只見李文侯還來不及喊上一聲，一顆頭顱便和他的身體分開了。

邊章冷笑一聲，朝血泊中李文侯的屍首上吐了口口水，大咧咧地道：「不自量力！」

「李文侯！」盧橫、周倉、廖化、管亥、卞喜五將看見了這一幕，眼睛裡充滿了憤怒的目光，同時大喊一聲，紛紛舉刀圍了過來。

邊章眼觀六路，耳聽八方，只見他雙腿微微蹲下，猛地從地上跳了起來，躥入半空中足有一丈多高，身體在空中翻了一個跟頭，便落在幾米外的一匹受了驚的馬背上，雙腿夾住馬肚子，「駕」的一聲大喝，那座下的馬匹便立刻屈服於他，揚起馬蹄便朝城門邊跑了過去。

盧横、周倉、廖化、管亥、卞喜五人撲了個空，對邊章如此驚人的彈跳力也是吃驚不已，萬萬沒有想到世間還有如此人物，看到邊章在馬背上長臂猿舒，雙刀一番亂舞，迅速地殺出了一條血路，也只能眼睜睜地看著邊章逃走。

「嗖！嗖！」

箭矢重新恢復了威力，井闌上的弓箭手發揮著極大的作用，用他們手中的弓箭射翻了一片密集的叛軍騎兵，在飛羽部隊的配合下，很快清掃完了井闌附近的叛軍騎兵。

但是叛軍騎兵的數量足有五千多人，短暫的對戰之後也只損失了兩千多人，尚有兩千多叛軍騎兵被圍在裡面，仍然在做著垂死的掙扎。

邊章策馬奔到這些叛軍的人群中，看到城門被趙雲、華雄給堵住了，漢軍的步兵正在給騎兵讓道，黑色裂變的飛羽部隊正從縫隙中圍了過來，井闌上的弓箭手正不停地發射著密集的箭矢，他大吼了一聲，隨即喊了出來：「想活命的都跟我來！」

一聲巨吼，即將陷入混亂的叛軍騎兵再次打起精神，迅速在隊伍中給邊章讓開了一條路。

但見邊章雙腿緊緊地夾著馬肚，手中握著雙刀，也不牽馬的韁繩，依靠神乎其技的騎術控制著馬匹的行走，從那條讓開的道中迅速馳向了邊緣地帶，來到趙雲、華雄率領的二百多刀盾兵附近，更不搭話，拍馬便向那邊衝了過去。

高飛帶領著裴元紹、夏侯蘭等三百多人和孫堅的一百多人在城牆邊，將雲梯架上了城樓，在董卓、曹操指揮的投石車的掩護下迅速地爬上了上去。

高飛、孫堅首先登上了城樓，回頭望見城牆下面，邊章帶著大隊騎兵向城門邊殺了過去，而正在抵擋叛軍騎兵從城中湧出來的趙雲和華雄勢必會受到夾擊，於是他急忙大聲喊道：「趙雲、華雄，快閃開！」

趙雲、華雄二人手下的刀盾兵經過一番廝殺之後，只剩下一百多人，而且還有二三十個受了箭傷，他們毫無畏懼，依然擋在結成一個戰陣擋在城門口，突然聽到高飛的一聲大喊，便回頭望去，但見邊章一馬當先，手握雙刀，面露猙獰的帶著騎兵從背後殺了過來，二人急忙帶著士兵分散在城門兩邊，讓開了一條大道，並且將手中的盾牌和刀統統扔了出來，砸向從中間駛過的叛軍騎兵。

「閃開！快閃開！」邊章看見堵在城門的飛羽部隊撤開了，露出來的卻是自家的騎兵隊伍，那些騎兵牢牢地堵在了城門口，便大聲地喊了出來。

可是為時已晚，那些叛軍騎兵沒來得及後退，便被邊章帶領的騎兵衝撞了上去。「轟」的一聲巨響，兩撥騎兵便撞在了一起，弄得城門口擁堵不堪，人仰馬翻。

邊章身手敏捷，在即將撞上的那一刻便丟下了手中的刀，整個人蹲在馬背上，像一隻蹲臥的猛虎一般，銳利的眸子緊盯著前方，在撞上對方馬匹的那一刻，縱身向前跳起，猶如猛虎跳澗一般，直接落在後面的馬頭上，借力向上一彈，便再度跳起。

如此反覆數次，便跳到了整個隊伍的最後面，安全地落在地上，而那些被他踩過的戰馬，因為突然承受了極大的力量，便倒地不起，被後面衝撞而來的騎兵給踩得血肉模糊。

邊章一進城，四處張望了一番，早已不見韓遂的身影，隨便抓住一名士兵，質問道：「韓遂呢？」

士兵急忙指了指北門，回道：「韓將軍……韓將軍帶著人向北門去了……」

高飛、孫堅站在城樓上，見城牆下面的趙雲、華雄安然無恙，叛軍騎兵也已潰敗，漢軍的騎兵乘勢殺了過來，其餘漢軍弓箭手、步兵相互配合，將城門邊的叛軍盡皆屠戮，一顆顆鮮活的人頭落地，一具具屍體倒下，一匹匹戰馬發著悲壯的嘶鳴……

回過頭，高飛看見城牆上的士兵已經差不多有二百多人了，便對孫堅道：「孫將軍，好不容易上來了，絕對不能就此放棄，冀城較大，叛軍眾多，城門一時擁堵，我軍殺不進去，此時正當是我們建功的時候，你可願意隨我一起帶著這數百人進城作戰？」

孫堅的臉上早已佈滿了鮮血，聽到高飛的問話，當即喊道：「有何不敢？」

「好，兄弟們都隨我來！」

高飛聲音一落，便提著雙刀沿著城樓的階梯向城內衝了過去，孫堅、裴元紹、夏侯蘭緊隨其後，四百五十個飛羽和漢軍混編的士兵統統跟了過去，大家一起發著吶喊聲。

邊章見北宮伯玉死了，進了城又不見了韓遂，而自己所處的東城門邊的士兵也只有少數的五千人，剩下的幾萬大軍都不知去向，他料定是韓遂帶著他們從別處突圍了。還沒有來得及對自己的這些親隨下命令，便見從城樓上湧來一撥發著吶喊的人，當先一人著一身盔甲，舞著雙刀，面色猙獰，正是討逆將軍高飛。

他剛從城外面死裡逃生，見高飛帶著一撥人殺了過來，心無戰意的他當即喊道：「擋住他們，你們給我擋住他們！」

話音一落，韓遂急忙跳上了一匹馬，「駕」的一聲大喝，頭也不回的向城中跑了過去。

東城門邊變得擁堵不堪，漢軍的騎兵雖然到了，但是叛軍兩撥相撞的騎兵卻擋住了整個要道，而且那些還沒有死的人，還在進行著抵抗，使得漢軍無法經過城門正常進入。

趙雲看著這擁堵的城門，心急火燎，當下對部下大喊道。

「爬雲梯！」

隨後一架架雲梯便被架上了城牆，半黑半紅的飛羽部隊的士兵紛紛借著雲梯爬上了城樓，蓋勳帶著漢軍士兵也下了井闌，從地上撿起彎刀、長刀、長劍，背起弓箭，緊隨飛羽部隊之後。

高飛、孫堅、裴元紹、夏侯蘭四個人帶著四百五十個士兵一下城樓，便立刻遭到了叛軍的頑強抵抗，兩千多人將他們包圍在城牆邊的一個小角落裡。

高飛等人都背靠背的並肩作戰，但見有叛軍士兵湧過來，便將其砍翻在地，連續殺了一百多人之後，其餘的叛軍都不敢貿然前進，但也不退卻。

高飛看見邊章早已經跑得無影無蹤了，而且附近的街道上也沒有叛軍的任何伏兵，料想東門這裡就只有這麼多叛軍了，便立刻喊道：「衝出去，單兵作戰！」一聲令下，高飛、裴元紹、夏侯蘭帶著飛羽部隊，吶喊著朝四面八方衝了出去，三百多士兵毫無規律可言，每個人都朝著自己心中的方向衝了過去，只要見到叛軍就殺，一時間，刀和刀相互碰撞發出的清脆聲，以及斷手、斷腳所發出的慘叫聲，頓時使得城牆邊形成了另一個人間煉獄。孫堅見狀，也不甘示弱，帶著部下便衝了過去。

高飛率先衝進叛軍的人群裡，立刻有十幾個叛軍舞著彎刀向他砍來，他面對這寒光閃閃的彎刀，心中不懼，目光如炬的他瞅準了那些叛軍的手腕，只見他雙刀當即揮動，一番亂舞過後，十幾把彎刀便「噹啷」地掉在了地上，十幾個士兵都捂著各自的手腕哭爹喊娘。

他的嘴角微微一笑，再次用雙刀一陣亂舞，整個過程十分的銜接，十幾聲慘叫聲後，周圍便多了十幾具屍體。

高飛面色猙獰，刀鋒所過之處不是人頭落地便是鮮血噴湧，不一會兒，他整個人便成了血人，那些血液在寒冷的天氣裡迅速凍結，使他的身上結成了一塊塊暗紅的薄冰。

他又連續砍翻了六個人，不經意間看見地上有一杆長槍，他急忙丟下雙刀，拾起地上的長槍，長槍一經入手，那槍便如同一條靈動的長蛇，槍頭所到之處登時一片嫣紅。

自從西入涼州以來，他就很少用到長槍，大部分時間都是在進行近身搏鬥，近戰的時候長刀最為順手，而他也就沒有機會用到長槍。

這回長槍一經入手，遊龍槍法便層出不窮，妙招迭出，猶如層層巨浪滾來，一浪更比一浪猛。他用長槍殺開了一條血路，兩米範圍內無人敢近身。

孫堅手握著那把厚背刀，也如一頭猛虎般撲進了叛軍中，他和高飛一左一右，在叛軍的人群中各自搶占了一席之地，裴元紹、夏侯蘭等人則是將兩千多人的叛軍給攪亂，眾人一起努力，使得兩千多人所組成的人牆猶如被一群白蟻鑽入了一般。

「快下城樓幫主公！」趙雲、華雄等人一登上城樓，便看見城門附近的混戰，當即喊道。

「殺啊！」

飛羽部隊的士兵看見高飛等數百人被兩千多人包圍在一起，立刻怒氣衝天，救主心切的他們登時從兩邊的城樓上湧了出來，從叛軍的左右兩翼直接殺入。

趙雲、華雄打頭，二人一左一右，帶領的士兵也如同猛虎出籠，那些叛軍士兵猶如一群待宰的羔羊，很快便處在了劣勢。

蓋勳、盧橫、周倉等人也上了城樓，迅速地加入了戰鬥，將叛軍反包圍起來，和高飛、孫堅等人裡外夾擊，弄得叛軍人人自危，皆無戰心，卻又無法逃脫，最後全部死在城門邊。高飛隨即指揮部隊扒開城門門洞裡的死屍，以便讓道路暢通，讓漢軍的騎兵衝進城裡來。

冀城外，皇甫嵩騎在一匹駿馬上，看到軍隊已經攻克了城門，露出了滿意的笑容，自語道：「高飛不愧是一員良將，訓練出來的私兵居然有如此強悍的戰鬥力。」

董卓、曹操二人從前方的投石車陣營那裡策馬而來，二人一臉喜悅地來到了皇甫嵩的面前。

曹操拱手道：「將軍，叛軍大勢已去，我軍已經攻入了城中，請讓我等帶兵殺進入吧！」

未及皇甫嵩答話，便見一名斥候跑了過來，當即朝著皇甫嵩抱拳道：「啟稟將軍，叛軍賊手韓遂、邊章二人率領數萬騎兵從北門突圍，袁將軍兵少，抵擋不住，祈派援軍。」

「將軍，絕對不能讓韓遂、邊章跑了，末將願意率部增援！」曹操立刻自告奮勇。

「董某部下三千精騎早已經在嚴陣以待了，都這個節骨眼了，還等什麼命令？」

董卓話音一落，當即調轉馬頭，將手高高舉起，用力揮了揮手，但見東北方向三千騎兵開始了行動，跟隨著董卓便朝北門而去。

皇甫嵩見董卓如此囂張，心中雖然不爽，可也無可奈何，畢竟此戰過後，他還需要借用董卓在羌人中的聲名去征討先零羌。嘆了一口氣，朝曹操擺擺手，道：「孟德，速速率領汝部兵馬增援北門。」

曹操抱拳道：「諾！」

皇甫嵩隨即對斥候道：「火速命令周慎、鮑鴻、劉表三部增援北門，再令高飛、孫堅所部從城中殺向北門，裡外夾擊，切勿放過賊首韓遂、邊章！」

高飛、孫堅所部已經將東門門洞的屍體給清理了乾淨，將屍體全部堆放在了城門邊，使得騎兵能夠快速駛進城裡。

高飛將飛羽部隊聚集在一起，看著飛羽部隊的將士們各個帶著一絲疲憊，而且人員也有大幅度減少，便將盧橫給喊了出來，問道：「此戰共有多少人死傷？」

盧橫早已清點好了，答道：「啟稟主公，一共戰死七百三十二人，李文侯……李文侯他也戰死了，另外有四百二十四人受傷，其中五十六人重傷。」

「什麼？李文侯死了？」

高飛聽到這個消息很是心痛，七百三十二個勇士，只這一戰便死了那麼多人，連擅於指揮騎兵的李文侯也戰死了，當真是對他一個很大的打擊。

「不行！老子不能再這樣拼下去了，飛羽部隊是我的私兵，我就這些家底，絕對不能再有所損傷了。」

孫堅走到高飛的身邊，看著那些鐵骨錚錚的飛羽部隊士兵，他能夠體會到高飛現在的感受，輕輕拍了拍高飛的肩膀，道：「子羽老弟，我們真是慘勝啊，我部下的一千人就剩下兩個了，我現在已經成了一個光杆將軍了。」

如果他不用飛羽部隊強攻城門，或許不會有這麼大的傷亡，兩千的飛羽部隊只一個時辰不到，便戰死了七百多人，還有四百多人受傷，羌胡叛軍的戰鬥力是絕對不容小覷的，這些驍勇善戰的羌胡給予了高飛一個嚴重的打擊。

「涼州羌胡如此驍勇善戰，也難怪以後馬超的涼州軍團會打得曹操到處跑。馬超……馬超現在應該還是個十歲左右的娃娃吧？」

正思慮間，但見皇甫嵩帳下的傳令斥候奔馳了過來，朗聲道：「將軍有令，讓二位將軍率領本部人馬從城中殺向北門，和城外的我軍將士裡外夾擊！」

孫堅聽到這個命令後，便抽出了腰中的厚背刀，用力插進了地上，那刀發出一聲脆響，直接沒入石頭打磨而成的地面，只露出刀柄，當真是鋒利無比。

他滿臉羞憤地道：「孫某手下只剩下兩個士兵，還都受了傷，讓我怎麼帶兵殺進去？高將軍的部下也受到了嚴重的損傷，需要休養，你回去告訴皇甫將軍，讓他派自己部下的騎兵隊伍進城剿賊，我等在這裡打掃戰場！」

「你敢違抗將軍的命令？」斥候趾高氣揚地道。

「孫某就違抗，你怎麼樣？」

孫堅從地上拔出那把刀，緊緊地握在手裡，瞪大了眼睛，恨恨地看著那名斥候，目光裡充滿了敵意。

高飛見狀，急忙擋在孫堅面前，向那名斥候道：「請回去轉告將軍，我等接受命令，這就帶本部人馬進城剿賊，但是我們所部兵馬不太多了，還希望將軍能派騎兵隊伍予以支援！」

「我會轉告將軍的！」那斥候撂下了一句話後，便策馬走了。

高飛轉過身子，對孫堅道：「孫將軍不必動怒，犯不著跟一個斥候過不去。」

「皇甫將軍太欺負人了，我的五千兵馬都打完了，他親自指揮的步騎兵卻一個也不動用，剛才來的騎兵一打開城門便退了回去，像他這樣存有私心的將軍，以後誰還敢和他共事？」

高飛笑了笑，看到孫堅手中握著的那把刀，來了興趣，忍不住問道：「孫將軍手中的這把刀鋒利無比，戰鬥中砍殺敵軍也如同砍瓜切菜一般，真是一把好刀啊。」

孫堅當即將那刀舉了起來，對高飛道：「這把是我孫家祖傳的寶刀，道重三十斤，長二尺七寸，厚背、薄刃，全刀通身明亮，因年代久遠，故名**古錠刀**。」

「古錠刀？真是一把好刀啊！」高飛看了之後，艷羨地道。

孫堅看出了高飛眼中流露出來的愛惜之情，便道：「看來高將軍也是愛刀之人啊，如果這古錠刀不是我孫家祖傳的，我就會送給高將軍了。」

高飛笑道：「君子不奪人之愛，既然是孫將軍家傳寶物，就該妥善保管才對。孫將軍，我們進城吧，就算不想殺敵，也該做個樣子才對。」

孫堅點點頭道：「好，做個樣子給皇甫嵩看，免得說我們不遵守軍命！」

計議已定，高飛讓盧橫、蓋勳、廖化帶著傷兵回營，自己則帶著趙雲等數百飛羽部隊和一千多漢軍士兵向城中湧去，很快便消失在了東門邊。

冀城高飛之前來過一次，對城中的構造也比較瞭解，他提著一杆帶血的長

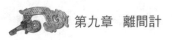

槍，跑在隊伍的最前面，孫堅、趙雲等人都緊隨其後。

到了涼州刺史府附近，高飛便讓人停了下來，對孫堅道：「孫將軍，現在從城外已經無法看見我們了，我們不如就在此歇息歇息。至於叛軍嘛……百足大蟲死而不僵，數萬叛軍一起衝殺北門，袁術兵少，只怕這會兒早已經被衝破了，就算我們趕到了，也不能再獲得什麼功勞。」

孫堅眼睛骨碌一轉，想想現在已經成了光杆老將，兩個傷兵也跟著回營去了，既然高飛不想再去拼殺，他一個人又怎麼能殺得過那麼多叛軍，便同意道：「子羽老弟，你言之有理，我們就在此稍微歇息片刻，反正董卓、曹操、周慎、鮑鴻、劉表的部隊都會過去增援，我們也不用擔心。」

高飛當即讓趙雲下令所有士兵進涼州刺史府休息，眾人休息片刻後，高飛估算了一下時間，便繼續帶著人朝北門跑去。

不到兩千人的部隊跟隨著高飛，很快便來到冀城的北門，北門內外早已經是一片狼藉，地上的屍首也是成片的堆放著，到處都是碎裂的頭顱、斷裂的肢體，各種兵器都散落在血沼中，居然比攻城時還要來得慘烈。

「子羽老弟，看來戰事已經完了。」孫堅看到這一幕後，便輕聲地道。

高飛點點頭，忽然看見從城外跑進來一隊手持長戟的士兵，袁術騎在一匹駿馬上，在這隊長戟兵的護衛下進入了城門，駛到高飛和孫堅的面前。

翻身下馬，袁術一臉歡喜地朝高飛和孫堅走了過來，抱拳道：「高將軍、孫將軍，你們二人今日立了大功，率先攻入這座城池，可真是了不起啊。」

孫堅對袁術顯得很客氣，當即拱手道：「聽說叛軍是從這裡突圍的，袁將軍沒有大礙吧？」

袁術側過身子，將左臂給亮了出來，纏著繃帶的左臂上已經被鮮血染透，他罵罵咧咧地道：「那些狗日的叛賊，居然放冷箭，好在我躲得快，不然就不單單是左臂受傷那麼簡單了。如今韓遂、邊章二人已經率領殘軍突圍，朝金城方向去了，這個挨千刀的皇甫嵩，當的是什麼車騎將軍，計畫一點都不周詳，等回去我再找他算帳！」

高飛聽到袁術玩世不恭的口氣，好像朝廷是他袁術開的，說找誰算帳就找誰算帳一樣。

不過，歷史上的袁術確實做了些許日子的皇帝，在淮南的時候居然稱帝，弄個國號叫「大成」，這個不知道天高地厚的傢伙，一點沒有戰略眼光，最後身敗名裂，死得淒慘無比。

冀城被占領了，皇甫嵩率部入城，命令各部打掃戰場，上報人員損失。高飛將自己戰死的七百多飛羽部隊寫了進去，畢竟是為了平叛而死的，也是為了大漢出力，理當弄一筆安家費。

傍晚，董卓、曹操、周慎、鮑鴻等人陸續返回，十萬精銳的平叛大軍，在冀城這裡不到半個月就死掉了三萬五千多人，而斬殺的叛軍也不過才六萬多點，叛軍的實力猶在，漢軍的士氣也越發高漲了。

當夜，皇甫嵩再次召集了帳下的八部將軍，先是表彰了一番高飛、孫堅的功勞，隨後言歸正傳，道：「叛軍已經退向金城了，我軍雖然折損了三萬多人，可士氣正盛，理應乘勝追擊。董卓、鮑鴻，你二人率領本部人馬進攻先零羌占領的隴西！」

鮑鴻出列抱拳道：「末將領命！」

董卓卻是一臉的不屑，斜眼看了一下皇甫嵩，道：「請問車騎將軍，叛軍匪首退往金城了，乘勝追擊也應該是朝金城吧？為什麼要讓我去攻打隴西？」

皇甫嵩道：「羌人是這次叛亂的主體，董將軍在羌人心中頗有威望，而隴西又是董將軍的家鄉，如果董將軍能夠平定了先零羌占領的隴西，自然能夠瓦解先零羌對於叛軍的支持。只要占領了隴西，董將軍就能堵住南部的參狼羌、白馬羌和北部的燒當羌的互通，董將軍再以信義招撫羌人，勢必能夠使得先零羌、參狼羌、白馬羌降服，這可是大功一件啊，如果董將軍不願意去做的話，那本將只能另派他人了。」

董卓聞言，心道他才不會將這樣一個大功讓給別人，當即道：「除了我董卓，難道將軍還能找出第二個人去平定先零羌嗎？我去就是了。」

皇甫嵩和董卓相視而笑，表面上看，兩個人不太合得來，但實際上卻最瞭解對方，除了莫逆於心的笑容外，二人無法實在找不出應該對對方表現出什麼樣的情感。

高飛看到這微妙的一幕，心中嘀咕道：「**如今是皇甫嵩在上，董卓在下，可以後就會變成董卓在上，皇甫嵩在下，這兩個老朋友還不知道會演繹出怎麼樣的故事呢！**」

「高飛、周慎、曹操，本將命你三人率領本部軍馬一起進攻金城，追擊叛軍首領邊章、韓遂，邊章、韓遂並非羌胡，如果能曉之以情，動之以理，或許能讓其歸降我大漢。另外，本將再派五千騎兵給你們助戰，這五千騎兵暫且歸孫堅統領，你們四人一起去，早晚有個商量。」皇甫嵩繼續下令道。

高飛、曹操、孫堅三人一同出列，拱手道：「末將領命！」

只有周慎最後出列，面帶憂鬱地朝皇甫嵩拱拱手，問道：「啟稟將軍，我四人一起出戰，論職位幾乎都是在一個官階上，萬一意見不一致，各自為戰，那豈不是對我軍有所不利嗎？末將以為，將軍不如從我們四人中選出一人為主將，其餘三人為副將，這樣的話，主次有序，就不會再出現政令不一的事情了。」

皇甫嵩點了點頭，道：「伯通言之有理……」

「啟稟將軍，孫堅部下盡皆戰死，所將五千騎兵也是將軍給的，高飛、曹操兩部兵馬均有損傷，唯獨末將八千兵馬俱全，末將不才，願意暫代主將之職，以權統大軍。」周慎毛遂自薦道。

「你……」皇甫嵩聽完之後有點驚詫。

周慎道：「四部兵馬以末將兵馬最多，末將的部下只聽末將和將軍的命令，萬一讓高飛、曹操、孫堅三人任何一個當了主將，末將擔心末將的部下會不服氣……」

「那好吧，那就由你出任主將，高飛、曹操、孫堅三人為副，你們四人一共兵馬兩萬，先行去金城，待本將收拾妥當之後，自會親率大軍與你們匯合。」

高飛、曹操、孫堅三人面面相覷，雖然心中多少有點不爽，但是答應了下來，和周慎一起拜了拜皇甫嵩，齊聲回答道：「末將遵命！」

散會之後，高飛便回營準備，留下蓋勳、盧橫、裴元紹、夏侯蘭、卞喜看護傷兵，自己帶著趙雲、華雄、周倉、廖化、管亥五人和八百完好無損的飛羽士兵，加上一千二百名漢軍士兵，一共兩千人開始跟隨大軍集結。

這一次，孫堅最為滿意，雖然手下的五千將士只剩下兩個傷兵，但是卻又平白無故的多了五千騎兵歸自己指揮，當然是樂得屁顛屁顛的了。他一領出了隊伍，就率領五千騎兵奔馳到了高飛的營寨門口，在營寨門口等著高飛的部隊。

高飛和孫堅匯合在一起後，曹操帶著本部五千也匯合過來，三人合兵一處，共同帶著一萬兩千人的兵馬開始朝周慎的軍營走去。

周慎那邊早已經集結好了兵馬，當他看到高飛、曹操、孫堅三人的兵馬到來之後，趾高氣揚地道：「怎麼那麼慢？難道你們不明白兵貴神速的道理嗎？」

高飛、曹操深知周慎的為人，又厭惡周慎在自己的頭上施加壓力，誰也沒有搭理周慎，眼睛裡更是多出了一絲輕蔑的目光。

只有孫堅表現的較為客套，當即回答道：「孫某從皇甫將軍那裡提兵晚了，耽誤了周將軍，還請多多海涵。」

周慎聽孫堅用皇甫嵩來壓他，便道：「孫將軍，我可是這次行動的主將，你們都得聽我的，皇甫將軍就算再大，說出的話就如同潑出去的水，是收不回來的。我也懶得和你們計較，你們都跟在我後面吧，漢陽郡到金城郡還有些路途呢。」

話音落下之後，周慎便帶著自己的八千馬步軍先行離開，沿著官道向西而去。

「這個周慎，如果不是和十常侍有點關係，就憑他那點能耐，怎麼會當上將軍呢？」孫堅也有點不忿了，在周慎走後便發起了牢騷。

曹操二人笑了笑，對孫堅道：「文台兄，我們走我們的，只要他不為難我們，我們也就不必理會他。」

高飛對周慎最不喜歡，他的目光中露出殺機，心道：「周伯通，就讓你再神氣一會兒，等到了金城郡，那裡將成為你的墳墓。」

大軍一路向西而行，周慎雖然名為主將，其實高飛、曹操、孫堅三人卻抱成了一團，根本不予理睬，直接藐視了周慎的存在，這讓周慎很生氣。

大軍追逐著叛軍敗退的行蹤前進，在雪地裡急速行走了三天，這才進入金城郡地界。

據斥候來報，韓遂、邊章自冀城敗退之後，便退守金城郡的榆中城，差不多又糾集了七八萬叛軍，並且在城外還立下了兩個營寨，分別讓燒當羌、湟中義從胡駐守城外，而城內則是其他種族的羌人，雜胡彙聚，真是聲勢浩大啊。

大軍到達榆中城外西南處的興隆山下，周慎便命令所有的軍隊停止前進，並且下令在山上紮下營寨，讓傳令兵通傳全軍。

高飛、曹操、孫堅三人正一起行走，聽到這個命令後，三人的眉頭都皺了起來，隨即嘆了一聲。

「子羽、文台，周慎這樣做，簡直是要將我們拖入險地當中，此山雖大，但是出口少，又值冬季，食物短缺，萬一敵軍將我們堵在了山裡面，我們想出都出不來。你們在這裡等著，我去找他理論一番。」曹操當即對高飛、孫堅道。

高飛道：「跟他有什麼好理論的，他要紮在山上就讓他紮，我們不聽他的就是了。」

孫堅道：「話是這樣說，可他好歹也是我們的主將，他所統領的軍隊也是我們大漢的軍隊，不如我們去分析一番，希望他能收回成命。」

「文台兄言之有理，子羽老弟，看在他手下八千將士性命的份上，咱們也應該去勸上一勸，如果他真的不從，我們再另想他法不遲。」曹操道。

高飛見曹操、孫堅都這樣說了，便道：「好，那就去勸他一勸，趙雲、華雄，壓住陣腳！」

三個人一同策馬來到前軍，前軍周慎的部下正在朝山上走，周慎帶著幾名親隨在山腳下指揮著。

「周將軍！」孫堅當先奔馳過去，拱手道。

周慎見高飛、曹操、孫堅三人來了，冷笑道：「你們三個終於肯露面了，這幾天來想見你們一面還真難啊，快說，找我何事？」

孫堅道：「周將軍當真要將營寨駐紮在山上嗎？」

周慎點點頭道：「這是當然，你們也知道，榆中城裡有七八萬叛軍，他們都是騎兵，這裡地勢寬闊，道路平坦，如果我們不將營寨駐紮在山上，萬一他們夜間襲擊我們的營寨，那豈不是要遭到巨大的損失嗎？將營寨紮在山上可以抵擋住那些叛軍的騎兵，就算他們想襲擊營寨，也要下馬來，這樣對我們不是很有勝算嗎？」

孫堅搖頭道：「此地地勢平坦，這邊是高山，那邊是丘陵，若要下寨的話，必須當道下寨，敵軍就算大舉進犯，只要防守嚴密，我們擋住了這道路口，任他多少騎兵都無法攻進來，還請周將軍三思啊。」

周慎哈哈笑道：「當道豈是下寨之地？這山四面皆不相連，且樹木極廣，此乃天賜之險地，可就山上屯軍下寨，叛軍若來，必然敗退而歸。」

孫堅勸道：「此言差矣，若屯兵當道，築起營寨土山，賊兵就算有十萬之眾，也不能越過。今日若是棄此要路屯兵於山上，叛軍萬一突然到來，將山中出口圍住，我們想出都出不來！」

周慎道：「兵法上說『憑高視下，勢如劈竹』，若叛軍到來，我定教他片甲不回！我是主將，你是副將，一切計策全聽我的，你們不要再多言了，趕快帶著士兵上山紮營！」

孫堅見勸慰不住周慎，回頭望了望曹操、高飛，希望兩人能幫腔兩句。

曹操正準備開口，卻被高飛拉住，道：「周將軍若要屯兵山上，那就隨周將軍的意思，我等三人可將本部兵馬屯在山側，兩軍互為犄角之勢，如果叛軍真的攻擊過來了，兩軍也可以相互照應！」

周慎冷冷地道：「隨你們的便，你們愛紮營在哪裡就紮營在哪裡，等你們吃了虧，看你們還有什麼好說的。哼！上山！」

高飛見周慎帶著人上山了，搖頭道：「狗日的，又是一個和馬謖一樣的人！」

曹操、孫堅二人扭臉問道：「馬謖是誰？」

「哦，我認識的一個人，跟周慎脾氣相似！」高飛急忙解釋。

曹操、孫堅問：「我們現在怎麼辦？紮營在山下嗎？」

高飛道：「當然，不過要遠離這裡三里，到山後面去，周慎這個人不給他們一點苦頭嘗嘗，他不會長記性的。」

曹操、孫堅二人深表贊同，當即和高飛一起策馬回營，將一萬二千人帶到山後的平地上紮下營寨，並且進行偽裝，使這座營寨看起來有三萬人馬。

連續三天的急行軍，讓步卒累壞了，可騎兵也在冰天雪地裡凍得不輕，除了正常的戒備外，高飛便讓全部士兵進行休息，尤其是八百飛羽部隊的士兵。

入夜後，曹操、孫堅各回各營，高飛待在自己的營帳中，命人升起了一堆篝火，剛烤火烤了一會兒，便見趙雲與高采烈地走了進來，帶著一股寒氣，將篝火的火苗吹得東倒西歪，直到捲簾垂下後，火苗才恢復正常。

「子龍，什麼事如此開心？」高飛見趙雲走了進來，問道。

「啟稟主公，龐德回來了！」趙雲歡喜地道。

「龐德？他在哪裡？」高飛聽到，登時站了起來。

趙雲道：「就在帳外，還將賈先生一起帶了回來！」

高飛徑直走到營帳門口，掀開捲簾，便迎面看到龐德、賈詡二人立在外面的雪地上，賈詡穿著一身棉袍，還是顯得那麼的儒雅，不同的是，臉上多了一份滄桑。

「參見主公！」賈詡、龐德二人一見高飛走了出來，便急忙拜道。

高飛哈哈一笑，伸出雙手，一手抓住賈詡，另外一隻手抓住龐德，拉著兩人一同走進了營帳，邊走邊道：「你們可回來了，我擔心死你們了。賈先生，我們一別快三個月了，你過得好嗎？」

進了營帳，趙雲讓人準備了可以吃喝的食物，端了進來，對賈詡道：「賈先生，你離開的這些日子，主公一直在念叨著你，主公怕你有什麼意外，這才派龐德去找你，如今你回來了，主公的心終於可以放下了。」

賈詡聽到趙雲的話，又看看高飛，道：「讓主公為屬下操心了，屬下真是過意不去。今日屬下歸來，再也不離開主公，從此以後跟隨在主公左右。」

高飛自是歡喜不已，看龐德面帶風霜，便問道：「令明，你是在何處找到賈先生的？」

龐德回答道：「主公，說來話長。屬下從上邽直接奔赴了武威，但是武威已經被叛軍占領了，屬下只好化作叛軍，四處打探，這才探聽到賈先生的消息，得知他在叛軍到來前，帶著宗族家室躲進了山裡，屬下就進山尋找賈先生，終於讓屬下見到了賈先生，便將來意說明，賈先生便跟隨屬下來了。」

高飛帶著歉意地道：「賈先生，我讓你受苦了。如今能再次見到賈先生，當真是上天賜下的福氣啊。」

賈詡道：「主公言重了，我料北宮伯玉知道我們逃走後便會提前反叛，本想帶著宗族家室往三輔方向走，奈何路途太過遙遠，萬一遇到叛軍，那就等於狼入虎口了，所以我才帶著宗族家室躲進了附近的山裡，並且在山中佈下種種陷阱，又招募了幾百個鄉勇，才算在山中站住了腳跟。我本打算在涼州叛亂平定後再帶著宗族家室來投靠主公，不想令明先找到了我，於是我留下了宗族家室先行來投靠主公。」

高飛歡喜地道：「太好了，賈先生一來，就等於我又多了十萬精兵啊。如今叛軍八萬人駐守榆中城，韓遂、邊章為首領，不知道賈先生可有什麼破敵良策？」

賈詡捋了捋鬍鬚，笑道：「主公，我正是為此事而來，這種平叛的大功，自然不能落到別人的手裡。據我的瞭解，韓遂、邊章二人在羌人心中並沒有太多威望，而且韓遂這個人權力欲很重，他和邊章共同掌權，必定不會歡喜。所以，我給主公獻上一計，可以不戰而屈人之兵，涼州的叛亂也可以就此平定！」

高飛聽後，尋思了一下，便問道：「**先生莫不是準備用離間計？**」

賈詡嘿嘿地笑了笑，道：「正是！」

隨即賈詡將其妙計如何施展告訴了高飛，高飛聽後，也是一陣心動。

帳內高飛、賈詡、趙雲、龐德四人還在談話，但見華雄從帳外走了進來，當即拜道：「主公，叛軍數萬騎兵將周慎包圍在了山上，孫將軍、曹將軍已經帶著兵馬去救援了！」

高飛的臉上露出喜悅，當即找來趙雲，在耳邊吩咐了幾句話。

趙雲聽後，臉上一驚，問道：「主公，真的要這樣做嗎？」

高飛重重地點了點頭，道：「必須這樣做，你就算是為了我，為了劉、關、張報仇吧，要是你不願意的話，我就派華雄、龐德去做！」

趙雲搖搖頭道：「主公，屬下不是這個意思，既然主公計議已決，那屬下絕對不敢違背，何況像他這樣的人，就不應該存活在世上，為了那些無辜的士兵，屬下願意這樣做。主公保重，屬下告辭！」

華雄、龐德二人面面相覷，見趙雲出了營帳，急忙問道：「主公，子龍去做什麼了？」

「殺周慎去了！」高飛也不隱瞞，隨即站起身子，冷冷道：「周慎不死，我心不寧。殺了他一個，能解救他手下好幾千將士的性命，何樂不為？」

華雄、龐德跟隨高飛那麼久了，自然知道高飛和周慎之間的事，沒說什麼，只為不是自己去殺周慎而感到遺憾。

賈詡新來，還不太明瞭其中過節，但是他也不多問，看著高飛，心道：「不管他殺的是誰，總之他將會是一個雄主，跟著他，至少我不會再流浪了。**千里馬常有，而伯樂不常有**。我自認為是一匹千里馬，可這麼多年來，他是唯一一個對我如此器重的人，**士為知己者死，能夠跟著我的伯樂走，我又何需後悔?!**」

高飛向前跨了一步，當即叫到：「龐德，你帶一百人留在營中保護賈先生。華雄你傳令下去，所有人全部出營，去興隆山下救援被困在山上的數千兄弟！」

「諾！」

第十章 異姓兄弟

孫堅道：「我等三人難得如此投機，既然上天注定了緣分，不如我們就順應天理，結為異姓兄弟如何？」

高飛尋思，覺得孫堅這個提議確實不錯，當即咧嘴笑道：「好啊，文台兄這個提議非常不錯，孟德兄，你以為呢？」

天際蒼寥，巨大的夜幕下大地一片漆黑，方圓十里內，唯獨興隆山附近燈火通明，白白的雪，鮮紅的血，嘶鳴的馬匹，鼎沸的人聲，以及夾雜著淒慘無比的叫聲，注定了這是一個寒冷而又不平凡的冬夜。

興隆山一片混亂，山上的漢軍和山下的叛軍廝殺在了一起，窄小的山道上布滿黑壓壓的人，那些揮舞著彎刀的羌胡叛軍快速地衝上山去，踏著厚到膝蓋的積雪，吸著清冷的空氣，呲牙咧嘴的吶喊著，露著猙獰的面孔，面對山上漢軍的箭矢毫無畏懼。

窄小的山道上，周慎指揮著漢軍的刀盾兵堵在第一線，企圖阻止叛軍攻上來，可是他看到的卻是那些驍勇善戰的羌胡，用他們手中的彎刀在屠殺著自己的戰士，手下那些在平定黃巾之亂中的「精兵」，在這些羌胡面前不堪一擊，饒是有弓弩手在掩護著，可叛軍還是一步一步的登上了山腰。

「放箭，快放箭，射死他們這些臭胡虜！」

周慎的臉部神經已經僵硬了，不是因為天氣寒冷，而是因為心中的恐懼，看著馬上就要殺上來的叛軍，他一邊後退一邊歇斯底里地喊著。

山腳下，邊章騎在一匹高頭大馬上，看到山道上進展順利，嘴角露出一絲微笑，道：「我在冀城失去的，一定要加倍討回來。」

「報——」一名叛軍的斥候拉著長腔，策馬從一邊趕了過來。

邊章扭過頭，直接問道：「快說！」

「啟稟將軍，漢軍在山後駐紮的曹操、孫堅兩部人馬已經出動了。」

「哈哈，韓遂算得可真準，果然來了。」

邊章大笑了一聲，扭身對身後一個穿著戎裝的羌人豪帥道，「請酋長在此督戰，我自引兵去迎擊曹操、孫堅所部。」

聲音一落，邊章調轉了馬頭，大喝一聲，便帶著一萬騎兵向山後奔騰而出。跑了不到一里路，邊章赫然看見夜色中湧來了數千輕騎，以及騎兵後面跟著的步兵。

「衝過去，擋住這些人！」

沒有陰謀，沒有詭計，有的只是人與人之間最直接的較量。寒光閃閃的馬刀，奔騰的萬馬，極具暴力傾向的叛軍，就在一瞬間迎著漢軍的來勢衝撞了上去。

「轟」的一聲巨響，衝在最前面的騎兵直接撞在了一起，頃刻間數百匹戰馬轟然倒地，數百名騎兵從馬背上掀翻了下來，落在厚厚的積雪中，還來不及翻身，便被後面奔馳過來的馬匹踏得血肉模糊。叛軍的彎刀、漢軍的大劍，在這一瞬間的衝撞中，立刻奪去了成千人的性命。

兩軍的相遇立刻讓這個沒有多寬的道路變得十分擁擠，鮮血在這群不同陣營的士兵中間不斷的噴湧而出，將這片厚厚的積雪渲染成了大紅的地毯，而且地毯仍然在不斷的向外擴散，混戰就此升級。

成群的馬匹擁堵在一起，成千上萬的人在一塊巴掌大的地方廝殺，第一線的將士們奮勇拼殺，當一個人倒下的時候，後面隨即補了上來。這是騎兵和騎兵之間的較量，是漢人和羌胡之間的較量，沒有任何人因為畏懼而退縮，反而是愈戰愈勇，鮮血成了他們最佳的產物。

孫堅、曹操的鎧甲上早已經佈滿了鮮血，二人已從馬背上跳了下來，踏著厚厚的積雪，揮舞著手中的利刃，一刀一劍，相互配合，默契地斬殺著對面衝過來的叛軍，一顆顆人頭在二人的刀劍下墜落，斷臂殘腿在二人面前飛舞，如同瀑布般的鮮血在眼中噴湧。

那一刻，兩人除了殺人還是殺人，任何擋住他們去路的人都要殺掉，不然的話，自己就會變成倒在血泊中的一具屍體。

短暫的廝殺過後，叛軍占據了上風，人數眾多的他們很快將這批漢軍騎兵分割成三個小部分，將漢軍的騎兵完全包圍了起來。

邊章手提雙刀，亂舞成團，所過之處鮮血亂濺，他憑藉著個人的武勇，帶動著身邊的一千多名叛軍，讓那些叛軍成為一個最具實力的戰爭機器。很快，戰爭變成了屠殺，邊章帶著那些叛軍將最左側的數百名漢軍騎兵給屠殺的一個不剩。

回過頭，邊章看到曹操、孫堅兩員身著盔甲的戰將就在正中間，身邊的一千多人圍城了一個小圈，凡是衝上去的叛軍紛紛死在周邊的刀光劍影之下。

他已經殺紅了眼，看到這一幕時，便抖擻了一下精神，縱身從馬背上跳了出去，利用他驚人的彈跳力凌空騰起，揮舞著雙刀，越過十幾個人的頭頂，墜落在曹操和孫堅的面前。

曹操、孫堅見空中掉下一個人，都是大吃一驚，那高達兩米的巨大體型對只有一米六多的曹操和一米八左右的孫堅來說，絕對是一種無形的壓力。二人來不及細想，舉起手中的刀劍便砍了過去，希望在邊章還沒有反應過來時便將其殺死。

可是邊章高大略顯笨拙的身體卻並未因此影響到他的身手，雙腳剛一落地，手中的雙刀隨即揮出，抵擋住曹操的劍、孫堅的刀，緊接著，便是以一敵二的混戰。

幾招過後，邊章雜亂無章的刀法讓曹操、孫堅著實有點吃不消，二人的體力已經消耗了一大半，突然面對這個重量級的人物，二人應對的頗顯吃力。

刀劍轟鳴，邊章的臉上露出狡黠的笑容，已經掛滿鮮血的他，在這個夜裡顯得更加的猙獰，不時還發出幾聲獰笑，讓他渾身透著死亡的氣息。

漢軍的步兵還在厚厚的積雪中緩慢的行駛著，突然聽到背後傳來一陣陣威武的吶喊，八百名穿著統一黑色戰甲的騎兵，在手持遊龍槍的高飛帶領下，快速奔馳而來。

「閃開！都閃開！」高飛一邊朝前面的步兵大喊著，一邊拍打著座下的馬匹。

曹操所部的步兵迅速閃到兩邊，看著那股黑色的軍隊如風一般的在他們的面前閃過，黑色的騎兵席捲了白色的雪地，向那片紅色的地毯衝了過去。

「**狹路相逢勇者勝**！」高飛和他的八百騎兵一同喊出了振奮人心的口號，驅動著座下的戰馬，以迅雷不及掩耳之勢快速衝撞了上去，將那些還來不及反應過來的叛軍騎兵撞得七零八落。

占上風的叛軍本來暗自高興，突然感到背後衝來一撥騎兵，任誰都抵擋不住，立刻被那撥黑色的騎兵衝撞出一個缺口，中間的包圍圈迅速瓦解。

「援軍到了，都奮力的殺過去！」曹操看準時機，一邊迎著邊章的彎刀，一邊高聲喊道。

「狹路相逢勇者勝！」飛羽部隊的所有人一聲接一聲的喊著，雄渾而又高亢的聲音在這個夜空中向四周擴散了出去，很快便傳遍了整個戰場，帶動著那些漢軍士兵的心，使他們在此時發出了有史以來第一次的共鳴。

高飛身先士卒、一馬當先，身後的華雄、周倉、管亥等人，每人帶著一百多人，分成幾個小隊，如風捲殘雲般的將大股的叛軍分割成幾個部分。與此同時，受到激勵的漢軍紛紛振奮精神，在這一刻使出渾身解數，力求扳回被動的局面。

高飛一條槍，一匹馬，手中遊龍槍不停地抖動，從叛軍的首部殺到了尾部，好不容易帶著人殺了出來，轉而又調轉馬頭殺了進去，其餘的各個小隊也都是如此方式，霎時將數千叛軍弄得混亂不堪。

曹操、孫堅因為高飛的到來受到了鼓舞，二人刀劍配合默契，立刻扳回之前的被動局面，逐漸開始展開了反攻。

邊章聽到背後傳來一陣陣混亂，前面的漢軍大股步兵也趕了過來，身邊的羌胡不斷地倒下去。

他雖然好戰，卻並不笨，當即胡亂向曹操、孫堅猛砍了幾刀，將二人逼退之後，縱身一跳，便直接砍下一個叛軍騎兵的人頭，順便將那個叛軍的屍體給推下了戰馬，一騎上馬之後，便大聲喊一聲「撤退」，連人帶馬地跑走了。

華雄正在混戰中，看到邊章要跑，當即大喊一聲「邊章休走」，便單馬追了出去。邊章一退，其餘的叛軍無不人心膽寒，紛紛開始撤退。

高飛策馬來到曹操、孫堅的面前，道：「二位將軍在此稍歇，我自引兵去救周慎！」話音一落，便招呼飛羽部隊的騎兵，追擊敗退的叛軍去了。

邊章見到後面華雄追了過來，當即從馬鞍下抽出一張弓，從箭囊中抽出長箭，瞅準時機，身體突然扭身，將拉開的弓箭朝著華雄射了過去。

「嗖！」

夜色中，華雄突然聽到前面一聲弦響，當即側身躲避，不想身體剛側過來，一支長箭便硬生生地插進自己的左臂中，讓他登時感到一陣鑽心的疼痛。他一咬牙，忍住了疼痛，帶著箭傷繼續追逐。

約莫跑了幾百米，不知道是何緣故，邊章座下的戰馬突然轟然倒地，將他從馬背上掀了下來，整個人在雪地上滾了兩滾之後，他還沒有來得及爬起來，見背後華雄騎著快馬奔馳而來，馬背上的華雄手中提著馬刀，臉上露出了猙獰之色，猛然揮動馬刀向他砍來。

他急忙將身體避開，在馬匹從他身邊經過的時候，只覺陣陣撕心裂肺的疼痛占據了他的感官，定睛一看，他的右臂已經脫離了自己的身體，正垂在雪地上。

他「啊」的一聲大叫，人幾乎要暈厥過去，卻聽見背後傳來華雄的一陣獰笑，一股巨大的死亡氣息從背後傳了過來。

他不想死，咬著牙，緊緊握著左手的彎刀，同時使出渾身的力氣，騰空而起，在華雄策馬趕來時，越過華雄的頭頂，並且在那一瞬間用腿將華雄踢下馬背，自己乘勢落坐在馬背上，丟掉手中的彎刀，單手提著韁繩，調轉馬頭狂奔出去。

華雄在地上打了幾個滾，等到他站起來的時候，已經尋不見邊章了，唯獨地上留下一隻斷臂。

他沒想到邊章會如此厲害，居然在斷臂的情況下，還能躲過他從背後的襲擊，他從地上撿起那隻斷臂，握在手裡，同時聽到後面傳來陣陣馬蹄聲，回頭看見高飛帶著飛羽部隊追逐著落荒而逃的叛軍騎兵，他急忙跳躍到一邊的空地上，任由叛軍騎兵從身邊馳過。

高飛正追逐叛軍騎兵間，看到前面一條人影閃到一邊，等走進時，方才看到那個人是華雄，左臂上插著一支箭，手中提著一隻斷臂，急忙朝華雄喊道：「回營治傷！」

馬隊轉瞬即逝，高飛帶著飛羽部隊沒有絲毫停留，快速地朝著興隆山下追了過去。

興隆山下，負責指揮戰鬥的羌人豪帥眼見手下的士兵就要攻進寨子裡了，卻突然看見邊章斷了一條手臂沒命地奔回來，連一刻都沒有停留。看著邊章遠去，後面殘兵敗回，他立刻明白是怎麼回事，當即下達了撤退的命令。

周慎正在指揮著部下抵禦叛軍，突然見到叛軍撤退了，臉上大喜，高興地道：「一定是援軍來了，曹操、孫堅、高飛來救我了！」

聲音剛剛落下，一個黑影以極其迅捷的身手從軍營的側面跳躍而來，緊接著落在周慎的面前，還沒有等周慎反應過來，只見寒光一閃，脖頸下面出現一道血紅，整個人便屍首異處。

那個黑影隨後幾個起落的跳躍間，便消失在夜色當中，整個過程只有短暫的幾秒鐘，而且所有漢軍將士都在前面歡呼，沒有一個人注意到站在最後面的周慎已經人頭落地了。

天色微明，昨夜的一場激戰過後，留下了一個未解的謎題，**周慎之死成為了最為離奇的事件**，在士兵當中眾說紛紜。

據周慎部下的一員軍司馬描述，前腳還能聽到周慎的歡呼聲，後腳卻見周慎身首異處。最後所有的疑雲都落在這片葬送了五千漢軍將士的興隆山上，都說山上有神怪，周慎因為得罪了山神而受到了懲罰。

正午時分，周慎的部眾都從山上撤了下來，高飛、曹操、孫堅合兵一處，周慎的部眾歸兵最少的高飛調遣，為了確保安全，大軍退後十里下寨。

中軍主帳中，孫堅長嘆了口氣，道：「昨夜的一場戰鬥，讓我軍損失了五千人，而叛軍只不過才戰死兩千八百餘人，如果照這樣硬拼下去的話，我們這支軍隊恐怕要全軍覆沒了。」

曹操對於昨晚的戰鬥還是心有餘悸，如果不是高飛率領飛羽部隊即時趕到的話，恐怕他就要死在邊章的手上了。

他每每想起昨晚和邊章戰鬥的一幕，就很害怕，聽到孫堅嘆氣，他也是嘆了口氣，道：「還有那個邊章，不愧是叛軍裡的第一將，現在想起來我都有點冒冷汗。」

孫堅道：「邊章還不算什麼，周慎的死實在是太離奇了，按照他部下的描述，叛軍沒有攻進寨裡，可是從他的屍體來看，殺他的人實在太高明，要一劍砍下他的腦袋，而且並沒有驚動任何人，這絕不是一般人能夠做到的。難道……難道真的是鬼怪所為？」

曹操嘿嘿笑了笑道：「我從不相信什麼鬼怪，周慎能爬到這個位置上，絕對不是因為個人能力，而是向十常侍賄賂的結果，我從未見到他衝鋒陷陣……反正這個人死了也好，省得在我們面前礙手礙腳的，就算他現在不死，以後有機會我也要殺了他的。」

「算了，不說他了，咱們還是談談正事吧，如今叛軍在榆中應該還有七萬多人，就憑我們一萬五千人的兵力，絕對不能正面和叛軍相抗衡的。子羽、孟德，你們二人有什麼高見？」孫堅抖擻精神，問道。

曹操道：「為今之計，就只有在這裡等待援軍了。子羽老弟，你說呢？」

高飛一直沒有發話，對於曹操、孫堅剛才說的那一切，他都聽在耳朵裡，此時見到孫堅、曹操兩人的目光都集中在他身上，他緩緩地將賈詡早已謀劃好的計策說了出來：

「離間計！」

「離間計？怎麼個離間法？」

高飛笑道：「很簡單，一山難容二虎。」

隨後，高飛將賈詡教給他的計策說了出來，曹操、孫堅聽了，都不住的點頭，紛紛豎起大拇指。

「**不戰而屈人之兵**，**實則兵法的上上之策也**。如果此次我們能夠以一萬五千人的兵力平定榆中叛軍的主力，那我們三人必定會揚名天下，更會入朝為官，平步青雲也是指日可待啊。」曹操哈哈大笑起來。

孫堅道：「子羽，你的計策頗為巧妙，如今周慎已死，大軍需要一個主將，我孫文台願意奉你為主將，唯你馬首是瞻。」

高飛聽後，臉上浮現笑容，卻見曹操本來喜悅的臉上恢復了平靜，似乎是有所不滿，於是問道：「孟德兄是不是也想做主將？」

「當然，誰不想當大官？不過既然文台兄已經奉你為主將了，那我一個巴掌也拍不響，也只有從命便是了。不過，子羽老弟當主將總比周慎當主將要好得多，何況我和老弟現在也是過命的交情了，誰是主將不重要，重要的是，我們兄弟能夠憑藉著這次機會平步青雲。」曹操毫無掩飾地說。

孫堅聽後哈哈笑了出來，生性豪爽的他突然靈機一動，道：「我等三人難得如此投機，**既然上天已經注定了緣分，不如我們就順應天理，結為異姓兄弟如何？**」

高飛尋思了一下，覺得孫堅這個提議確實不錯，當即咧嘴笑道：「好啊，文台兄這個提議非常不錯，孟德兄，你以為呢？」

曹操拱手道：「文台兄和子羽老弟都是我所見過的英雄人物，能與兩位如此英雄的人物結拜，也是人生一大快事。但是我不信這個，既然大家都是朋友，也可以兄弟想稱，何必非要結什麼義？一旦結義了，就是一輩子的盟約，子羽老弟年紀最小，我和文台年紀差不多，都略長你十一二歲，我們壽終正寢的時候，子羽老弟正值壯年之時，這樣對子羽老弟豈不是太不公平了嗎？」

高飛也是一時熱血，聽到曹操的這番話突然變得清醒了，古代人視信義高於一切，劉備、關羽、張飛之所以能夠被傳為佳話，是因為三人情同生死，若一人亡，其他二人絕對不苟活，這樣一個重義的年代，這樣的結義方式，對於現代思想的高飛來說，確實有太多不符。

孫堅道：「我倒是忽略了這點，這樣一來，確實對子羽老弟太不公平了。我看，不如這樣吧，咱們都以兄弟想稱，結義不結義的也已經不重要了，**只要我們三人一條心就行了**，你們說呢？」

曹操點了點頭，表示贊同。

高飛道：「好，這樣也不錯，難得兩位哥哥如此看得起我，那我們以後就以兄弟相稱。文台兄，你今年貴庚？」

孫堅道：「二十九。」

「孟德兄，你呢？」高飛又問道。

曹操答道：「也是二十九。」

孫堅和曹操互相對視了一眼，相視而笑莫逆於心。

高飛道：「那二位兄長分別是幾月出生的？」

「我五月。」孫堅率先答道。

「我七月。」曹操緊接著道。

高飛哈哈笑了笑，道：「好，那從今以後我就稱呼文台兄為大哥，孟德兄為二哥了，咱們兄弟三人雖不結拜，卻勝過結拜。」

孫堅、曹操二人都點了點頭，和高飛一起哈哈大笑起來。

和孫堅、曹操二人成為了兄弟，對於高飛來說，這無疑是一件喜事，而且沒有結義的禁錮，就算以後想翻臉了，也不會受到譴責，確實是個不錯的選擇。

三人這個小會議散會之後，便開始著手施行離間計，一方面將軍隊後撤三十里，做出大軍撤退的假象，並且加以掩蓋，藏身在一處山谷中。

榆中城內外，無論是在城外的兩處營寨，還是在城內的叛軍，都加強了防範，昨夜邊章帶著人偷襲漢軍營寨不成，反而大敗而歸，就連邊章自己也斷了一臂，這種打擊對叛軍來說實在是太大了。

邊章的傷勢不輕，加上流血過多，以至於回來後便一直暈迷不醒。

到正午的時候，他才漸漸蘇醒過來。一醒過來，就感到手臂上傳來陣陣疼痛，他咬牙切齒地罵道：「高飛，我一定要讓你死無葬身之地，以報我斷臂之仇。」

話音落下不多久，韓遂便從外面走了進來，看到邊章躺在床上，面色蒼白，噓寒問暖道：「邊將軍，你的傷勢頗重，要調養些日子，千萬不能動了怒氣。」

邊章難得見韓遂這樣對他如此關心，便笑道：「多謝韓將軍關心，如今漢軍勢大，董卓、鮑鴻去攻打隴西的先零羌了，而高飛、曹操、孫堅、周慎又在城外駐紮，我又傷成這樣，一切軍務不能操作，還麻煩韓將軍主持了。」

韓遂道：「這個是自然的，邊將軍放心就是了，有我在，榆中乃至整個金城郡都不會有事的，如今漢軍分兵而進，兵力不足，正當是我等反戈一擊的時候，邊將軍儘管靜養，其餘事物交給我就可以了。」

「啟稟將軍，我們在城外抓了一個奸細，那奸細自稱有重要軍情向將軍稟報！」一名士兵從邊章的房外趕來，朝邊章、韓遂拜了拜，道。

「奸細？管他什麼軍情，殺了那個漢軍的奸細！」

邊章想坐起身子，剛一挪動身體便感到疼痛，呲牙咧嘴地道。

韓遂道：「邊將軍不用那麼激動，我自會處理，還請邊將軍好好調養！」心裡想道：「邊章現在還不能死，就算要死，也得死在戰場上，漢軍鋒芒畢露，正是用人之際，那些羌胡的豪帥都聽他的，他要是死了，那我就無法徹底地控制這支大軍了。」

便吩咐身後的親隨道：「好生照顧邊章，務必用最好的藥，只要他能傷勢好轉就行。」便帶著人走了。

來到大廳，看見一個穿著很儒雅的人站在那裡，身上被繩索給捆綁起來，他打量了一下那人，卻從未見過，便走到那人面前，問道：「你就是漢軍的奸細？」

那人不是別人，正是賈詡！

他給高飛獻的離間計，就是用他自己來離間韓遂、邊章，所以大搖大擺地來到榆中，故意讓人抓住，為了怕被人殺了，所以一被抓到就宣稱有重要軍情。

賈詡還是頭一次見韓遂，見韓遂雖然穿著一身戎裝，卻有幾分儒雅，他搖搖頭，道：「我不是奸細！」

韓遂見賈詡毫無畏懼，又是一身文士打扮，便道：「你說你有重要軍情，到底是什麼？說出來，或許我可以饒你不死！」

賈詡瞅了瞅身上的繩索，對韓遂道：「請將軍為我鬆綁吧。」

韓遂看眼前的賈詡從容不迫，道：「你這個人死到臨頭了，還敢如此囂張？」

賈詡笑道：「在下賈詡，字文和，原是北宮伯玉聘請的一名從事，並非是漢軍奸細，說到底，我和將軍一樣是叛軍，將軍不鬆綁我，卻要殺我，豈不是自己人殺自己人嗎？」

「原來你就是跟著高飛從洛都谷逃出去的賈詡，哼，只可惜北宮伯玉已經死了，不然的話，他定然會把你碎屍萬段的。不過我是個寬宏大量的人，你且說你有什麼重要軍情，我要是滿意的話，就會放了你。」

「將軍誤會了，我並不是跟著高飛逃跑，而是被高飛挾持，當時也是形勢所逼，不得已而為之。後來我從高飛手底下逃了出來，北宮伯玉不分青紅皂白，信以為真，便派人到我家殺我，我為了活命，只能帶著宗族躲進山裡，直到最近聽到北宮伯玉死了以後，我才敢出來。

「我知道將軍是個明智的人，不會因為這件事而殺我，如今漢軍反攻，將軍窘迫，正是用人的時候，那些羌胡只不過是匹夫之勇，而將軍所缺少的是懂得謀略的人。我自認為自己還有點謀略，所以特來為將軍效力。」

韓遂看著賈詡，心中生疑，不過賈詡說的也是句句屬實，他缺少的就是智謀之士，如果多幾個謀士，他也不會連吃敗仗。

他細細地打量了賈詡一番，問道：「你當真是來投靠我的？」

賈詡點點頭道：「如果不來投靠將軍，我又何需露面？」

韓遂道：「那你先說說你有什麼重要軍情？」

「我來的時候，看見漢軍已經悄悄撤退了，而且退得很隱秘，想必將軍還不知道這個消息吧？」

「你說的都是真的？」韓遂並未收到斥候的任何消息，一直還以為漢軍在城外，便驚奇地問道。

賈詡笑道：「將軍自可派斥候去打探，現在的漢軍營寨只不過是個空營寨，那些衛兵也是假人，我要是有半點虛言，將軍可以砍下我的頭。」

韓遂當即派人去打探消息，並暫且將賈詡關押起來，只等斥候歸來，再行審問。

入夜後，韓遂派出去的人回來稟告，所說的事情果然和賈詡的話吻合。韓遂當下讓人將賈詡放了出來，並且在大廳裡接見了賈詡。

此時的賈詡依然被繩索捆綁著，他一走進大廳，便看到韓遂臉上透著一絲喜悅，便道：「將軍喚我來，不知道是為了什麼事？夜深了，我身體困乏，想休息休息，就算是死囚，臨死之前也總得吃頓飽飯吧？」

韓遂聽賈詡並不畏懼死亡，當即哈哈大笑起來，親自給賈詡鬆綁，道：「先生誤會了，我怎麼會殺你呢？既然先生是北宮伯玉請來的從事，那咱們就是一家人了。先生不畏懼死亡，確實是我涼州上士，如今我軍中正好缺少將軍這樣的謀士，不知道先生可否留下助我一臂之力？」

賈詡道：「我早已表明了來意，是你懷疑我在前，不肯用我罷了。既然將軍現在想用我的話，那就必須答應我三個條件，我絕對不會讓將軍失望的。」

一聽到談條件，韓遂心中便有點不喜，冷聲問道：「什麼條件？」

「第一，我要住最好的房間，還要有僕人伺候；第二，我要兩名美女以及一箱金子；第三嘛，將軍必須只用我一個謀士。若是這三條將軍都答應了，那我就告訴將軍如何擊敗漢軍，並且奪取三輔，關中稱王。」賈詡侃侃而談地道。

韓遂聽完賈詡的前兩個條件，便覺得賈詡是個貪財好色只享富貴的人，可是聽到第三條以及後面的話時，他便覺得賈詡有點大言不慚。賈詡的名字他只在北宮伯玉那裡聽到過一次，在涼州應該屬於默默無聞的人，居然開口那麼大。

他冷笑三聲，道：「先生這三個要求太過了吧？」

「一點都不過，第一和第二個條件，是彌補當初我被高飛挾持而又被北宮伯玉誤會的損失，第三個條件嘛，我不想有人成為我的競爭對手，將軍是個聰明的人，有我這樣一個聰明的謀士，一個足矣，其他的人都不必再要了，我自當能夠幫助將軍成為關中之王。」

「此話當真？」

韓遂對關中為王的目標一直耿耿於懷，如果不是高飛在陳倉擋住了他前進的道路，他現在早已占領整個關中了，也早該是關中王了。聽完賈詡大言不慚的話，雖然有點將信將疑，但讓他頗為心動，於是問道。

「絕無虛言！」賈詡斬釘截鐵地道。

韓遂想了想，一拍大腿，道：「好！我答應你，那你必須告訴我，該如何稱王關中！」

賈詡嘿嘿笑道：「急什麼？我要是現在說出來，那將軍知道以後，豈不是會一腳把我給踢開了嗎？將軍必須兌現承諾之後，我才會告訴將軍。」

韓遂氣呼呼地道：「那你要怎麼樣才肯說出來？」

「很簡單，先兌現將軍的承諾，並且給我三天時間，三天之後，我必定會將如何在關中稱王的辦法告訴將軍。」

「你現在在我的手中，如果過了三天之後，我發現你在騙我，那就別怪我對你不客氣了。」

「放心，我還沒有活夠呢，又怎麼會自找死路呢？」

韓遂隨即命人給賈詡安排了房間，並且找來四名女婢伺候賈詡，又送給賈詡兩名美女和一箱金子，並且派人秘密地監視著賈詡。

賈詡得到了想要的一切之後，便抱著那兩名美女廝混在房間裡，一步也沒有出過房門，吃的喝的，都由婢女送進去，整晚都能聽到房裡傳出來的歡聲笑語。

賈詡所在的房間和邊章的房間相挨甚近，邊章在房中養傷，需要靜養，可是總聽到女人嬉笑的聲音，這讓他的心裡很是窩火，躺在床上不禁大罵道：「是哪個婢子如此不懂規矩，半夜三更的居然還在浪笑？去把人給我抓起來，再笑的，就割掉她的舌頭。」

房中負責伺候邊章的人回答道：「啟稟將軍，這人可抓不得，是韓將軍賜給賈先生的美女。韓將軍吩咐過，沒有他的吩咐，誰也不能去騷擾賈先生。」

「賈先生？哪裡來的賈先生？他韓遂是將軍，我也是將軍，他的命令就是命令，我的命令就是狗屁嗎？你不去是吧？那我去！」

邊章使出了吃奶的力氣從床上爬起來，忍著傷痛大踏步地朝外面走了出去，負責伺候他的僕人知道邊章的脾氣，都不敢阻攔。

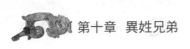

房間裡，賈詡正在給兩名美女講著笑話，逗得那兩名美女是哈哈大笑，三個人一起肆無忌憚的放聲浪笑。那兩名美女一人給賈詡捶腿，另外一人給賈詡揉肩，賈詡還在繼續說著笑話。

「砰」的一聲巨響，邊章一腳踹開賈詡的房門，看到賈詡坐在床邊，又有兩名美女伺候著，便抬起左手，指著賈詡大聲罵道：「你他娘的瞎嗓什麼？半夜三更還讓不讓人睡覺了？」

笑聲戛然而止，兩名美女被邊章兇神惡煞的樣子嚇得花容失色，紛紛躲在賈詡的後面。

賈詡緩緩站了起來，拱手道：「想必這位就是邊章邊將軍了，不知道有何見教？」

「見教你娘的大頭鬼！韓遂那老小子是從哪裡把你找來的？一點規矩都不懂，本將軍受傷，需要靜養，你就不能給老子消停一點嗎？我邊章的名字豈是你這種人隨便喊的？」

邊章正在氣頭上，開口便罵了出來。

賈詡道：「邊將軍如此脾氣，難怪會什麼事都被韓將軍壓著了……」

「你說什麼？」邊章狐疑地道。

賈詡道：「沒什麼，我說邊將軍死到臨頭了，卻還渾然不覺。」

邊章見賈詡絲毫沒有害怕自己的意思，又突然聽到賈詡說出這樣的話，憤怒之下，一腳踹翻一張桌子，大聲道：「我死到臨頭？今天我先讓你死到臨頭！」

話音落下，邊章舉起左手便向賈詡劈了過去，就在要劈下去的一瞬間，他聽到賈詡猛然喊道：「韓將軍要殺了邊將軍，難道邊將軍一點都不知道嗎？」

邊章急忙收住手，本來就難看的臉頓時出現驚恐之色，道：「你……你說什麼？韓遂要殺我？他為什麼要殺我？」

賈詡點了點頭，道：「一山難容二虎的道理難道邊將軍不動嗎？」

邊章情緒上一時低落了下來，向後連退了兩步，驚恐的目光裡還在期待著一絲希冀，緩緩地道：「不……不會的……你……你是什麼人？為什麼可以那麼肯定？」

賈詡道：「實不相瞞，我是北宮將軍的親信，這件事是北宮將軍告訴我的，只可惜北宮將軍戰死了，不然的話，他一定會親自來提醒邊將軍的。」

「北宮伯玉？那我之前怎麼沒有見過你？」邊章狐疑道。

「試問這十幾萬的軍隊裡面，邊將軍能認識的人又有多少呢？」賈詡道：「邊將軍，我之所以用這種方法將你引過來，是想告訴你事情的真相，韓遂對邊將軍一直很忌憚，如今北宮將軍戰死了，如果邊將軍再一死的話，那韓將軍就自然而然的會成為唯一的首領了。」

邊章想了想，覺得最近兩天換到他身邊的僕人他一個都不認識了，而他所認識的人，也都一個接著一個消失了。

隱隱感到不祥的他，聽到賈詡這番話後，危機感頓時油然而生，立刻問道：「我與北宮伯玉情同手足，你既然是他的親信，就應該知道我們的關係，你能在韓遂那麼多的眼線中告訴我這番話，必定有解救我的機會，還請先生明示！」

賈詡見邊章上鉤了，便道：「這件事不難做，北宮將軍和燒當羌的人最為要好，而且北宮將軍部下的湟中義從胡也都值得信賴，可這兩支重要的力量都在城外屯駐，如果將軍能夠出城的話，也許能夠逃過這一劫。到時候將軍以自己的信義，登高一呼，就說北宮將軍是被韓遂所害，那城中的羌胡勢必會反戈一擊，攻擊韓遂，到時候，趕跑了韓遂，將軍就會成為整支軍隊的首領。以將軍的武勇，勢必會擊敗那些漢軍的。」

邊章當下道：「好，我現在就出城，我看誰敢攔我！先生，咱們一起出城，招呼那些羌胡攻擊韓遂。」

賈詡搖搖頭道：「我必須留下來，就在將軍闖進來的那一剎那，負責監視我的韓遂的親信就去稟告韓遂了，只怕再過一會兒就要來了，將軍請先離開，我在城中穩住韓遂，等擊殺了韓遂，我自當會輔佐將軍的。」

邊章舉起左邊僅存的一隻手，忙道：「好，那我就此告辭了。」

賈詡見邊章快速離開了房間，回頭看見躲在床上的兩名美女，眼睛骨碌一轉，心想無毒不丈夫，便從房裡抽出佩劍，將那兩名美女全部斬殺，然後又用長劍劃傷了自己的胳膊，將房間裡隨便踢騰了一番，弄得一地狼藉。

等賈詡做完這一切，韓遂正好帶著十幾名甲士走了過來。

一進門，便瞅見賈詡受了傷，兩名美女倒在血泊當中，當即走到賈詡身邊，急忙問道：「賈先生，你怎麼樣？邊章呢？」

賈詡一臉痛苦地道：「邊章殺了這兩個美女，又要殺我，還好我喊了一聲將軍來了，這才把他嚇走。」

韓遂又問：「那邊章呢？他往哪裡去了？」

「好像說什麼燒當、湟中義從什麼的，說他所受得的罪，一定會親自討回來……」

「糟糕，他一定是去城外找燒當羌和湟中義從胡了，我擔心的事終究還是出現了。來人啊，快傳令下去，集合全城兵馬，我要先發制人，攻擊城外的燒當羌和湟中義從胡，就說他們跟著邊章造反，但有不從者，格殺勿論。」

「諾！」

韓遂跨出一步，扭身對一個親隨道：「好生照顧賈先生！」

賈詡見韓遂走遠了，突然抽出那個親隨的佩劍，一劍將那個親隨斬殺了，之後便換上那個親隨的衣服，混在人群中，隨同韓遂的大軍一起出城，然後借尿遁溜走。

邊章因為是首領，所過之處無人敢攔，順利地出了城，先來到城外的湟中義從胡的營寨裡，這邊前腳剛到，那邊便聽到了人聲鼎沸的呼喊聲，城內的數萬大軍同時湧了出來，包圍了城外的兩座營寨，未及分說，見人就殺。

受到攻擊的羌胡也不是好惹的，他們在夜間突然遭受到了進攻，立刻展開了反攻，一時間兩撥人混戰在一起，整個榆中城亂做了一團。

榆中城外的興隆山下，高飛、曹操、孫堅早已經帶著一萬五千名精兵悄悄地迂迴到那裡，派出去的斥候解決掉了叛軍的一些暗哨之後，便等候在那裡，靜靜地等待著賈詡的歸來。

約莫過了半個多時辰，只見夜色中駛來了一匹快馬，馬背上的人不停地喊著

「布穀」。

高飛臉上一喜，便知道是賈詡到了，當即親自策馬相迎。兩馬相交，高飛看到賈詡穿著叛軍的衣服，而且左臂上還有點殷紅，似乎是血跡，急忙問道：「賈先生，你受傷了？」

賈詡道：「小小皮肉之傷，不足為慮。主公，現在邊章和韓遂已經打了起來，主公現在帶著人出擊正是時候，必能取得意想不到的收穫。」

高飛點點頭，當即對身後的人大聲喊道：「出擊！」

賈詡也不顧傷勢，跟著高飛一起向榆中城跑了過去，後面曹操、孫堅各自指揮著部隊開始向十里外的榆中城奔馳而去。

榆中城裡此時是一片混亂，韓遂正指揮著人攻擊城外的燒當羌和湟中義從胡的營寨，本以為能夠起到奇襲的效果，哪知兩座營寨居然會如此堅固，人死了不少，可就是攻不進去。

有些人看到邊章在指揮戰鬥，便動搖了軍心，止步不前，韓遂立馬將之斬了，然後下令用火攻，一時間，千萬支火把漫天飛舞，被扔到營寨裡，營寨裡也頓時生起了陣陣大火，被冷風一吹，迅速向四周擴散。

營寨內的羌胡不堪忍受火勢，爭相出了營寨，可是剛一出來，便被守在外面的人給殺死，一時間，榆中城內外火光沖天，淒慘的叫聲、兵器的碰撞聲、馬匹的嘶鳴聲、鶴唳的風聲，都在這時凝結在一起。

韓遂騎在馬背上，看到戰事快要結束時，突然見火光中一個獨臂的刀客縱身跳了出來，衣服上帶著熊熊的烈火，猙獰的面孔也被大火燒得看不見人形，直覺告訴他，那人就是邊章，除了邊章，沒有人能夠跳得那麼高。

邊章的突然出現，讓韓遂大吃一驚，韓遂的部下想去抵擋邊章，當已是火人的邊章來到他們身邊的時候，他們發現這個獨臂的刀客竟成了死神的化身，所有前去抵擋的人都被邊章殺死了。

韓遂急忙調轉馬頭，還來不及跑，座下的馬匹突然將他從馬背上掀翻下來，他重重地摔在雪地上，急忙向前爬了過去，一邊驚慌失措的大叫道：「擋住他，擋住他！」

狼狽的韓遂，勇猛的邊章，兩人形成了極大的反差。

就在韓遂前腳剛爬出去的時候，一把帶著火的彎刀直接落在他的大腿上，登時鮮血噴湧而出，韓遂發出一聲慘叫，向前匍匐了兩步，背後便傳來邊章倒地的聲音，終於這個火人被活活的燒死了。

韓遂長吁一口氣，還沒來得及喘口氣，便聽見四周響起了「漢軍威武」的聲音，夜色中，如同天將的漢軍以迅雷不及掩耳之勢快速衝了過來，讓那些自相殘害的叛軍頓時士氣大落，人人自危。

單槍匹馬，趙雲就如同落入羊群的猛虎一般直衝敵軍陣營裡，所到之處，人皆四處逃散，立刻將躺在地上的韓遂暴露了出來，沒等韓遂反應過來，趙雲便伸出長臂，從地上的韓遂給捲撈起來，夾著韓遂迅速向回攻殺。

華雄、龐德、周倉、管亥、廖化等人率領著各自的部下驅趕著叛軍，曹操、孫堅左右包抄，高飛帶著五十騎兵衝在最前，從城門外一直殺到了城門內，一路如同在驅趕著牛羊，使得那些喪膽的羌人盡皆後退。

平明時分，榆中城的城牆上插滿了漢軍的旗幟，那一面面橙紅色的漢軍大旗，在獵獵的風中飛舞，**一面「高」字大旗插在城中的最高處，彰顯著無盡的雄風。**

榆中城中，高飛、孫堅、曹操等人歡聚一堂，大肆慶祝擒獲了匪首韓遂，以及平定了涼州叛亂的主力軍。

昨夜漢軍猶如天兵下凡，殺得叛軍措手不及，四萬叛軍成了俘虜，兩萬八千人死於叛軍的內訌，其餘的七千人則是被漢軍所斬殺的。

這一仗可以稱得上是大捷，**首功當推賈詡**，如果不是賈詡親身犯險，挑唆韓遂和邊章內鬥，漢軍也不會取得如此大的成績。

慶功過後，高飛來到賈詡在縣衙裡的住處，用力握著賈詡的手，深情款款地道：「賈先生，如果不是你，我們絕對不會一戰破敵，這次功勞最大的是你，為什麼你不讓我將你的名字寫進功勞簿上呢？」

賈詡斜躺在床上，搖搖頭道：「這份功勞對我來說，不過是一些錢財上的賞賜，最多可以當個縣令。可對主公來說，卻意義重大，主公年輕有為，名聲正是鵲起之時，如果能有此功勞予以錦上添花，必然能夠受到朝廷重用。

「我涼州人多少年來，都以武人的身分入朝，但是屬下看得出來，主公除了能帶兵打仗之外，更是一個治理天下的大才，所以，屬下寧願將這份功勞送給主公，也算是屬下作為答謝主公從洛都谷將我救出來的第二件禮物。」

高飛聽到賈詡如此話語，不知道該說什麼好。

自從認識賈詡以來，賈詡第一次送給了他一百多騎兵作為見面禮，這一次又將這樣一份偌大的功勞送給他，實在讓他有點承受不起的感覺。

他握著賈詡的手，感受到賈詡目光裡流出來的那份真誠的目光，道：「賈先生，你對我這樣好，我真不知道該如何待你了。」

賈詡笑道：「古人云，滴水之恩，當湧泉相報，我這也是效仿古人而已。如果沒有遇到主公，也許我這一生就會在洛都谷終了啦。**我用三件微不足道的禮物報答給主公**，**還請主公不要推脫**，至於那第三件禮物嘛，等整個涼州全部平定之後，我的宗族自然會將第三件禮物獻給主公。」

「賈先生，從此以後，我高飛將視你如師，以表示我對先生的尊重，並且正式聘用賈先生做我飛羽部隊的軍師。不管外面風有多大，我都將為賈先生和先生的宗族撐起一把巨大的避風傘，不管外面的天氣有多冷，我都會為賈先生披上厚厚的冬衣……我高飛對天發誓，此生若有任何地方對不住賈先生，定讓我死無葬身之地！」

高飛的心也是肉長的，看到賈詡對自己如此推心置腹，甚至將整個宗族都託付給了他，他情不自禁地說道。

賈詡聽高飛發下如此毒誓，急忙拜道：「主公對屬下如此，屬下今生又怎敢背棄主公……」

高飛和賈詡在房裡一陣小聊，**兩人之間所產生的情感**，**有師徒之情**，**有父子之情**，**有摯友之情**，**更多的是突出了君臣之情**，年紀相差二十歲的兩個人，緊緊地握著對方的手，感受著對方那顆誠摯的心，那一刻，彷彿時間都靜止了一樣。

探視完賈詡，高飛又陸續探視一些傷兵，此時的他儼然成了一名真正的將軍，在士兵中間也博得了相當高的口碑。

傍晚，高飛、曹操、孫堅三人重新聚在一起，商量著戰後的事。

「賢弟，榆中城我們是奪下了，可是大片的涼州城池還在叛軍手裡，那些叛軍都是相對的分散，加上我們以少勝多，一舉擊敗了榆中城的八萬叛軍，又擒獲了賊首韓遂，現在叛軍正是群龍無首之際，我和文台兄都商量好了，想各自領一支精兵以迅雷不及掩耳之勢橫掃涼州各郡，不知你意下如何？」曹操開口道。

高飛看了看孫堅，見孫堅點點頭，便道：「既然孫大哥、曹二哥都已經想好了，我本不該阻攔，可是現在城中有俘虜四萬，我軍現在才一萬四千多人，看護這些俘虜就已經很費力了，根本抽調不出來人去進攻其他的城池。以我看，不如寫一道檄文，分別派斥候送往各郡縣，以招撫為主，涼州叛亂，追根究底還是少數人鼓動的，如果能以招撫為主，勢必會在半個月內收復所有的涼州失地。二位哥哥以為如何？」

孫堅想了想，覺得高飛說得不錯，便道：「還是子羽想得周到，孟德，我看就按照賢弟的意思吧，我們可以在這裡一面等援軍，一面招撫其他郡縣的叛軍。」

曹操有點不悅，平定榆中的功勞有一大半全落在了高飛的肩膀上，他和孫堅只分得一小部分，之所以提出分兵而進，也是為了多建立功勳而已，此時被高飛給否定了，他也只能暫且作罷。

他是一個非常複雜的人，該掩飾自己的時候他就掩飾，該鋒芒畢露的時候就鋒芒畢露，此刻的他，為了不使得兄弟氣氛變得不和諧，便掩飾住自己內心的不悅，像往常一樣道：「那就依照子羽的意思辦吧，我沒有意見。」

請續看《三國奇變》第三卷 三國美女

三國奇變【戰略篇】卷2 奇謀無雙

作者：水的龍翔
發行人：陳曉林
出版所：風雲時代出版股份有限公司
地址：10576台北市民生東路五段178號7樓之3
電話：(02) 2756-0949
傳真：(02) 2765-3799
執行主編：朱墨菲
美術設計：吳宗潔
行銷企劃：林安莉
業務總監：張瑋鳳

初版日期：2021年10月
版權授權：蔡雷平
ISBN：978-986-5589-27-1

風雲書網：http://www.eastbooks.com.tw
官方部落格：http://eastbooks.pixnet.net/blog
Facebook：http://www.facebook.com/h7560949
E-mail：h7560949@ms15.hinet.net
劃撥帳號：12043291
戶名：風雲時代出版股份有限公司

風雲發行所：33373桃園市龜山區公西村2鄰復興街304巷96號
電話：(03) 318-1378
傳真：(03) 318-1378
法律顧問：永然法律事務所 李永然律師
北辰著作權事務所 蕭雄淋律師

行政院新聞局局版台業字第3595號 營利事業統一編號22759935

定價：290元

國家圖書館出版品預行編目資料

三國奇變 / 水的龍翔著. -- 初版. -- 臺北市：風雲時代出版股份有限公司, 2021.04- 冊； 公分

ISBN 978-986-5589-27-1（第2冊：平裝）--

857.75 110003326